우리의 피크타임

우리의 피크타임

초판 1쇄 인쇄 2025년 10월 15일
초판 1쇄 발행 2025년 10월 17일
저   자 이정은
발행인 박지연
발행처 도서출판 도화
등   록 2013년 11월 19일 제2013-000124호
주   소 서울시 송파구 중대로34길 9-3
전   화 02) 3012-1030
팩   스 02) 3012-1031
전자우편 dohwa1030@daum.net
인   쇄 유진보라
ISBN 979-11-24052-01-3 *03810
정가 15,000원

잘못 만들어진 책은 교환해 드립니다.
저자와 출판사의 허락 없이 책의 전부 또는 일부 내용을 사용할 수 없습니다.

도화道化, fool는
고정적인 질서에 대한 익살맞은 비판자,
고정화된 사고의 틀을 해체한다는 뜻입니다.

우리의 피크타임

이정은 소설

도화

차례

위대한 문혁 씨 / 7

당신을 기억합니다 / 41

소설 쓰는 인간 / 79

우리의 피크타임 / 105

엄마의 전성시대 / 139

나, 아직 여기 있어요 / 165

사랑의 아우라 / 203

나만의 방 / 215

아버지-시지포스 / 243

왕이 귀환하다 / 267

작품해설 인물의 성격 창조와 소설의 재미_장윤익 / 298
이정은 작품세계 운명적 짝사랑, 소설을 향한 집념_조완석 / 303

책을 내면서
이정은 연보

위대한 문혁 씨

문혁은 아파트 앞이 종점인 버스에서 서둘러 내렸다. 버스에 남은 승객은 서너 명이 전부다. 시내로 나가려는 승객이 줄 서 있는 버스는 급히 또 떠날 모양이다. 한낮이었다. 그는 잠시 서서 힘껏 어깨를 뒤로 젖히고는 따가운 하늘을 올려다보았다. 하얀 구름이 잠깐 눈에 비쳤다가 캄캄해지며 눈물이 났다. 훤한 대낮에 집으로 들어가는 자신이 한심했다.

몇 해 전, '주말은 가족과 함께'라는 캐치프레이즈가 유행했을 때가 있었다. 그때 문혁은 회사 일로 늘 바빴고 퇴근 후에도 항상 약속이 있었다.

그런데 축배를 너무 일찍 터뜨렸다는 자성의 목소리가 있고 난 후 '이젠 다시 뛸 때'라는 구호가 나오면서 더 일하기를 부추기는 요즈음, 그는 벌건 대낮에 집으로 기어들어 가게 되었다. 청

개구리를 흉내 내자는 것도 아닌데 자신은 세상의 흐름과 거꾸로 살아가고 있는 신세였다고 생각하니 갑자기 가슴이 허했다.

길이가 짧은 그림자가 그를 쫓아왔다. 자꾸만 자신의 몸통을 밟고 걷게 되는 것이 싫어서 크게 한 발짝 껑충 뛰었다. 어느새 그림자가 발등에 올라와 있었다.

'젠장, 죽을 맛이군!' 속으로 중얼거렸다.

일찍 좀 다니라는 아내의 잔소리를 들을 적마다 "사나이는 말야, 집에 일찍 들어오기 시작하면 그땐 끝장난 것이라구!" 농담을 했고 자신이 있었다. 그런데 벌써 자신이 일찍 집에 들어서게 될 줄이야.

어제 아침 일찍 본사에 있는 젊은 사장이 창고에 들렀다. 무자료를 제때에 처리하지 않아 골치가 아프다며 재고를 보러 온 것이다. 자재 관리를 철저히 해야 한다고 젊은 사장이 강조했다. 고지식한 문혁은 자료 없는 물건을 처리하는 일에 서툴렀다. 결국 약삭빠르게 처리하라는 것이다.

"그렇게 머리가 안 돌아가면 집에 가서 애나 보라구! 자료 없이 들어온 물건을 먼저 출고해야 되는 걸 모르나?"

젊은 사장이 판매 직원과 창고 직원을 싸잡아 몰아댔다. 물론 전적으로 문혁의 책임만이 아니다. 위에서 업무처리 직원이 오더를 내리면 적당히 끼워서 처리하는 일이다. 그렇게 삼박자가 맞아 돌아가야 가능한 일이었다.

'건방진 놈….'

문혁은 입술을 깨물었다. 자식 같은 놈이, 감히 제 아버지뻘인데 윽박지르듯 내려다보며 말하는 것이 비위가 상했지만 어쩌겠는가. 창업 사장이 이뤄놓은 사업을 마치 제가 다 해놓은 것처럼 설쳐대는 꼴이 못마땅했다.

그는 병원에 누워 있는 창업 사장을 보러갔다. 처음 쓰러졌을 때보다 나아지는 것으로 봐서 곧 다시 회사 업무에 복귀할 것 같았다. 그는 정직하게 사업을 한 사람이었다.

"사장님 빨리 일어나서 회사로 나오셔야지요."

"푹 쉬라는 군. 열심히 일했으니 이젠 쉴 때가 되었다면서."

"아직 쉬실 때가 아닙니다."

"아들이 효도를 앞세워 쉬라는데 별수가 없네. 제 어미도 마찬가지고."

문혁은 창업 사장과 함께 뒷전으로 밀리고 있었다. 창고 관리 소장은 젊은 공원들과 운전사들을 부려 창틀 재료인 알루미늄을 사이즈 별로 분리해 놓고 입출고를 관리하는 자리이다. 창업 사장은 어려운 자금 사정에 거래처 부도와 수출 클레임 등으로 신경을 쓰다가 쓰러진 것이다.

창업 사장이 과로로 쓰러지고 아들이 사장에 취임한 것이 3년이 되었다. 젊은 사장이 경영을 맡고부터 회사 매출이 신장된 것은 사실이었다. 그러나 그것은 창업 사장의 탄탄한 신용을 바탕으로 해서 가능해진 일이었다.

문혁은 입사 후 줄곧 창고 재고관리만 해왔다. 창업 당시만 해도 창고와 매장이 함께 있는 구멍가게 수준이었다. 창업멤버인 문혁은 사장과 함께 열심히 뛰었다. 힘들고 어려운 일도 많았다. 회사는 차츰 중소기업으로 성장했다. 구멍가게 수준에서 업계에서 실력을 인정받는 탄탄한 중소기업 회사로 성장하기까지 사장과 함께 뛴 문혁의 공은 컸다. 알루미늄 재료를 보관하는 창고는 회사의 핵심 부서였다. 공장을 짓고 새로운 기계 도입으로 회사는 날개를 달았다. 본사 건물도 용산역 부근에 따로 마련했다.

창업주와 일할 때 입사한 사람은 몇 명이 아니게 줄어들었다. 구시대적 경영을 하던 때는 필요했지만 이젠 새로운 경영시대로 접어들었다는 것이다. 젊은 사장 때 입사한 직원 중심으로 회사가 돌아가고 있었다. 문혁은 회사가 커가는 과정을 마냥 기뻐할 수만은 없었다. 창업 사장과 함께 자신도 물러나게 될 것 같은 위기의식이 커져 갔다. 창업 사장이 있으면 창업멤버에 대한 의리, 공로 등등. 사장의 빽으로 회사에 남을 수 있겠지만 이젠 기대하기가 어려워졌다.

그는 본사에 있는 젊은 사장을 만나러 갔다. 시내 한복판에 통

유리로 된 본사 건물은 그가 들어서기를 거부하는 것 같았다. 용기를 내기도 쉽지 않았다.

"큰 사장님이 본사로 불러주신다고 했는데요."

이번 기회에 자신의 위치를 확인하고 싶었다. 꼭 본사로 가고 싶어서는 아니었다. 그동안 큰 사장님의 신뢰와 배려로 살아남을 수 있었기 때문이다. 그가 용기를 내어 말했을 때 젊은 사장은 입꼬리를 비틀다 말고 그를 쳐다보았다.

"컴퓨터를 배워 두세요."

젊은 사장은 선문답을 내놓고 약속이 있다고 자리를 떴다.

'이젠 부르고 싶어도 업무에 어두워서 어렵다 이거지!' 그렇다고 따질 형편도 아니었다. 사장의 말이 아주 틀린 말은 아니었다. 최첨단 시스템으로 가동되고 있는데 과거 수동식으로 운영될 때 있던 직원은 불필요했다. 그동안 아버지와 함께한 직원을 내몰기는 어려워 지금껏 미적거렸다고 하는 것 같았다. 싸잡아 나무라고 스스로 거취를 결단하라고 했던 것이다.

"뭐, 머리가 안 돌아가면 애나 보라구!"

제 아들놈 나무라듯 하는 젊은 사장의 얼굴이 떠올랐다. 창업 사장을 봐서라도 그에게 심한 말은 못할 일이었다.

"에이 더러워서." 그는 담배를 계단 손잡이에 비벼 껐다. 계단을 오르는 그의 무릎이 시큰거렸다.

*

아파트 현관 초인종을 눌렀다. 아내는 무표정한 얼굴로 문을 열고 곧바로 돌아서서 뒤통수를 보였다.
"수재와 수민은 들어왔나?"
아내의 뒤통수에다 대고 물었다.
"젊은 애들이 한낮에 들어오겠수."
할 일 없는 늙은이만 일찍 들어온다는 투였다. 흰머리가 뒤엉킨 아내의 파마머리를 바라보았다. 서늘한 기운이 그의 가슴을 가로질렀다. 아내의 뒷모습이 집에서조차 자신의 존재가 거부되고 있는 듯했다.
'이놈의 마누라가! 평생 벌어먹였는데 집에서라도 반겨주면 어디가 덧나나?' 아내 뒤통수를 바라보면서 중얼거렸다.

지난 토요일 회식 사건만 해도 생각할수록 불쾌했다. 일행이 회사 근처 은성옥에서 저녁을 먹고 삼거리에 있는 황금마차에 갔을 때였다.
"오빠, 어서 오세요."
노란색 한복을 입은 아가씨가 지게차 김기사 어깨에 매달리며 하는 소리였다. 콧소리 아가씨는 그를 건너뛰고 김기사를 맞아들였다. 오빠라는 콧소리가 귀에 익었다. 지난번에 왔을 때 여러 사람의 관심의 대상이었던 아가씨였다. 도톰한 입술에 웃을 때 양쪽으로 보조개가 패이는 여자였다. 젊은 축들이 미스 보조개와 잠자리를 해보면 어떨까 하고 궁금해 했다.

"입과 아래는 같다는데 사실인지 확인해 볼까?"

"좋지."

눈을 흘기며 웃어넘기던 미스 보조개는 어느새 김기사와 친해진 모양이다. 문혁은 상석이라고 위쪽으로 밀렸다.

문혁과 김기사 사이에 보조개가 앉았다. 김기사는 직원들 사이에서 '싸나이'로 불릴 만큼 술과 노래, 음담패설에 능한 사람이었다. 모임에서 김기사가 빠지면 앙꼬 없는 찐빵, 분위기 메이커라고 했다. 문혁은 자신과 김기사 사이에 보조개가 앉을 때부터 왜소해지는 느낌이었다.

뱃살이 두꺼워지고 어깨가 축 처진 그는 젊은 김기사와 상대가 되지 못했다. 적당한 노동으로 불거진 근육은 그가 보기에도 건강해 보였다. 처음부터 김기사와 수작을 부리느라 보조개는 아예 그에게 등을 돌리고 있었다. 문혁은 보조개의 등만 바라보며 술잔을 들고 좌중을 둘러보았다. 신참인 박 씨가 따라 준 술잔을 살짝 목만 축이고 내려놓았다. 산적구이를 집어 들다가 보니 신참 몇몇을 빼고는 그럭저럭 여자들과 짝이 맞았다.

짝이 지어진 이들은 제 계집이라도 된 듯 먹여주는 안주를 넙죽넙죽 받아먹고 있었다. 여자들이 권하는 술을 마시며 보고 싶어 죽을 뻔했다고 너스레를 떨어댔다. 성급하게 젖가슴을 더듬으며 수작을 벌이고 있었다. 아가씨들은 까르르 웃으며 간지럽다고 예쁜 눈을 흘기지만 나쁘지는 않아 보였다. 분위기가 익어 갈수록 문혁은 불편해졌다. 저들처럼 흥이 나지 않았다.

전에는 일행 중 예쁘지 않은 여자와 파트너가 되면 일시적이지만 자존심이 상했다. 지금은 말벗할 계집 하나 차지하지 못하고 덩그러니 앉아있게 된 처지였다. 그는 주머니 없는 옷을 입어 손 둘 자리를 찾지 못한 것처럼 어색했다. 자신이 빨리 자리를 떠야 짝도 맞고 분위기도 무르익을 거라는 생각이 들자 일어날 구실을 찾기에 골몰했다. 어색하지 않게 자연스럽게 일어날 구실이 필요했다. 나이 먹은 사람이 밀려나고 있다는 인상을 주고 싶지 않았다. 그렇다고 여자에게 따돌림을 받아 불쾌해하는 속 좁은 사내로 보이는 것도 바라는 바가 아니었다.

'술이나 한 잔하고 일어나야지'라는 생각으로 잔을 들고 여자의 허벅지를 건드렸을 때 여자는 그의 손을 털어냈다. 팽개쳐진 손을 수습하느라 바지 주머니에서 손수건을 꺼내 든 채 벌떡 일어났다.

"약속이 있는 걸 깜빡했네."

"소장님, 애인 만나러 가시는 겁니까?"

불그레한 얼굴을 들고 김기사가 물었다. 그렇다고 대답하려는데 맞은 편 굴렁쇠아가씨가 귀걸이를 찰랑거리며 조크를 던졌다.

"집에 있는 늙은 애인 말인가요?"

까르르 웃는 소리가 신발을 신는데 문혁의 귓속을 뚫었다. '왜 늙은 애인이냐. 너희들보다 젊고 예쁜 애인이다.' 하고 응수했더라면 좋았을 것이다. 그러나 아무 말도 못 한 것은 스스로 그들의 말을 인정한 셈이 아니던가. 돌아서 나오는 문혁의 얼굴이 달아올랐다.

*

아내가 일찍 좀 다니라고 투정할 때가 엊그제 같았다. 토요일 오후 모처럼 이른 시간에 들어가면 아내는 웃으며 반겼고 아이들도 양쪽 팔에 묵직하게 안겨 왔는데. 이젠 문혁 쪽에서 아이들 보기가 힘들어졌다고 투정을 하게 되었다.

아내의 목소리가 주방 쪽에서 들려왔다.

"점심은 드셨어요?"

밥까지 챙겨달라고 하면 귀찮아 할 것 같았다.

"됐어. 저녁이나 일찍 먹지."

문혁이 볼멘소리를 하자 아내는 시장을 다녀오겠다며 나섰다. 목이 패인 티셔츠에 헐렁한 바지 차림이었다. 손지갑만 달랑 들고 나가는 아내의 두루뭉술한 몸매가 눈에 거슬렸다. 저런 매무새로 밖으로 나가는 아내에게 한마디 하려고 문 쪽을 쳐다봤지만 아내는 이미 사라지고 없었다.

안방으로 들어섰다. 아침에 벗어놓은 회색 운동복이 옷걸이에 코를 꿰고 있었다. 하늘색 줄무늬가 곡선으로 휘어진 채 목 아래가 불쑥 튀어나와 있었다. 옷걸이에 걸린 옷을 입고 안방 화장대 거울 앞을 스치던 문혁은 거울 속을 힐끗 보았다. 거울 속에는 목 뒤에 커다란 혹 하나가 운동복에 매달려 있었다. 무릎과 엉덩이가 S자로 구부러진 바지는 익숙했다. 운동복 바지에 다리를 끼우면서 거실로 나왔다.

문혁은 텔레비전 위에 걸려 있는 액자를 바라보았다.

'승리는 자존심의 표현이다.'

몇 년 전만 해도 이 말은 문혁의 상징이었다. 그러나 지금은 마치 수명이 다했다고 조롱하는 것처럼 느껴졌다. '떼어 낼까.'

시장에서 돌아온 아내가 까만 비닐봉지를 들고 주방으로 갔다. 거실 소파에 앉으려다 주위를 둘러봤다. 주변이 어수선하다. 집안 정돈도 안 하고 하루 종일 무얼 하는지 모르겠다고 투덜거리며 소파로 갔다. 습관처럼 탁자 옆에 있는 바둑판을 내놓고 바둑알을 몇 점 놓아 보았다.

"수재가 늦는다는 전화 왔었소?"

주방 쪽에선 아무 대꾸가 없다.

"수재가 들어오면 한 수 가르쳐야지."

문혁은 지난번 바둑 대국 때 수재가 으슥대던 것이 생각났다.

두 번 이겨놓고 애비 앞에서 상수라고 우쭐댄다고 생각했다. 아직 백을 내놓을 수는 없었다. 허리가 아파오자 묘수풀이 바둑책을 접었다.

"오늘도 그때 말하던 그 아이 만나나?"

"모르겠어요. 그런 얘기를 해야 말이죠."

지금 사귀고 있는 여학생이 이름만 대면 알 수 있는 장군의 딸이라고 했다. 문혁은 아들의 연애가 더 깊어지기 전에 자신의 의견을 말하고 싶었다.

"난 거들먹거리는 사돈은 싫어!"

"요즈음 자식 이기는 부모 있어요? 인심만 잃지."

아내는 지금 결혼할 것도 아닌데 지금부터 수재 걱정은 하지 말라고 했다. 수재가 누구자식인가. 애비를 닮았다면 절대로 비겁한 삶을 택하진 않겠지. 그렇게 마음을 위로하고 딸 수민의 방을 기웃거렸다.

수민 방 거울에는 예쁜 스티커가 붙어 있었다. 핑크색 싱글침대는 말끔히 정돈되어 있었다. 한쪽 벽에는 어울리지 않은 액자가 눈에 들어왔다. 수민이 싫다는 걸 억지로 걸어 놓았다. 아직도 떼어내지 않은 것을 보니 문혁의 권위가 그곳에 건재해 있었다.

'남자의 용기는 속박에서 벗어나는 데 있지만, 여자의 용기는 그것을 견디고 참아내는 데에 있다.'

"아빠, 아들과 딸을 차별하기로 했어요?"

수민이 아빠에게 대들었다.

"엄만 내게 참으라고만 하고 아버진 오빠에겐 이기라고 가르치고. 이런 집이 어딨어요."

문혁은 수민의 항의에 웃음이 나왔다. 수민은 학교 다닐 때부터 착실했고 성적도 뛰어났다. 앞으로도 매사에 잘해 나갈 것이니 걱정하지 않아도 될 성 싶었다. 다만 수재가 강하게 자랐으면 하는 바람이었다.

수재가 사회 생활을 하면서 겪게 될 어려움을 너무나 잘 알기 때문이고, 힘이 없어 참아야 할 때의 비참함을 누구보다 잘 알고 있어서였다. 강한 승부욕이 수재를 능력 있는 사회인으로 성장시키리라 확신했다.

"저녁 드세요" 아내가 불렀다.

"수민은 왜 여태 안 와."

"엄마처럼 살지 않으려면 늦게까지 공부해야 된다네요."

"뭐라구! 엄마 삶이 어때서?"

"아버지가 여자답게 행동해도 남자들을 이길 거라는데, 일찍 집에 와서 어떻게 경쟁에서 이기느냐는 거예요."

"어떻게 교육을 했길래."

"그 꼰대 소리 그만해요. 그렇지 않아도 여자는 이기려고 하면 분쟁만 생길 뿐이라고 했어요. 슬기롭게 지는 법을 습득하는 게 이롭다고 했는데도 소용없어요."

초인종 소리가 들리자 아내는 설거지를 하다말고 현관으로 달려갔다. 수재였다. 문혁이 들어올 때와 사뭇 달랐다.

"저녁은?"

아내는 수재를 쳐다보았다.

"먹었어요."

잠시 후 말갛게 씻은 수재가 화장실을 나서며 말했다.

"아버지 혼자 두고 계셨어요?"

평소보다 일찍 들어온 수재는 슬그머니 바둑판 앞에 앉았다. 어쩌다 일찍 들어온 날은 아버지와 바둑 상대를 하는 것으로 효도를 한다는 몸짓이었다.

*

문혁은 아들 수재와 씨름하던 때가 떠올랐다. 아침마다 이불은 정리하려는데 다섯 살짜리 수재가 말했다.

"아빠 레슬링 시합해요."

그 말을 들은 문혁은 이불을 뒤집어 놓고 아들과 레슬링 할 준비를 했다. 몇 번 해본 터라 아들이 싸움을 걸어왔다.

"너, 아빨 이길 자신 있어?"

"텔레비전에서 커다란 미국 선수를 쪼그만 우리나라 선수가 이기는 걸 봤어. 나도 아빠 이길 수 있어."

텔레비전 앞에서 시청하던 사람들은 우리나라 선수가 이길 때마다 집이 떠나가도록 환호성을 지르는 바람에 천정이 떠나갈 것처럼 흔들렸다. 카타르시스를 느꼈던 것이다.

둘은 이불 위에서 레슬링 판을 벌였다. 수재는 동그란 얼굴이 빨개지면서 엎치락 뒤치락했다. 문혁이 일부러 몇 번 쓰러져 주었더니 수재는 신이 났다. 그런 아들의 얼굴을 바라보며 문혁은 이불 위에 나동그라진 채 즐거워했다.

방문 앞에서 아내가, 밥상 들어갈 텐데 방 좀 치우라고 몇 번이나 재촉하는 소리가 들렸다. 그러나 문혁과 수재는 삼세번이라며 일대일 동점에서 한 판을 이기는 쪽이 승리라면서 마지막 결투를 했다. 방구들이 울리는 진동과 웃음소리가 방문 밖까지 크게 들렸다. 참다못한 아내는 방문을 열고 들어왔다.

문혁이 막 수재를 메다꽂는 순간이었다.

"당신도 참 딱해요. 어른이 다섯 살짜리를 이겨요?"

"저 녀석이 끝내지 않으려고 하니 어쩔 수 없어."

부랴부랴 이불을 정리하고 거실로 나갔다. 아침 햇살이 창문으로 쏟아져 들어오고 먼지가 햇살 속에서 춤을 추고 있었다.

"남자는 투지가 있어야 한다고 아버님이 말씀하셨어. 일제 때 일본 놈들도 아버님을 무시하지 못했지. 나라가 그들에게 넘어갔어도 개개인까지 비굴해서야 쓰겠냐고 하셨어."

문혁은 돌아가신 아버지 이야기를 주문처럼 외어댔다.

"부모가 져 주고 오냐오냐하다가 사회에 나가서 강적을 만나면 어쩌려구. 이기는 연습이 필요하거든."

"아무튼 기를 키우려다가 오히려 기를 꺾어버리지나 말아요."

*

"한 수 배워보렴."

"제가 가르쳐 드려야 하는데요."

수재가 방글거리며 제 아버지에게 싸움을 걸어왔다. 처음 몇 점은 정석으로 두기 시작했다. 차츰 바둑판에는 흑과 백이 어우러져지면서 각자의 세를 구축하고 있었다. 백집 사이에서 흑이 살아가려면 흑을 이어야 하는데 그러면 또 백의 세력만 넓혀주는 셈이 되니 수재는 고민 중이었다.

"바둑 두는 사람 어디 가셨나? 왜 이렇게 소식이 없어."

문혁은 손 안에 바둑알을 찰칵거리며 재촉했다.

"프로 바둑엔 이래서 시간제한이 있는 거야. 무작정 시간을 끌어서는 곤란하단 말씀야."

수재는 마냥 시간을 끌 수 없었다. 하나, 둘, 셋, 시간을 재는 소리가 들려오는 듯했다. 빨리 두라는 재촉이었다. 침착하자. 쫓기면서 급한 김에 한 점을 의도하지 않은 곳에 놓아버릴 수 있다.

신경이 날카로워졌다.

첫 판은 문혁이 아홉 집을 이겼다. 문혁이 이긴 것은 수재가 어이없는 실책을 한 탓이었다. 바둑알을 챙기며 문혁은 수재의 얼굴을 바라보았다. 아쉬운 표정이 역력했다. 승부의 세계가 펼쳐지는 바둑의 묘미는 시작할 때마다 새로워지는 것에 있다. 패하고 나서도 다시 시작하면 또 새로운 판세를 이룰 수 있어서 좋았다.

새로 시작한 바둑은 끝이 날 것 같지 않았다.

"세상이 오늘 끝나는 것도 아닌데, 잠도 안 자고…."

아내가 눈을 비비면서 거실로 나왔다. 그리고 심심한 듯 한마디 던졌다.

"여기 과일 좀 가져 와요?"

과일을 깎으며 아내는 누가 이기는 거냐고 바둑판을 기웃거렸다.

"네가 이기고 있니?" 수재에게 물었다.

아내는 언제나 아들 편을 들었다. 문혁은 빙글거리며 아내에게 윙크를 했다. 승세를 잡은 모양이었다. 부모들이 농담을 하건, 말건 수재는 바둑판에 코를 박고 장고에 들어갔다. 오래 생각한 끝에 한 점을 두더니 허리를 폈다.

문혁은 이어서 생각해 둔 곳에 한 점을 두었다.

"잘못 두시는 것 아녜요?"

"살아남을 자신 있으면 되는 거야. 도전은 배짱을 키우게 해준다구. 세를 넓히려면 모험도 해야 하는 법. 젊은 힘은 어디다 두고 안일한 바둑을 두는 거냐? 좀스럽게."

신혼 초 총각이던 친구들과 망년회를 가진 적이 있었다. 미아리 근처였다. 2차는 술집에서 술을 마시고 3차는 여자 눕히기 게임하러 가자고 했다. 술김에 호기를 부리면서 서로 힘자랑을 하느라 나온 말이었다. 친구 하나가 여자라면 자신 있다며 열 번을 채우는 것은 식은 죽 먹기라고 큰소리를 쳤다.

"넌 빠지는 게 좋겠어. 예쁜 마누라한테 헤어 나오지 못하잖아. 새신랑은 집에 빨리 들어가 봐야지?" 친구들의 말에 문혁은 웃었다.

"야, 너희들 정도는 문제없어. 팁 줄 자신 있으면 도전해 봐."
"그걸 어떻게 믿어. 아가씨와 입 맞춰놓고 숫자 늘리려구."
"자식 치사한 생각은, 난 죽어도 그런 짓은 안 해."

세상이 문혁을 위해 존재하는 것처럼 생각되던 시절이었다. 겁나는 게 없었다. 쓸데없는 호기도 지금에 와서 생각해보니 즐거운 추억이란 생각이 들었다.

문혁은 잠시 딴 생각에 빠졌다가 정신이 번쩍 들었다. 좀스럽다고 한 말이 끝나기도 전에 수재가 강타를 먹인 것이다.

"어~ 어 그렇게 치고 들어온다고?"

역습을 당한 것이다.

텔레비전에서 연속극이 끝나자 아내는 손사래를 치며 일어났다.

"어휴 담배 연기."

아내의 다음 말은 듣지 않아도 알 만했다. 문혁은 기침병이 담배 때문이라는 잔소리를 또 들어야 했다. 담배타령 후속으로 몸 생각도 하라는 말이 이어졌다. "당신 녹음기는 성능이 우수하다"고 농담을 했지만, 아내는 정색을 하고 나올 모양이었다.

"공연히 걱정 말고 들어가 주무시지."

문혁은 바둑판에 시선을 둔 채 말했다. 바둑알 덜그럭거리는 소리에 잠을 잘 수가 없다고 투덜대며 아내는 안방으로 들어갔다.

*

작년 초만 해도 한 수 물러 달라고 떼를 부리는 수재에게 단호하게 못을 박았다.

"지면 지고, 이기면 이기는 것이야. 물린다는 것은 말이 안 되는 거야. 인생을 물릴 수만 있다면 얼마나 좋겠니? 이번만은 물러 주마. 꼭 이번뿐이다."

말은 그렇게 했지만 문혁은 몇 번이고 물러 주고 싶었다. 이번 뿐이라고 강조하고는 못 이기는 척하면서 한 수 물러 주었다. 한 수만 물리면 그 다음은 수재가 집을 지킬 수 있으리란 판단에서였다.

처음 바둑을 시작했을 때 흑돌을 다 따내 백돌만 남아 바둑판이 하얗게 되자 울면서 이젠 안 두겠다고 한 적이 있었다. 그때 달래 주느라 시작한 물리기가 습관이 되었기 때문에 문혁은 더욱 엄격하게 대했던 것이다.

그랬던 것이 이젠 서로 승패를 가지고 으르렁거렸다. 바둑판에 바둑알이 닿을까 말까 하면, 한 번 두면 끝이라고 옥신각신하는 것을 즐기게 되었다. 어느새 부쩍 자라 맞수가 되어 버린 아들이 대견했다. 서로 최선을 다하며 대적할 수 있는 바둑 친구가 된 셈이다.

만만치 않은 승부 근성을 지닌 수재에게서 자신의 모습을 보는 듯했고, 아들을 이기려고 한 자신과 마찬가지로 수재도 지지 않으려고 하는 것이 재미있다는 듯 싱글거렸다.

"텔레비전이 혼자 돌아가고 있네. 끌까요." 어느새 나왔는지 아내가 문혁 옆을 기웃거렸.

"그냥 놔둬요."

소파에 기대앉은 문혁은 텔레비전에 눈길을 보냈다. 음악이 귀에 익었다. 〈콰이강의 다리〉라는 영화의 주제 음악이었다. 경쾌한 행진곡은 지금도 머리에 남아 있었다. 젊을 때 극장에서 두 번이나 연달아 영화를 본 적이 있었다.

2차 세계대전 중 영국군 포로들이 콰이강 계곡에 건설하던 태국과 미얀마를 잇는 철도용 다리는 적군인 일본군의 군사작전에 이용되게 되어 있었다. 튼튼한 다리는 영국군에 파멸을 부를 것이다. 그럴 줄 알면서도 영국군이 만든 견고한 다리는 최후의 자존심이었다. 다리 현판에 못질을 끝낸 영국군 장교의 얼굴에는 자랑스러움이 퍼졌다.

"왜 저렇게 열심히 만들지? 바보."

아내가 물었다.

"긍지 때문이지."

연합군 측은 영국군 장교의 고집에 어이없어 했다. 자존심 지키기에 열심인 장교의 다리 건설은 미친 짓이었다. 그러나 영국군 장교는 다리 건설에 허술함을 용서치 않았다.

"어느 것이 진정한 자존심인 줄 분간 못하고 눈앞의 작은 것에 집착하는 것이 누굴 닮은 것 같네요."

저것 보라는 듯 아내가 비웃었다. 아내에 말에 따르면 일본군이 망하도록 부실 공사를 해야 한다는 것이다. 때에 따라 적은 것을 양보하고 앞을 내다보고 크게 이기는 것이 자존심을 지키는 일이라고 했다.

문혁은 아내 말을 반박했다.

"적은 것을 이길 수 없으면 큰일에도 못 이겨. 자존심은 작고 큰 것이 따로 있는 것이 아니야."

*

저녁식사 후 시작된 대국은 새벽으로 넘어가면서 바둑알 놓는 소리가 유난히 커지고 있었다. 다른 집 창가는 불이 꺼져 있었다. 가끔 수험생이 있는 집만 불빛이 새어나왔다. 거실에 매달려 있는 전등은 다른 집 불빛까지 감당하느라 지쳐 보였다.

"전등도 쉬고 싶은가 봐요."

아내는 화장실을 갔다 오면서 내일을 위해서 쉬어야 한다고 잔소리를 했다. 문혁은 못 들은 척했다.

서당개 삼 년이면 풍월을 읊는다고 언제나 수재 편이었던 아내는 바둑판을 살핀 후 농담을 했다.

"이제 늙은 호랑이가 되었네. 이빨, 발톱 다 빠진 호랑이!"

"무슨 소리야. 아직은 건재해."

문혁은 어깨를 펴며 가슴을 두드려 보였다.

"가서 잠이나 자."

목소리에 짜증이 묻어 있었다.

승세는 수재에게 유리하게 돌아갔다. 수재를 이길 힘이 있다는 것은 문혁이 아들을 이겼다기보다 아직 젊은이와 겨뤄서도 이길 수 있다는 의미를 담고 있었다. 아직은 백돌을 놓치지 않고 있다. 이대로 가면 머지않아 백돌을 내어줄 판이다. 태연한 척 미소 짓고 있지만 이제 승부가 가려질 세 판째에서 접전을 벌이고 있는 것도 모르고 아내는 농담을 했다. '늙은 호랑이.'

　수재는 바둑에서 지고 나면 자기 방에서 복기를 하고 패인을 연구했다. 문혁은 자신도 그렇게 하고 싶었지만 귀찮은 생각이 들어 그만 두었다. 좀 더 연구해야 수재를 이길 수 있다는 것을 알지만 마음뿐이었다. 자존심은 거저 얻어지는 것이 아니었다. 마지막 보루인 자존심을 지키려면 연습, 또 연습이 필요하기 때문이다. 오랜 시간 바둑을 두고 나면 허리가 아프고 견디기 힘들 만큼 피곤했다. 투지가 나이를 이길 수 없음이었다.

　"잠깐 화장실을 다녀오마."

　문혁은 급히 화장실 문을 열었다. 한 손으로 화장실 벽을 잡고 서서 시냇물처럼 졸졸 흐르는 자신의 오줌 줄기를 내려다보았다.

　"쏴 하는 소리가 요란해 잠을 깼어요."

　요강 밑을 뚫을 듯 쏟아내는 소리를 두고 아내가 하던 말이었다. 그때는 별걸 다 트집이라고 웃어넘겼었다.

　바지를 추스른 후, 두 팔을 벌려 운동을 해보았다. 문혁이 목 운동을 하려는 순간, 아내의 소곤거리는 말소리가 조금 열린 문틈으로 새어 들어왔다. 문혁은 밖으로 나갈 수가 없어 정지 화면처럼 서 있었다.

"애야. 빨리 져드려라. 그래야 잘 것 아니니? 넌 아버질 이겨서 상을 받으려고 그러니? 아버지 모르게 져 드려라."

"네 그럴게요."

이런 빌어먹을 여편네가 다 있어.

아내의 말이 들려오자 화가 났다. 아내를 욕하자니 엿들은 게 계면쩍고 모르는 척하기로 했다. 따져봐야 자존심만 상할 것이니까. 지금껏 내가 이긴 것도 수재의 양보 때문이라고 아내가 생각한단 말인가? 늙은 호랑이 어쩌구 한 것은 진작부터 열세에 몰리고 있다는 것을 알고 있었단 말인가? 문혁은 아내가 내일도 있다는 말을 강조하던 의미가 이제 짐작이 갔다.

오늘 저녁 문혁은 자신의 건재함을 과시해 볼 작정을 했다. 그는 아랫배에 힘을 주고 화장실을 나왔다.

"내일 다시 하자."

문혁은 이 밤에 아내에게 건재함을 증명해고 싶었다. 아내의 허리로 팔을 넣어 안아보았다. 생각만 앞서고 몸이 말을 듣지 않았다. 아내는 슬며시 문혁을 밀어내고 돌아누웠다. 젊었을 때는 그의 품으로 안겨오는 바람에 밀려서 요가 깔리지 않은 맨바닥으로 밀려나곤 했었다.

똑같은 밀림도 그 결과는 하늘과 땅 차이였다. 어느새 아내의 엉덩이 밖으로 밀려난 자신이 한심했다. 숨을 쉴 수가 없었다. 정년이 되기도 전에 인생도 끝이 나고 있었다. 왜 진작 아내와 수재에게 보호받고 있다는 것을 알아차리지 못했을까. 그러고 보니 무슨 말을 하면 꼼짝 못 하던 아내가 꺼들꺼들해졌고, 모처럼 아내의 눈웃음에도 문혁은 반가워하지 않았다. 오히려 아내의 무표정이 마음 편했고 탓할 마음도 없었다. 누워 있을 수가 없어 슬그머니 화장실로 들어섰다.

거울 속에는 낯선 머슴 같은 한 사내가 거기 있었다. 흰머리가 이맛전으로 비어져 나오고 있었다.

얼마 전 염색을 하자던 아내의 권유를 거절했다. "생긴 대로 사는 것이지. 무슨 염색이냐"고 나무랬다. 자신의 나약함을 들키고 있는 것 같아 내키지 않았지만 생각을 바꾸어야 할 시기가 온 것이다.

*

황금마차 사건 이후 창립기념일이 있어 참석했다. 즐겁지 않지만 2차만 안 가면 별문제 없을 거라는 생각으로 응했다. 문혁은 밥을 먹고 나서 화장실에 가려고 일어났다.

"왜 벌써 가시려구요?"

몇 번 일찍 나왔더니 으레 떠미는 격이었다. 아니라고 말하기도 구차스러워 그냥 나와 버렸다. 웃옷을 챙겨 나오는데 '이제 술 맛 나네.' 하는 소리가 귓전을 때렸다.

"이 자식들이 날 완전히 늙은이 취급을 하네." 그 후 문혁은 2차엔 자동적으로 빠지게 되었다.

바둑을 두면서 수재와 실랑이를 벌이는 문혁에게 아내는 지면 어떻고 이기면 대수냐고 공자님 같은 말씀을 했다.

"지는 게 이기는 거고, 이기는 게 지는 거지요!"

문혁의 연륜과 수재의 패기가 어우러진다면 금상첨화다. 문혁은 그동안 살아온 연륜으로 보아 이길 자신이 있었다.

"지는 게 뭐 좋아."

지는 게 이기는 거라는 건 약자가 하는 소리였다. 이기는 기쁨만큼 황홀한 게 또 어디 있을까. 스포츠에서 승자에게 보내는 찬사나 갈채는 승리에 대한 대리 만족이었다. 엉뚱한 일로 부부싸움을 했던 기억이 났다.

복싱 미들급 챔피언인 유재두 선수가 일본의 와지마 고이찌 선수와 일전을 겨루는 경기였다. 텔레비전 화면은 태극기를 향해 손을 가슴에 올려놓고 국기에 대한 경례를 하는 유 선수를 비추고 있었다. 애국가를 부르는 유 선수를 보며 가슴 뭉클한 감동을 느꼈었다. 모두들 유 선수의 승리는 당연한 걸로 알고 있었다. 그러나 어이없게도 일본 선수에게 챔피언 벨트를 넘겨주었을 때, 문혁은 화가 났다. 텔레비전 앞에서 권투선수처럼 주먹을 휘두

르며 '라이트 훅! 그럴 땐 몸을 빼야지!' 하고 소리를 지르던 시청자들에게 실망과 분노를 안겨 준 시합이었다.

문혁은 옆에 앉아 눈을 반짝이며 텔레비전을 보고 있던 수재와 눈이 마주쳤다. 학교에서 나눠준 성적표에 몰래 도장을 찍어 갔던 일이 떠올랐다. 수민은 전교에서 1등을 했는데, 수재라는 이름과 달리 녀석은 반에서 10등을 겨우 턱걸이 했다.

"이 녀석 공부는 언제 할래?"

애꿎은 수재에게 소리를 버럭 질렀다.

"당신도 같이 텔레비전을 보았으면서 유 선수 진 게 수재와 무슨 상관이에요?"

"누가 그래, 유 선수 때문이라고."

*

일요일 아침이었다. 어제 저녁 두다 말고 밀어놓은 바둑판이 거실 한쪽에 그대로 있었다. 어느 누구도 세 판을 내리 이기지 못한 상태였다. 텔레비전에서는 일요 바둑 시간이 진행 중이었다. 바둑 실력이 상당수준이라는 개그맨이 해설을 하고 있었다. 조훈현과 다께미야가 대국을 벌이는 중이었다.

"이렇게 끊으니 흑이 이쪽으로 들어왔습니다."

문혁은 바둑알을 든 채 텔레비전의 바둑판을 보고 있었다. 승세를 잡고 있던 문혁은 수재가 끊으면 젖히든지 아니면 다시 끊을 점을 계산해 보았다. 이번에는 정신을 바짝 차리고 있으리라 결심했다.

반전무인 반상무석 盤前無人 盤上無石.

바둑을 둘 때는 앞에 사람이 없고, 바둑판 의에 돌이 없는 것처럼 무념무상의 경지로 임해야 한다는 말이다. 문혁은 마음을 비우고 상대가 아닌 자신과의 싸움을 할 참이었다. 한 수 잘못 두었을 때 오는 결과는 바로 패인이 된다. 수렁에서 헤어나기란 고행이라고 표현할 수 있을 만큼 힘든 투쟁이 필요한 법.

두 사람은 한 치도 물러서지 않았다. 힘과 힘의 대결이고 지략과 지력의 대결이었다. 이때 흑이 허를 찌르고 들어왔다. 어, 하는 순간 머릿속은 텔레비전의 떨림 현상처럼 지지거렸다.

"어, 안 돼! 한 수 물리자."

체면도 없이 사정을 했다.

"안 됩니다."

수재의 단호한 말에 문혁은 귓속까지 뻘게졌다. 물리자고 한 자신이 부끄러웠다. 문혁이 물리자고 한 일은 이번이 처음은 아니었다. 그러나 그때는 농담으로 한 말이었다. 지금처럼 적극적이지 않았다.

흑이 상변을 이어 왔다. 급소의 침입이었다. 미처 정신을 차릴

여유도 없이 일격이 날아온 셈이었다. 열세에 몰리고 있던 문혁의 대마는 엄청나게 큰 것이어서 흑에게는 꽃놀이 판이었다. 달리 손 쓸 자리가 없어 백돌을 던지고 말았다. 바둑을 시작하기 전에 그냥하면 싱거우니 내기를 하자던 수재에게 문혁은 삼만 원을 걸었었다.

"데이트 자금까지 주시니 고마워요."
여유를 부리는 수재에게 거듭 졸랐다.
"한 판만 더 두자."
"아버지, 다시 두어 봤자 소용없어요."
"짜식, 한 번 이겨놓고 까불고 있어."
"지금껏 제가 져드린 겁니다."
"뭐라구! 이런 개자식이 있어."

수재는 폭탄 같은 말을 던지고 약속이 있다며 일어섰다. 문혁은 분을 참지 못하고 수재의 뒤통수에다 대고 소리를 질렀다. 모욕감을 주체할 수 없어 바둑판을 거실 바닥에 엎어버렸다.

누구에게 화가 나서 씩씩거리고 있는 것이 아니었다. 아내가 수재에게 지라고 권하는 말을 들었을 때도 속은 상했지만 그냥 해보는 말일 것이라고 자위했다. 아내는 지기 싫어하는 문혁을 비꼬았다.

"그렇게 지기 싫다면 왜 여태껏 대통령은 못 되었을까?"

"모르는 소리 마! 되기 전까지 얼마나 굽실거려야 하는데. 그게 될 법이나 해? 내가 왜 회사에서 현장에 자청해 근무하는 줄 알아. 그래도 거기선 다 내 밑이란 말야."

문혁은 화가 나서 견딜 수가 없었다. 자존심이 상했다.

바둑을 두면 사람이 아니라고 큰소리 친 것이 올가미가 되어 문혁은 바둑의 '바' 자도 입 밖에 낼 수 없는 처지였다. 맹세를 한 지 일주일이 지났다. 식구들 모르게 바둑책을 꺼내 보았다. 냉전이 풀릴 때를 대비하려는 건 물론 아니었다.

'자존심이 남아 있다는 것은 아직 삶의 희망이 남아 있다는 증거'라며 승부사의 기질을 부추기며 수재를 키웠다. 문혁이 원하는 대로 수재가 커 왔지 않은가. 그런데 그 수재에게 패하고 나서 심한 패배감을 시달리고 있는 자신이 부끄러워졌다.

*

문혁은 조그만 찐빵처럼 통통한 손으로 바둑판 위에서 오목을 두던 수재의 손이 눈앞에 어른거렸다. 단칸 셋방에서도 수재의 미래를 생각하는 것만으로 가슴이 벅차올랐다. 수재에게 이기는 기쁨을 가르쳐 주려고 시작한 바둑이었다. 아이스크림 내기, 떡볶이 내기를 하면서 즐거웠다. 과자나 간식을 사주고 싶을 때마다 지느라 애를 먹었다. 그 작은 어깨는 이제 바위처럼 튼튼해졌다.

지금까지 자신이 속이 상했던 것들은 물거품처럼 보였다. 창고 관리소장인 문혁은 직접 생산에 관여하는 일을 하고 싶었다. 그러나 생각해보니 지금 하는 일도 생산에 참여하는 일이었다.

문혁은 수재가 실점을 놓은 것을 보고 덤벙댄다고 나무랬다. 생각해 보니 자신이 수재를 이긴 것은 수재의 배려였다. 상수上手라는 체면만을 지키려는 데 집착하느라 수재의 행동을 눈치채지 못한 것은 그의 잘못이었다. 자신이 옹졸했다는 것을 인정해야 했다. 쓸데없는 집착, 초조함 때문에 귀중한 시간을 잃어버린 것이었다.

문혁에게는 아직도 자신의 기색을 살피는 아내가 있었다. 엄마를 닮아서 예쁘고 똑똑한 수민도 있다. 그리고 수재를 떠올리자 수재에 대한 자랑스러움이 가슴으로 꽉 차 올랐다. 자신보다 십 센티미터나 큰 키에 이목구비가 뚜렷하고 흰 피부에 귀티가 나는 내 아들이었다.

어디다 내놓아도 꿀리지 않는 외모였다.

저녁이 되어 아파트 입구로 들어선 문혁은 저만치 앞서가는 긴 그림자를 보았다. 긴긴 하루는 저녁노을을 만들고 자신의 그림자를 길게 늘여 놓았다. 마치 삶이 이렇게 많이 남아 있다고 말해 주는 것 같았다. 아파트 주변에 은사시나무 잎이 바람에 하얗게 뒤집히고 있었다. 마치 그를 반기는 카드섹션으로 보였다. 아내가 기다리는 집을 향해 급히 걸었다.

헐떡이며 들어서는 수재와 수민에게 말했던 기억이 났다.

"누가 쫓아오냐?"

놓쳐버린 시간을 잡아야 한다고 생각했다. 문혁은 급한 마음에 두 계단을 넘겨 디디며 단숨에 계단을 올라섰다.

(2024)

(2025년 제14회 『월간문학』 수상작)

당신을 기억합니다

향수는 기억을 불러일으킨다. 엘리베이터 안에 들어서자 공기를 통해 은은한 향이 코끝으로 스며든다. 인혜는 주위를 둘러본다. 향기가 어디서 나는지 보려고 뒤로 돌아보았으나 거울 속에는 자신뿐 아무도 보이지 않는다. 아마 먼저 탔던 사람이 남기고 간 향기일 것이다. 매일 아침 출근하던 남편에게서 나던 그 향이다. 혹시 남편의 영혼이 내 주변을 맴돌고 있는 건 아닐까 하는 생각에 한 번 더 둘러본다. 역시 그녀 혼자다. 숨을 들이쉬자 익숙한 라벤더 향이 다시 그녀 코를 향해 날아든다. 남편이 살아 있을 때 아침마다 현관문을 나서면서 어깨 위로 남기고 가던 향기였다.

며칠 전 생일이었을 때, 손녀 윤미가 찾아왔다. 윤미는 어릴 때부터 사랑이 많고 영리한 아이였다. 평소엔 말이 별로 없지만 다

정다감하며 이런 저런 얘기를 잘 했다. 그날도 그랬다. 이런저런 이야기 끝에,

"할머니 선물로 뭐가 좋아요?" 윤미가 물었다.

"생일선물 안 해도 되는데… 그렇다면 향수로 할까?" 그녀는 남편이 쓰던 향수를 들어 보였다.

"할머닌 왜 굳이 여성용을 놔두고 남성용이에요?" 윤미가 조금 의외라고 생각한 것 같았다.

"난, 네 할아버지가 쓰던 것이 좋더라." 인혜 말에 윤미가 깔깔대며 웃었다.

"할머니는 할아버지를 좋아하나 봐요."

다음날 오후 윤미가 선물을 들고 인혜가 사는 아파트로 왔다. 시내 백화점에 들렀다고 한다. 할머니 선물로 불가리 남성용 향수를 달라고 했더니 점원이 "남자 향수가 맞느냐"고 몇 번이나 묻더라고 한다. "정말 할머니 선물이냐"고? 그러면서 "언제든 오면 바꿔 주겠다"고. 인혜는 문석이 가고 나서도 그가 사용하던 향수가 익숙해서 좋았다. 윤미가 돌아가고 나서 인혜는 윤미가 사온 향수병을 열었다. 라벤더 향을 맡으며 문석을 떠올렸다.

문석과 인혜는 1959년 가을에 결혼했다. 두 사람은 60여 년을 함께 살았다. 그동안 많은 일이 있었다. 무일푼에서 출발한 문석은 가족을 위해 고군분투했다. 그는 근면했고 성실했다. 운이 좋

앉는지 노력의 산물인지, 지금의 위치까지 올라왔고 안정된 삶을 누릴 수 있게 되었다.

친정엄마는 사람만 보면 된다고 하면서 사윗감을 마음에 들어 했다. 착해 보이는 얼굴을 보면 알 수 있는 일이라고. 그래도 불안했는지 옆집 아주머니에게 물었다. 아주머니는 신랑감이 착해 보인다고 착할 것은 말할 필요도 없다고 거들었다. 엄마는 그 말을 듣고 마음을 놓았다. 시이모가 중신을 섰는데 시이모는 근동에서 모두 알 정도로 '착한 표' 대명사였다. 착한 표의 큰언니가 시어머니였다.

보증수표를 받아든 엄마가 신랑을 착한 눈으로 본 것은 당연했다. 착한 집이란 말을 철석같이 믿고 있었다. 엄마는 시집살이라는 것을 모르는 둘째 며느리였고, 자신의 마음만 믿고 모든 사람을 착하게만 보는 맹점이 있었다. 엄마는 딸을 불러놓고 말했다.

인혜야, 시댁은 시누이도 없으니 딸 같은 며느리 귀여움을 받고 살아라. 그동안 동생들 돌보느라 고생했으니 이제라도 편히 살았으면 한다면서 딸을 위해 빌어 주었다. 그러면서 엄마는 딸의 손을 잡고 너같이 순진한 사람은 착한 집에 가야 살 수 있다고 말했다. 네가 잘해야 형제간에 우애도 있을 것이니, 너만 착하면 된다고 했고, 나 또한 그렇게 하리라 마음먹었다. 막내아들 임에도 부모를 모시겠다고 대답했다.

　시어머니는 며느리를 딸처럼 사랑한다고 했다. 나는 그 말을 좋게 생각했고 시어머니의 말을 따르려고 노력했다. 이것이 내가 알고 있는 시댁에 대한 정보였다.

　신혼집인 시댁 마루에는 액자에 넣은 가족사진이 걸려 있었는데, 얼마나 오래 되었는지 안에 넣은 신문지가 노랗게 찌들었고 사진이 옆으로 흘렀거나 삐뚤게 걸려있으면 누런 신문지가 그대로 드러나 보였다.

　문석이 쉬는 날, 시부모님이 아침 일찍 출타 중이어서 마침 집에는 남편과 나, 둘만 남아 있었다. 점심을 먹은 후 문석이 느닷없이 벽에 걸린 액자를 정리하겠다는 말에 나는 질겁하며 그러지 말라고 말렸다. 얼마 전, 시어머니가 넣어둔 양은그릇을 꺼내 쓰다가 호되게 야단을 맞은 적이 있었기 때문이다.

　"걱정 말어, 내가 했다고 해."

　문석은 자그마한 의자를 놓고 벽에 걸린 액자를 떼어내면서 이를 드러내고 웃었다. 액자가 두 개였는데 문석은 듬성듬성 걸려 있던 사진을 모으고 빈틈이 없도록 정리했다. 깨끗해진 액자를 보면서 그는 흐뭇한 표정을 지었다. 액자 옆에는 그녀가 시집올 때 갖고 온 풍경화를 걸었다.

　오후 늦게 돌아오신 시어머니는 마루에 걸린 액자를 보더니 갑자기 노기를 띠며 화를 냈다. 나는 시어머니가 갑자기 왜 화를 내는지 영문도 모른 채 멍하니 서 있었다.

"아니 저 액자 누가 치웠니?"

"그이가 치웠어요, 하지 말라고 했는데도 걱정 말라고…."

인혜의 목소리가 떨렸다.

"뭐? 여태껏 그대로 있던 것이 왜 갑자기 보기가 싫었는지 이해가 안 된다. 네가 지저분하다고 말했나본데 시에미 살림이 싫다는 게냐? 보란 듯 떡하니 제 계집이 해온 액자를 걸어두다니."

그날 오후 문석은 외출했다가 저녁 늦게 들어왔다. 시어머니가 아들을 크게 혼낼 줄 알았는데 별 말이 없었다. 아들에게 "배고플 테니 어서 밥 먹으라"고 다정하게 말했을 뿐, 마치 아무 일도 없었던 것처럼 행동했다. 인혜는 당황하고 어이가 없었다. 조금 전까지 서슬이 퍼렇도록 화내던 시어머니가, 아들을 조금이라도 나무랐으면 그렇게 생각하지 않았을 것이다. 놀라웠다. 결혼한 지 보름 만에 일어난 일이었다.

시어머니가 며느리를 욕하거나 나무라고 싶었는데 마땅한 핑계가 없어 참고 있다가 구실을 찾아낸 것 같았다. 시어머니 입장에선 어찌 보면 사랑하는 아들을 빼앗아간 며느리였다. 시어머니는 평소 아들에게 "보기도 아깝다"면서 뺨을 쓰다듬었는데 아들을 빼앗아간 며느리가 미웠을 것이다.

넌 내 아들을 빼앗아 간 도둑고양이. 소중한 아들을 며느리에게 빼앗긴 느낌. 그래서일까 사랑을 빼앗아간 연적인 며느리에게 처음부터 가혹하고 냉정하게 대했다. 후에 시어머니는 손자를 안고 예뻐하면서 말했다.

"미운 년 속에서 어찌 이런 예쁜 놈이 나왔을꼬."

세상은 우리가 원하는 대로 흘러가지 않을 때도 있고 행복을 꿈꾸는 결혼이 침몰하는 여행의 시작일 수도 있다.

인혜는 자신의 처지를 생각한다. 내 운명은 나로서는 불가항력이었다. 착한 집이라고 철석 같이 믿었는데 최악의 복병을 만난 셈이다.

나쁜 조건을 고르려고 해도 이렇게 꼭 들어맞는 집은 없을 것이다. 너는 최선을 다하려 했지만 만만한 존재로 보았는지 아무리 잔소리와 욕을 해도 괜찮은 존재로 전락했고, 화풀이 대상으로 등극했다. 착함과 어리석음은 동의어일지도 모른다. 생각의 단순함도 어리석음에 동참한다는 생각도 든다. 운명이란 사슬이 사람의 눈을 흐리게 만들어 너를 끌어들였다. 엄마는 알았을까. 남편의 순한 눈 때문에 속은 것이다.

시어머니는 결혼하기 전 밤마다 아들을 불러놓고 얘기했는데 이야기의 패턴은 대개 비슷비슷하다. 대충 정리하면 다음과 같다.

"문석아, 이 어미와 약속을 해라. 첫째, 절대로 베갯머리송사를 듣지 말 것. 둘째, 마누라 말을 듣지 말 것. 여자 말 들으면 안 된다, 그러면 집안이 망한다." 아들이 대답한다. "엄니, 걱정 말아요, 엄마 속 썩이는 그런 멍청이는 안 될 거니 안심해요." 아들은 기꺼이 자진해서 약속하고, 시어머니는 기뻐한다. "너 정말이지? 다시 한 번 말해두지만 새색시 때부터 잡아야 한다. 그렇지 않으면 고삐 풀린 망아지가 되고 결국 집안이 망하는 지름길이란다." 그러면 아들이 대답한다. "알았어요, 엄마."

시어머니는 아들이 결혼 전에 세뇌 교육시켰고, 그것은 성공적이었다. 언젠가 데이트 중 문석이 인혜에게 말했다. 아무 것도 바라지 않는다고 했고, 우리 엄마에게 잘해 달라는 것 하나뿐이라고 했다. 인혜는 그에게 알았다고 했고, 신경 쓰지 않아도 된다고 대답했다.

*

문석은 자신이 퇴근해 들어오면 아내가 반색을 하고 반겨주길 원했다. 늦둥이답게 어리광이 심했다. 시부모님을 모시고 혼자서 집안일을 하다보면 바쁘거나 피곤해서 문혁이 퇴근하는 것을 반기지 않거나 모를 수도 있다. 그러면 문석은 그때부터 몽니를 부렸다. 입을 닫고 나가서 며칠씩 집에 들어오지 않는 날도 있었다.

아무리 말을 시켜도 고개를 돌리고 문석은 아내를 외면했다. 잘난 체하더니 마음에도 없는 말을 한다고 아내의 사과를 거절했다. 한집에 살면서 문석이 말을 안 하는 경우가 많았는데 얼마나 불편한지 겪어본 사람은 알 것이다. 인혜는 불편함을 해소하려고 연거푸 문석과 화해를 시도한다. 연거푸 실패한다. 그래도 화해를 시도한다.

문석은 그래도 꿈쩍하지 않는다. 자신이 풀려야 사과도 통한다. 몽니를 부리면서 자신이 피곤해질 대로 피곤해서야 멈춘다. 그는 자신을 화나게 만든 아내를 원망했다. 그런 면에서 문석은 철저한 이기주의자였다. 모든 걸 자기 관점에서 생각하고 행동했다.

어제 일요일에도 문석은 아내가 옆에서 말을 붙여도 대답도 하지 않았다. 인혜가 토요일 친구를 만나러 시내에 나간 것이 화근이었다. 머리가 아프다는 사람을 놔두고 나갔다고 괘씸죄에 걸린 것이다. 인혜는 남편이 편두통이라서 진통제를 먹으면 해결될 일을 자신이 옆에 있어도 도움이 안 된다고 생각했다. 그동안의 행위로 봐서 안 된 마음도 들지 않았다. 머리를 짚어보니 열도 별로 없었다. 친구와의 약속은 다음으로 미룰 수 있었지만, 음울하고 긴장된 집안 공기를 잠시라도 피하고 싶었다.

문석은 자신에게 소홀하거나 못마땅한 일이 있을 때는 묵비권을 행사하고 얼굴 표정이 냉랭하게 변한다. 너무나 자주. 오랫동안 그의 냉랭한 얼굴을 너무도 많이 봐 왔다. 그 때문에 말을 시켜도 문석이 대답을 하지 않으면 인혜는 미리 질린다. 그런 날 시어머니는 흐뭇한 표정을 지었다. 하나밖에 없는 아들이 며느리에게 살갑게 대하는 것이 보기 싫었고 아들이 지는 것은 더욱 용납할 수 없었는데, 초장에 아내 기를 꺾으라고 교육시킨 효과를 눈앞에서 확인하는 듯 해보였다.

효자를 자처한 문석은 보란 듯이 재롱을 떨면서 부모 앞에서 의기양양하고, 아내를 잡는 법을 가르친 시어머니는 아들을 앞세워 며느리를 쉽게 조종하고, 문석 또한 그러했다. 모두들 이유도 없이 화를 내는 것으로 그녀 위에 군림하고 있다.

시간이 지나면서 음울한 집안 분위기가 길어진다. 굳이 빌기도 지겨워진다. 그녀는 문석을 내버려두면 언젠가 풀릴 것 같아 참는다. 그가 버티는 시간이 길어진다. 시간이 지나면서 이대로 평생 살기가 어려울 것이란 자각이 들었다.

타의에 의해서 결정되는 일, 끝없는 비굴함과 거지근성을 가지고 봉사해야 한다는 생각을 하도록 했고, 남편의 그런 생각에 나도 모르게 당연하다고 받아들이게 됐다. 결혼해서 살면서 얻은 것은 자신에게 힘이 있어야 한다는 것이고, 자유란 자립할 수 있을 때 주어진다는 것이다.

한 번 해보자!

그녀는 남편이 하던 대로 똑같이 묵비권으로 반항하기로 했다. 격렬한 주도권 싸움이 시작되었다. 그러나 하루 이틀도 아니고 일주일이 지나고 열흘쯤 가면 인혜는 버티기는커녕 혼자 폭발해 버리고 만다. 그녀가 어떤 행동을 하던 그는 꿈쩍도 안 하고 더욱 질겨졌다. 이미 아내 특성을 간파했고 자신의 인내심만 키우면 된다는 것을 알아버린 것 같았다.

그녀는 견뎌내고 참아내는 것밖에 해결 방법이 없었다. 냉전이 길어지고 툭하면 버릇이 되었을 즈음, 그녀는 자신의 인생을 생각하기 시작했다. 죽거나 달아나거나. 이대로 평생 살기는 어려워.

우울해 하면 우울할 일만 생긴다. 문석은 지금 사업상 고통스럽다고 말한다. 혼자 고민하는 모양이다. 인혜는 괴로워하는 문석을 이해하면서도 그의 괴로움을 위해 어떤 일을 해야겠다는 생각은 하지 않았다.

남편의 우울을 가장한 폭력이 시작되면 과거 그의 폭력을 합친 것보다 더 많은 불행한 시간들이 한꺼번에 몰아친다. 머리로 쇠망치들이 쏟아져 내린다. 머리에서는 몇 배의 절망이 쏟아져 내린다. 과거에 비해 인내력이 생겼음에도 불구하고 살고 싶은 생각이 사라진다. 50년을 아내 길들이고, 화를 내고 말을 안 하는 것으로 그림자 취급을 하는 남편, 아! 나는 질식해 죽을 것 같다.

우리가 사랑이라고 부르는 그것은 얼마나 이기적인 감정인가. 인혜는 괴로워하는 그의 괴로움을 위해 어떤 일을 해야겠다는 생각이 들지 않는다. 시집살이 할 때부터 고통을 나누어져야 함에도 그렇게 되지 않는다. 그가 나를 가족으로 인정하지 않고 내 고통에 동참하지도 않는데 왜 내가 고통을 느껴야 하지? 생각뿐 아니라 가슴이 냉담한 채다. 함께 가정을 이루고 산 사람, 그의 혜택을 받고 산 부부로서 있을 수 없는 일이다.

사람과 사람 사이에 산맥이 가로 막고 있다. 나는 잘했다고 생각하듯이 상대방도 최선을 다했다고 생각할 것이다. 남편과 나 사이도, 친구 사이도. 그러나 누구도 자신이 한 일만 생각하고 타인의 배려는 야박하게 계산한다. 강줄기가 얼마만큼 깊고 넓으냐에 따라 믿음이냐 불신이냐의 차이가 생긴다. 인혜는 내면적으로는 수동적이다. 겉으로 보이는 모습은 능동적이다. 밖에 나가면 사람들은 그녀의 겉모습만 보고 능동적인 성격이라고 말한다. 모양을 내고 소설을 쓰고 하고 싶은 일을 하고 산다고, 능동적인 성격이고 말년을 이상적으로 살아가는 여성의 롤 모델이라고 한다.

*

그즈음 인혜는 남편과 다투고 마음이 울적해서 친구와 함께 시내 백화점에서 하는 문학 강좌에 참석한 적이 있다. 주제는 황혼이혼에 관한 것이다. 휴식시간에 커피를 마시고 있는데 남자 문우가 다가와서 말했다.

"남자는 네 살 먹은 아이 취급하면 된다고요."

"미쳤어요? 우리가 무슨 죄를 지었는데요."

그녀가 물었다.

"평생 어린 아들처럼 보살피라니 말이 된다고 생각하세요?"

자신들을 철없는 아이로 치부하고, 잘못이 있어도 이해해 주고 보살펴 달라고? 젊어서 멋대로 하고 싶은 대로 권력을 휘둘러 꼼짝 못하게 해 놓고, 여자를 부리며 살았으면서 이제 늙어서는 어머니 역할을 해 달라는 것 같은데 무슨 염치로 그런 말을 할까? 이기심을 넘어 파렴치한이라는 것을 모른다면 그야말로 네 살짜리다. 조금만 사고력이 남아 있다면 남자들의 노년은 속죄의 시간이 되어야 한다. 모른 척 편안하게 살겠다는 말 같은데 어처구니가 없다. 그들은 아내를 끝없이 종처럼 부리며 희생을 강요하고 싶은 것이다.

편안함에 길들여진 남자, 종의 근성에 쇠뇌당해 그것을 미덕으로 아는 여자들. 그런 사고를 하루아침에 개선할 수는 없다. 뒤늦게 이용당한 것을 깨달은 여자들이 반항을 하면 늙어 힘이 없으니 구박을 하고 드세졌다고 한탄이다. 드센 것이 아니라 자각이 생긴 것이다. 여자들도 같이 늙어간다. 젊을 때와 똑같이 가사 일을 하면서 남편을 돌보자니 힘이 들어 투덜대는 것이다. 한 번 종은 영원한 종이어야 한다면 지금이라도 노예에서 벗어나는 길은 별거를 하거나, 이혼하는 쪽을 선택해야 한다.

인혜는 아들 종현를 생각해본다. 아버지 사업을 도왔던 아들은 결혼과 동시에 분가를 했다. 사업상 아버지와 트러블이 있던 종현은 엄마에게 하소연을 했고, 그럴 때마다 그녀는 종현 편을 들었다. 남편에게 당신 입장도 이해하지만 젊은 사람들 의견도 참작하라고 에둘러 말하곤 했다. 무조건 아들 역성을 든다고 남편과 다툼도 많았다. 언젠가부터 엄마 덕이라고 의지하던 아들이 변하기 시작했다.

사업을 따로 시작한 아들은 힘들 때마다 아버지에게 달려갔고, 아버지 편을 들었다. 어릴 때부터 아무리 혹독하게 굴었어도 아버지가 가진 돈의 힘에 희망을 걸었던 걸까? 남편은 아들과 싸울 때는 언제나 '다시 니놈을 안 보겠다'고 선언했다. 그랬던 남편이 언젠가부터 아들이 불쌍하다고 말하고 있고, 아들도 어미인 나에게 편잔을 주기 시작했다. 그녀는 남편에게 소외당하고 이젠 아들로부터도 소외당했다고 생각하니 땅이 무너지는 것 같았.

이제 아들도 제 아버지 편이다. 내가 살아야 할 이유고, 내가 원하던 성공을 대신 이루어 줄, 아들에게 바쳤던 사랑을 어떻게 설명한단 말인가? 아들은 내게도 재산을 달라는 엄마가 못마땅했던 것이다. 자식들은 아버지의 것은 자신들의 것으로 생각하고, 남편도 그렇게 생각한다.

한평생 남편과 가족을 위해 어려운 고비를 함께한 내게, 남편이라는 존재는 영원한 타인이었다. 아까워서 못 줄 뿐 아니라 불평한다고 평생 불평만 하고 산 사람 취급이다. 경제력이 없는 어미는 설자리가 없다.

인혜는 언젠가 딸 지혜가 한 말을 떠올렸다. 남편과의 냉전이 일주일쯤 지났을 때였다.

"엄마도 만만치 않아."

지혜의 말에 인혜는 어이가 없었다. 고집 센 아빠와 사느라 고생했다고 하면, 그래 엄마가 고생이 많았지, 하고 위로해줄 줄 알았다. 옆에서 제 아버지가 고집 피우는 것을 봐 왔기 때문에 엄마 편을 들어줄 거라고 생각했다.

나는 지혜를 사랑했다. 문석도 지혜를 어릴 적부터 예쁘다고 했고 사랑했다. 나는 때때로 지혜를 나무랄 때도 있었지만, 그건 모두 딸을 위하는 사랑이었다. 딸은 아버지가 단점도 있지만 딸에게 애정도 많이 보인다고 생각해서일까? 딸의 말을 억지로 인정하면서도 섭섭하다.

누구도 자신이 직접 부딪치지 않고 경험해 보지 않으면 알지 못한다. 더구나 둘만의 세계는 아무도 모른다. 문석에 대한 내 판단이 가장 정확하다고 생각한다. 왜냐하면 1대 1로 그와 맞부딪쳐 왔기 때문이다. 어떻게 모를 수가 있지? 그동안 수 없는 갈등으로 싸우는 것을 옆에서 봐 왔을 텐데. 나는 일방적으로 당한 피해자라고 생각하는데. 이런 저런 생각을 하면서 커피를 마시고 있는데,

"엄마는 우리 아버지를 절대로 못 이겨요."

지혜가 툭 던지는 말이 들렸다.

그러니 엄마는 힘 빼지 말고 투항하라는 말이다. 번번이 버티다가 투항한 것이 내가 그동안 가족들에게 보여 준 결과다. 딸은 아버지와 버티기에서 끝내기 결과를 미리 알고 있으니 하는 말이었다.

"나도 느이 아버지를 한 번쯤 이겨보려고 용을 쓴 것이다."

그래도 지혜는 엄마가 틀렸다는 것이다. 지혜는 그날 엄마가 아버지를 한번 이겨보려고 버티는 것을 보고 독하다고 말했다.

맞다.

나는 독해 보려고 한다. 내 인생은 내가 결정한다. 어떻게 사람이 번번이 지고만 있을 수 있겠는가? 어떻게 자신이 옳다는 생각을 갖고 있는데, 싸우지 않으려고 자신의 생각이 틀렸다고 인정할 수 있겠는가? 사람은 직접 해보지 않으면 아무 것도 모르는 동물이다. 자기와 다른 생각이나 반대 의견은 무조건 자신에 대한 위협으로 받아들이면서, 다른 사고를 가진 인간과는 더 이상

같이할 수 없다고 절연해 버린다. 그러면서도, 제 엄마한테는 그렇게 냉정하게 말하다니!

　나는 착한 엄마이기를 포기한다. 그동안 인정받으려고 수없이 내가 처한 상황을 설명해 왔다. 그러나 목 힘줄기가 아프게 설명해 봤자 아무도 이해하지 않는다. 다만 겉으로 이해하는 척하는 것으로 끝내는 것이다. 이젠 섣부른 이해를 구하기 싫다. 그저 믿을 것은 나 자신뿐이다. 나는 지금부터 내 생각을, 변명을, 일기를, 쓸 예정이다.
　적어도 내게는 남편에게는 이길 수 없다는 뿌리 깊은 공포가 들어 있다. 이기고 지는 문제가 아니다. 내가 평생을 돌보고 살아도 문석에게 한번 잘못하면 그 자리에서 무일푼으로 쫓겨난다는 생각을 해왔다. 직접 돈을 번 일이 없으므로 나는 내 것이 없다. 문석의 자비심이나 선처에 의지해야 하고, 그는 자신이 가진 부의 가치를 강조한다.

　이론적으론 부부공동으로 이루어 낸 재산은 부부공동 재산으로 간주한다. 하지만 가정에서의 여자들 입지는 다르다. 월급통장이 부인 앞으로 들어간다고 불평이 대단했다. 공무원의 월급이 아내의 통장으로 들어오게 되었을 때, 당시 공무원이었던 남편은 죽도록 일하고 월급은 만져보지도 못하고 옛날처럼 호기 한 번

부려 보지 못하고, 송두리째 빼앗기고, 아내에게 용돈을 타 쓰는 비애를 토로했다.

그 후 남편은 공무원을 그만 두고 사업을 시작했다. 그런데 공무원과 달리 사업하는 사람은 입장이 다르다. 요즘은 개인사업자도 월급이 부인 통장으로 지급되어 살만하다. 그러나 부동산이나 그 외에 재산은 모두 남편의 것이다. 월급이 없을 때는 식물인간이 된다. 나는 재산에 관한 한 어떤 권력행사도 불가능했기 때문이다.

한국남자에게 자식은 곧 자신이다. 아무리 불효를 해도 마지막엔 자식에게 재산을 물려줄 생각을 한다. 나는 남편의 어려움과 함께 했으며 누구보다도 남편을 사랑했다. 그의 고통이 곧 내 고통이 되어 같이 아파하며 사업하는 동안 부도가 나면 남편과 같이 걱정을 하며 밤을 지새웠다. 그런데 말년에 몸이 불편해서 내가 짜증을 부리면 남편을 우습게 본다고, 또는 변했다고 어떻게 하든 아내 몫을 없애려고 한다.

남편은 자기 것이 마누라 것이라고 말한다. 자신도 혼자 먹고 살려는 것이 아니란다. 그런데 아내가 돈이 필요할 때 돈을 요구하면 용도를 묻는 건 물론이고, 잔소리를 듣고 사정을 해야 한다. 그럴 적마다 구걸하는 느낌이 든다. 자식에게는 뭉텅 떼어준 남편이 어쩌다 아내 이름으로 100억짜리 땅을 사주고는 생색을 낸다. 아들과 공동명의자라 내 것이 아닌데도 말이다. 사업에 필요해 땅을 담보로 은행융자를 대출해 써서 빈 깡통인 채로 있다.

*

　인혜는 문석에게 실망할 때마다 자신이 죽는 길이 최선이라는 생각을 하곤 한다. 결혼과 더불어 내면에 똬리를 틀고 앉아 있던 자학이다. 복수심이 아닐까 생각해 본적이 있다. 누굴 위해 복수를 한다는 것은 어리석은 일이란 건 알지만, 다른 길이 없어서였다.
　남편은 자신에게 소홀했거나 못마땅한 일이 있을 때, 묵비권을 시작하고 얼굴 표정이 냉랭하게 변한다. 너무나 오랫동안 그의 냉랭한 얼굴을 봐 왔다. 그 때문에 말을 시켜도 대답을 하지 않으면 나는 미리 질린다. 사람이 일생을 통해 웃는 시간과 화내는 시간을 계산해 본다면 그가 화내는 시간 비율은 엄청날 것이다. 특히 나를 대할 때 시간만 계산해 보고 싶다.
　결혼 생활에서 십년 단위로 점점 더 화해할 명분을 잃어간다. 신혼 때부터 첫아이가 초등학교를 졸업할 때까지는 별다른 이유도 없이 화를 내면 아내가 먼저 손을 내밀면 남편은 마지못해 화가 풀려서 계면쩍게 웃으면서 화해의 길을 터 주었다. 그러면 자연스럽게 부부 사이의 갈등이 해결되곤 했다. 처음 싸늘해질 때는 겁이 나서 곧 사과를 했고 며칠만 견뎌내면 된다고 믿었다. 그러나 그 생각은 오산이었다.

    남편은 버릇이 시아버지와 비슷하다. 다른 점이라면 시아버지는 갈등이 생기면 오래 버티지 않고 시어머니가 사정을 하면 곧 풀린다. 그런데 어리광쟁이 남편은 부모 앞에서 입을 꾹 다물고 묵비권 행사에 들어간다.

    그럴 때면 시어머니는 흐뭇한 표정으로 아들을 바라본다. 마누라에게 살갑게 대해도 안 되고, 지는 것은 더욱 용납하지 않도록 교육시킨 아들이 대견스러운 듯. 시어머니는 그럴 때면 시아버지에게 살갑게 대하면서 시아버지 기분을 풀어준다. 마치 이렇게 해야 한다는 듯. 교육차원인 모양이다. 그런데 어리석은 남편은 제 부모 앞에서 의기양양하게 이유도 없이 화를 내는 것으로 군림한다.

    차츰 나를 잡는 법을 배운 남편은 나를 아주 쉽게 조종하고 있다.

    가슴이 턱턱 막혀 정신과를 찾았다.

    "저는 늘 준비하지요. 최고의 술과 수면제 그리고 목을 매는 것, 그 순간 행복하다고 들었어요. 그 순간 남편의 일그러진 표정을 생각하면서 죽고 싶어요. 내가 죽은 것이 안타까워 할 사람은 아닙니다. 자신의 명예, 체면을 더럽힌 재수 없는 마누라를 만난 자신의 운명 때문에 속이 상해서 일그러질 겁니다."

의사의 대답은 남편의 태도에 불편함을 느끼는 자체가 이길 힘이 없다는 증거라고 한다. 이웃집 아저씨로 생각하고 기대를 하지 말라고 한다.

그동안 나는 남편을 내 편으로 만들고 싶어 한 것이다. 60년 긴 세월을 남편에게 기대를 가졌던 나 자신이 얼마나 어리석었던가. 이웃집 아저씨라면 화난 모습을 봐도 상관없다. 그러나 남편의 냉랭한 모습을 날마다 보는 것은 괴롭다 못해 고통이다. 재수 없는 얼굴 안 볼 수 있다면 편안할 수 있을 것 같다.

"선생님도 남자이니 알고 있을 것 아니에요. 왜 그럴까요?"

"남자는 여자가 힘이 크는 것을 싫어합니다. 언제나 자신이 거두고 자신에게 의지하면서 살기를 원하죠. 힘이 생기면 자신을 버릴지도 모른다는 생각을 합니다. 앞으로 모계사회로 가게 될 텐데 힘까지 실어준다면 남자들은 갈 곳이 없어집니다. 남자에게 힘을 빼면 말로가 어떻게 되는지 그들은 잘 알고 있어요."

"그들에게 아내라는 이름은 몸종에 지나지 않는군요. 병이 들거나 늙어도 종처럼 봉사를 해야 직성이 풀리겠군요. 여자가 먼저 죽으면 그땐 외로워서, 필요해서, 그리워서, 아내를 사랑했다고 하겠지요."

"부부가 서로 힘겨루기를 하면서 상대를 알게 된 것이지요. 남자에게 의지하고 자기 남편이 최고라고 하는 할머니들은 그런대로 부부가 잘 살고 있어요."

"우성인 여자가 열성인 남자에게 복종하고 살 수 있다고 생각하세요? 어리석은 생각을 하는 남자에게 예스댄 노릇을 어떻게 하지요. 그것도 평생을."

"정답은 없지만 사람들은 지혜롭게 살길을 찾더군요."

"여자로 태어난 것이 죄군요. 아이를 낳아 기르면서 사회생활을 할 수 없고, 지난 세대에는 여자가 경제활동을 할 기회조차 없었어요. 아이들이 다 자란 후 노년 들어 경제능력이 없는 여자들은 평생 약자로 살아야 합니다. 권력에 복종하는 것만 배웠으니 자아실현이라는 말은 어림도 없지요. 결국 힘이 없으면 어머니라는 역할은 약자라는 의미도 됩니다."

인혜는 언젠가 지혜가 했던 말을 다시 떠올렸다. "엄마는 죽어도 아버지를 이기지 못한다"는 말, 가장 정곡을 찌른 말은 "아버지는 엄마와 말을 안 하고 있어도 속상해하지 않는다"는 말, 그뿐만 아니라 "전혀 신경 쓰지 않는다"는 말, "아쳐진 엄마에게 절대 지지 않을뿐더러 만약 진다면 죽을 때"라는 말. 인혜는 늘 내가 불편하면 문석도 불편하겠지 그렇게 생각했었다. 무엇보다 치명적이었던 말은 엄마 혼자 애를 끓이며 살고 있다는 점이었다.

'왜 그래야지?'

내 나약함을 간파한 문석은 언제나 승자였다. 마음이 약하고 배짱도 없으면서, 원망만 해온 내 책임이다. 어릴 때부터 갈등을 싫어한 나, 그리고 시집살이에서부터 길들여진 고양이와 쥐의 관계다. 힘들거나 어려운 일은 되도록 내가 짐으로써 평화를 찾는 것을 미덕으로 알았고 편했다. 불편함을 못 견디는 내 나약함에 대한 변명이다.

이제부터 남편을 이기겠다는 생각 자체를 버리자! 나도 혼자 편하게 사는 방법, 훈련이 필요한 시점이다. 한계를 느낀다.

60년의 세월을 벗어던지자. 젊은 시절 남편의 묵비권에 시달리기를 수천 번, 견디면서 산 것 같다. 태산준령을 넘어왔다. 시간이 가면 면역이 생기겠지 하는 희망을 가져봤다. 하지만 남편이 변하기를 원한다는 것은 헛수고였다. 이젠 이기고 지는 게임을 끝내자!

그러나 지금껏 남편에게 의지하며 살아온 이상 자립할 힘도 없으면서 불만만 늘어놓은 것이다. 마땅히 떠날 생각도 없다. 갈 곳도 없다. 힘도 없으면서 베팅하는 노름꾼같이 더러는 나를 부러워하는 여자들도 있으니 마냥 미워할 수만은 없다.

그는 면죄부라도 된다고 생각했는지 결혼기념일이나 생일날에 꽃과 금일봉으로 자신의 잘못을 상쇄시키거나 떠나고 싶어 하는 아내 발목을 잡는 방법일 수도 있다고 삐뚤어진 생각을 하고, 억지를 부린다. 남들이 들으면 배부른 소리고 복에 겨워서라고 할지도 모른다. 불만과 고마움 사이에서 고민한다.

나도 언제까지나 타인의 의해서 내 행불행이 결정되는 수동적인 인간에서 능동적인 인간으로 나머지 삶을 살다가 마감하고 싶다. 앞으로 자신만 생각하는 남편과 같이 산다는 건 생각만 해도 끔찍하다. 마누라가 아프다고 하면 건성으로 병원에 가라는 말뿐이고, 자신은 돌봐달라고 한다. 자신을 사랑하지 않는다고 억울해 한다. 내 몸 하나도 사랑할 수 없는데…. 나도 나이든 몸으로 어떻게 돌보란 말인가?

*

역사는 변화하기 마련이다.

"당신 얼굴빛이 왜 그래요?"

인혜는 출근하는 남편에게 다가가서 물었다. 묻는다기보다 건강에 대한 점검이다. 언제부터인가 그녀는 인사 대신 남편의 표정을 보고 컨디션을 물었다. 남편의 하루일과를 알 수 있다. 점심은 잘 먹었는지 몸이 아픈지 회사에 복잡한 문제(거래처에서 부도를 내고 도망갔거나 하면 초비상)가 생겼는지 물어본다. 남편 얼굴이 안 좋은 신호는 건강에 이상이 있거나 회사에 안 좋은 일 생겼거나 둘 중 하나다.

퇴근해서 현관을 들어서는 남편 얼굴은 아침과 마찬가지다.

"왜 그렇게 피곤해 보여요?"

"글쎄 좀 이상해"

그녀 짐작은 어긋난 적이 없다. 그럴 적마다 신경 쓸 일에 대해 묻는다.

"별로 아프진 않은데 운전석 벨트를 매면 불편해. 요 며칠 옆구리에 통증이 있어서 한 손으로 벨트를 느슨히 잡곤 해."

"그러도록 그냥 있으면 어떻게 해. 미련하긴."

"아무래도 병원에 가봐야겠다고 생각했어. 영 찜찜하네."

"언제 부터인데요?"

"좀 됐어."

그녀는 부부는 늘 자기 몸은 자기가 스스로 지키자고 말해 왔다. 자신의 몸은 자신이 더 잘 알 테니까. 이젠 늙었으니 각자 책임지자고 했다.

얼마 전 병원에서 건강 검진을 했을 때 CT에서도 별 이상이 없었다. 혈액검사에서 간수치도 정상이고 혈압도 정상이었다. 당요도 없었다. 무엇보다도 살이 찐다고 다이어트까지 하고 있었다.

"평상시는 아무렇지도 않은데 운전을 하려면 옆구리가 아파서 이상했어."

의사는 나이가 든 사람은 작은 변화도 가볍게 생각할 일이 아니라고 했다. 남편은 늘 어디가 아프다는 말을 입에 달고 살았다. 그런 일상에 면역이 되어서일까? 그녀는 남편에게 별일이 없을 거라고 짐작하고 있었다.

"네 아버진 엄살쟁이야."

딸에게 그렇게 말했다.

"엄마 이번엔 심각해."

남편의 병은 느닷없이 닥친 일이다.

인혜는 남편 문석이 암에 걸렸다는 사실을 알게 되었다. 그녀는 숨이 턱 막혔다. 어저께까지 싸우고 미웠지만 머리를 망치로 얻어맞은 것 같았다. 의사는 인혜와 지혜에게 문석의 병이 이미 초기 단계를 지났다는 진단 결과를 알려 주었다. 막상 그 말을 듣자 땅이 무너지는 같았다. 심장이 쿵쾅대는 소리만이 들렸다. 그렇지만 절망적인 상황에 처했을 때 사람들이 흔히 그러는 것처럼 가족은 기적이 일어나기를 바라면서 열심히 기도했다.

의사들도 할 수 있는 한 최선을 다했다. 하지만 수술은 할 수 없었다. 수술을 할 단계가 지났다면서, 암이 다른 곳으로 전이되어서 수술은 아무런 의미가 없다고 했다. 그 뒤에 이어진 항암 치료는 이미 어려워진 상황을 더욱 악화시키고 있었다.

문석이 병원에 입원해 있다가 집에서 투병할 때였다. 지혜가 수제맥주를 만들기 프로그램에서 맥주를 만들어 왔다. "엄마. 이것 기존 맥주보다 알코올 농도가 세요." 그러면서 "한 1주일 숙성한 후에 드세요"라고 했다. "그래 알았다"고 인혜가 대답했다. 그리고 보름쯤 지난 후에 지혜가 아파트로 왔다.

"맥주 드셨어요?" 지혜가 물었다.

"뚜껑을 열지 못해 못 먹었는데 아빠가 아픈 와중에 보행보조기를 밀고 나와서 병뚜껑을 열어서 땄지."

엄마 말을 들은 딸의 눈이 붉어진다. 인혜도 눈물이 난다. 문석은 아내가 못하는 것을 자신이 할 수 있어 좋아했다. 원피스를 입을 때 늘 등 뒤에 손이 가지 않아 등을 돌려대면 지퍼를 잠가주었다. 처음엔 왜 이럴까? 하고 어색했다. 눈치가 없던 남편도 한두 번 하다 보니 등만 돌려대도 알아차리곤 했다. 그러면서 웃으며 말했다.

"당신은 내가 없으면 어쩌려고?"

문석은 자신이 마누라에게 해 줄 수 있다는 것을 기뻐했다.

인혜는 지금도 혼자 뒤 지퍼를 잠그지 못하다. 쩔쩔매다가 옆으로 고개를 돌린다. 환하게 웃고 있어야 할 그가 보이지 않는다.

"아직은 내가 필요하단 말이지."

"아직이 아니라 영원히 입니다요."

그때 인혜는 농담처럼 말했다. 문석은 병색이 깊어가면서 자신의 힘이 아내에게 도움이 되지 못할 것 같아 두려워하는 것처럼 보였다.

그녀는 문석의 병세가 급속도로 악화되면서 점점 야위고 쇠약해지는 모습을 속수무책으로 지켜볼 수밖에 없었다. 가족 모두 마지막까지 희망을 버리지 않았지만, 그토록 필사적으로 간구했던 기적은 일어나지 않았다. 2019년 1월 3일 그는 세상을 떠났다.

*

2020년 1월 3일, 문석이 떠난 지 1주기 되는 날.

인혜는 장례를 치르고 영정사진을 안방에 놔두었을 땐 사진만 보면 눈물이 났다. 목 줄기가 아프도록 울었고 문석의 영정사진만 보면 울게 되어서 머리가 아파 견딜 수가 없었다. 보자기를 씌워 안 보이는 곳에 놔두었다. 기쁨도, 분노도, 미움도, 사랑도 시간 앞에서 사라지고 함께 했던 시간만큼 연민이 생기고, 문석이 그리웠다. 제사를 지내려고 영정사진을 꺼내 닦는다. 인혜는 시간이 모든 걸 해결해 준다는 말을 떠올렸다. 사진 속 문석이 웃고 있다. 활짝 웃는 모습을 보니 그가 살아 돌아온 것처럼 반가웠다.

"여보. 오랜만이야. 잘 있었어?"

살아 있을 때처럼 웃는 입술에 내 입술을 포개었다. 장바구니를 찾아 들고 동네 마트에 갔다. 이것저것 사서 들고 오는데 너무 힘이 든다. 엘리베이터 안에서 밍크코트를 입은 37층 여자를 만났다.

"오늘 샤아핑을 많이 했군요?" 밍크코트가 미국식 발음으로 호

들갑을 떨면서 물었다.

평소 같으면 '네' 하고 대답했을 텐데, 굳이, "남편 첫제사에요."라고 대답했다. 그러면서 "새끼들이 외국에 있어요. 낮 비행기로 온다네요. 그러니 어쩌겠어요. 이 늙은이가 힘이 드네요." 알릴 필요도 없는 말을 덧붙였다. "우리도 그래요. 요새는 다 그래요." 밍크코트가 38층에 내리면서 손을 흔들었다. 내가 알기로 미국에 있는 아들은 몇 년 간 코빼기도 비치지 않았다.

인혜는 42층에 내렸다. 마트에서 커다란 행거 째 끌고 온 물건을 식탁 위에 내리고 대강 요리를 했다. 시부모님 제사에 쓰던 제기를 꺼내서 하나하나 먼지를 닦아내고 과일을 챙기면서 사진 속 문석에게 말한다.

"당신이 좋아하는 것으로만 샀어요. 나 잘했죠?"

문석은 나물을 싫어했고 해물을 좋아했다. 새우, 전복을 사고 평소 좋아하던 생태를 사서 찌개를 만들려하다가 그만두었다. 아무리 그가 좋아하던 음식이라도 이건 아닌 것 같다. 전을 부치고 이것저것 챙겨놓으니 제사상에 음식이 그득하다. 인혜는 혼잣말을 한다.

당신이 착하게 변해서 행복하다고 자랑했는데 자랑 끝에 코가 깨진다고, 당신이 의지가 되고 편안해지려니까, 당신은 날 떠나버리고 말았지. 그런 법이 어딨어요? 그건 반칙이야! 못되게 군만큼 잘하다 가야 공평하지. 당신은 욕심쟁이야! 내가 만날 수 있는 사람이 없을 때까지 살다 갔잖아. 이제 누구도 못 만나겠지 하고 안심하고 떠난 거야. 의지할 사람을 찾아보려 해도 60년을 함께 살면서 미운정 고운정이 든 당신만한 사람을 어디에서 찾을 수 있겠어요.

우스갯말로 연애할 수 있을 때 일찍 갔으면 새 인생을 찾을 수 있었을 것 아냐. 당신은 죽어서도 웃고 있겠지. 완전히 끝까지 부려 먹고 떠났으니 마누라는 다리를 절뚝거리든 말든 상관이 없을 테니깐. 그런데 당신이 보고 싶어. 당신이 아픈 몸으로 아내 책을 두 권 사들고 오던 모습을 잊을 수 없어. 주변 사람에게도 우리 마누라 책을 사면 밥을 거하게 살 거라고 말하고 다녔죠. 영원히 내 편이었던 당신이 이제야 뼛속 깊이 필요한 존재라는 것을 깨닫는 중이야. 아무도 당신을 대신할 수 없음을 알고 있어요.

인혜가 처음 소설집을 냈을 때였다. 문석은 여기저기 친구들을 동원해서 책을 사도록 했다. 책값의 몇 배가 들어간 밥을 사기도 했다. 그 후 책을 낼 때마다 그의 책 세일즈는 계속되었다. 호텔에서 출판 기념회도 성대하게 치렀다. 뷔페 음식은 안 된다. 초청된 사람들에게 거지처럼 접시를 들고 서 있게 하는 것은 예의가 아니라면서 격식에 맞는 호텔정식으로 행사를 치른 것이다. 문석은 인혜에게 말했다.

"작가의 책장은 근사해야 하는데 바꾸는 게 어때?"

"책장이 뭐가 필요해요."

문석이 흑단 나무로 만든 고풍스러운 책장을 사라고 권했으나 인혜는 묵살했다.

모처럼 인혜는 동창 모임에 다녀왔다. 문석에게 무심하게 친구들 이야기를 했다. "그때 우리 결혼식에 왔던 친구가 밍크코트를 입고 왔더라." 그냥 해본 말인데 문석은 가타부타 말이 없었다. 며칠 후 지방에 출장 갔다가 남편이 퇴근했는데 커다란 봉투를 들고 왔다.

"이게 뭐예요?"

"열어 봐."

문혁은 자랑스럽게 웃었다. 인혜는 미심쩍어 고개를 갸웃거리며 봉투를 열어보았다. 조악한 밍크코트가 들어 있었다. 야생 토끼털로 된 코트였다.

"이거 어디서 났어요?"

고속도로로 돌아오는 길에 휴게소에 들렀는데 트럭을 펼쳐놓고 밍크코트를 팔고 있었다고 한다.

"수출하다가 막혀 부도가 났고."

젊은 남자가, 밍크코트를 수출하다가 막혀 부도가 나서 갖고 나왔다고 했는데 안돼 보였다고 한다. 손으로 털을 비집어 보이면서 진짜 밍크라고 해서 만져보니 진짜 짐승 털이 맞는 것 같아 의심하지 않고 샀다고 했다. 그러면서 가격도 괜찮아서 횡재했다고 했다.

"싸구려 가짜밍크는 싫어. 당장 갔다가 바꿔 와요."

인혜는 벌컥 화를 냈다.

그때 문혁 얼굴을 보지 않아서 모르겠지만, 낭패한 얼굴로 코트를 봉투에 넣는 것 같았고 그 후 코트가 보이지 않았다.

생각해보니 며칠 전 찬구들 모임에 다녀와서 문석에게 친구들이 입고 왔다는 밍크코트 이야기를 했는데, 문석이 그때 말을 마음에 두고 있다가 사 온 것이 분명했다. 문석은 마누라에게 질책을 받자 화난 얼굴로 소리쳤다.

"앞으로 내가 당신 선물을 사 오면 사람이 아니다."

몇 년 전 인혜는 핑크색 스웨터를 사 온 문석에게 촌스럽다고 핀잔을 준 일이 생각났다. 문석은 맹세를 했음에도 잊어버리고 또 일을 저지른 자신에게 화가 났던 것이다. "좀 더 완곡하게 말했어야 했는데." 인혜는 후회했다.

지금 생각하면 사소한 불평을 하면서도 문석과 60년을 함께 살았다. 그리고 문석이 병이 들었을 때 측은지심이 발동을 해서 용서하고 사랑으로 보내게 되었다. 용서라기보다는 그가 내게 베푼 사랑 때문이다.

췌장암 말기. 진통제 주사를 맞은 문석은 친구들이 부르자 좋아하면서 나갔다. 친구에겐 아픈 것을 감추고. 그러나 자신만 모르는 줄 알고 있지만 남들은 다 알고 있었다. 과천에서 유명하다는 오리집에서 친구들과 점심을 먹었다고 했다. 그리고 주말 농장하는 친구가 대공원 옆에 있는 자신의 농장으로 데리고 갔다. 그 친구는 부지런해서 상추며 갓까지 농작물을 키워서 이웃에게 나누어 주었는데 문혁도 여러 번 받아먹은 적이 있다.

문석은 인혜가 가을무를 좋아하는 것을 알고 집으로 갖고 갔다. "조리하지 않아도 그냥 먹으면 다이어트도 되고 맛도 있어 저녁시간 출출할 때 마음껏 먹어도 살이 찌지 않을 것 같아." 인혜의 말을 기억하고 과천 농장에서 시퍼렇게 싱싱한 무 여섯 개를 들고 갔다. 자신의 영역이 없다고 생각했는데 무언가 할 수 있어서 기뻤다. 무겁지만 아직 아내를 위해 무언가 할 수 있고 아내가 기뻐하는 모습을 생각하니 힘든 줄 몰랐다.

전철을 태워 보내면서 문석 친구가 인혜에게 전화를 했다. 인혜는 성당에서 구역 반모임을 하고 있어서 전화를 받지 못했다. 잠시 후 문자가 왔는데 남편분이 지금쯤 전철에서 내렸을 테니 마중을 나가라는 거였다. 짐을 들었다는 말도 있었던 거 같은데, 인혜는 '기도회 중'이라는 메시지만 보냈다.

인혜가 반모임을 마치고 성당에서 집으로 돌아가니 문석이 집에 돌아와 있었다.

"당신이 좋아해서 내가 들고 왔어."

아픈 몸으로 혼자 걷는 것도 힘에 부치는데 그 무거운 무를 들고 온 것이다. 밭에서 금방 뽑은 거라면서. 지친 기색이 역력해 보였다.

"아니 이 무거운 것을 어찌 들고 왔어요?" 무청이라도 버리고 무만 들고 왔어도 덜할 텐데, 라며 나무랬다.

"우리 집사람이 무를 좋아한다고 했더니 김 사장이 주어서 들고 왔지." 그 얼굴에는 해야 할 일을 다 했고 또 제대로 해냈다는 표정이 담겨 있었다.

"아니 택시를 타던지 하지. 미련하긴."

문석은 과천역에서 사당역까지 4호선 전철을 타고 친구와 같이 왔는데, 거기서 2호선 타는 데까지 바래다주었다고 했다. 전철역에서 우리 집은 가까운 거리지만 문석에겐 녹록치 않은 거리다. 그동안 인혜는 미련곰탱이와 결혼해서 속만 썩이고 살았다고 늘 투덜거렸다. 지금 생각해보면 문석에게 말은 하지 않았지만 좀 우둔한 면이 문석의 장점이기도 하다는 것을 그녀는 알고 있었다.

문석이 떠나고 나서 인혜는 남편과 닮은 행동을 하는 자신을 발견했다. 일테면 주스나 커피, 심지어 물까지도 컵을 흔들어보고 계속 흔들면서 마시는 것을 보고 왜 저럴까? 좋게 보이지 않아

했던 적이 있었는데, 자신이 그렇게 하고 있다. 밥맛이 떨어져서 아무리 먹으려고 해도 목으로 음식을 넘기기가 싫어진다. 물도 마시기 싫어진다. 나는 남편이 투병할 때 음식을 거부하자 안 먹으면 죽는다고 억지라도 먹으라고 채근했다. 이제야 남편을 이해할 것 같다. 무엇이든지 자기가 직접 체험해 봐야 이해가 가능한 법. 마치 남편이 이제야 내가 음식을 먹지 못한 것을 이해하겠지! 말하는 것 같다. 몸은 소화도 못 시키고 안 먹고 그냥 있어도 배가 고프지 않았다.

문석과 60년을 함께 살면서 서로 싸움도 지긋지긋하게 많이 했다. 원망도 많이 하고 떠나고 싶어 한 적도 많았다. 그럼에도 불구하고 나는 먼저 가버린 당신을 붙잡아 두고 싶다. 당신과 함께 한 시간을 추억을 기억하면서, 내 삶의 전부라 생각했던 갈등도 지나고 보니 사랑이고 행복한 시간이었다. 공원을 산책하고 숲속 길을 보면서 내 옆에 그림자처럼 따라다니는 당신의 흔적을 나는 내쳐지지 못한다.

평소 그녀는 문석에게 물었다.

"난 참 당신이 이상해요. 왜 모든 것을 잘해 놓고는 그것도 복이라고 공연히 삐져서 며칠씩 안 들어오고 화를 내서 마누라를 생고생을 시키는지 이해할 수 없어요. 당신에게 불만은 없는데 한 가지, 말 안 하고 밖으로 나가는 것이 싫었다고, 굳이 잘 살 수 있는데 고집을 피워 고생을 자초하는 것만 빼면 완벽한데 말이에요."

그럴 때면 문석은 "당신은 몇십 년을 살아놓고도 남편 성격을 알아보고 비위 하나 못 맞추느냐"고 답했다. 나는 그에게 "왜 나만 당신 비위를 맞춰야하는데요, 당신은 마누라 비위 좀 맞추어주면 어디가 덧나나요?"라며 화를 냈다.

시간은 모든 것을 잠식한다. 한 쪽이 사라져야 전쟁이 끝이 난다. 이기고 지는 것이 무슨 소용인가. 그럼에도 우리는 이기는데 전 일생을 허비했다. 그의 덕을 보고 살면서 그가 잘한 일과 속썩인 일을 생각해보니, 비기기도 하고 이익이 된 것도 많았다. 이제 와서 계산해 보니 부부간에 손익계산서는 제로가 되어 있다. 남편은 자신이 손해 본 것으로 되어 있을 테고 내 쪽에서 보면 내가 손해 본 것 같은 생각이 든다. 아무도 이기지 못 했고 아무도 억울하지 않았다. 서로 악다구니를 하면서 싸웠으나 인생을 무승부로 끝낸 것이다.

나는 아직도 남편의 전화번호를 핸드폰에 간직하고 있다. 010-2525-XXXX. 전화를 걸어보고 싶은 걸 참는다. 만약에 이 번호가 없다거나 다른 사람이 전화를 받는다면 남편의 존재가 사라지는 것이다. 문석의 부재를 인정하기 싫었다.

당신을 영원히 기억해. 지긋지긋하다고 불편했지만 당신을 사랑해. 살아 있을 때처럼 당신과 다시 한 번 격렬하게 싸움을 하고 싶어!

(2024)

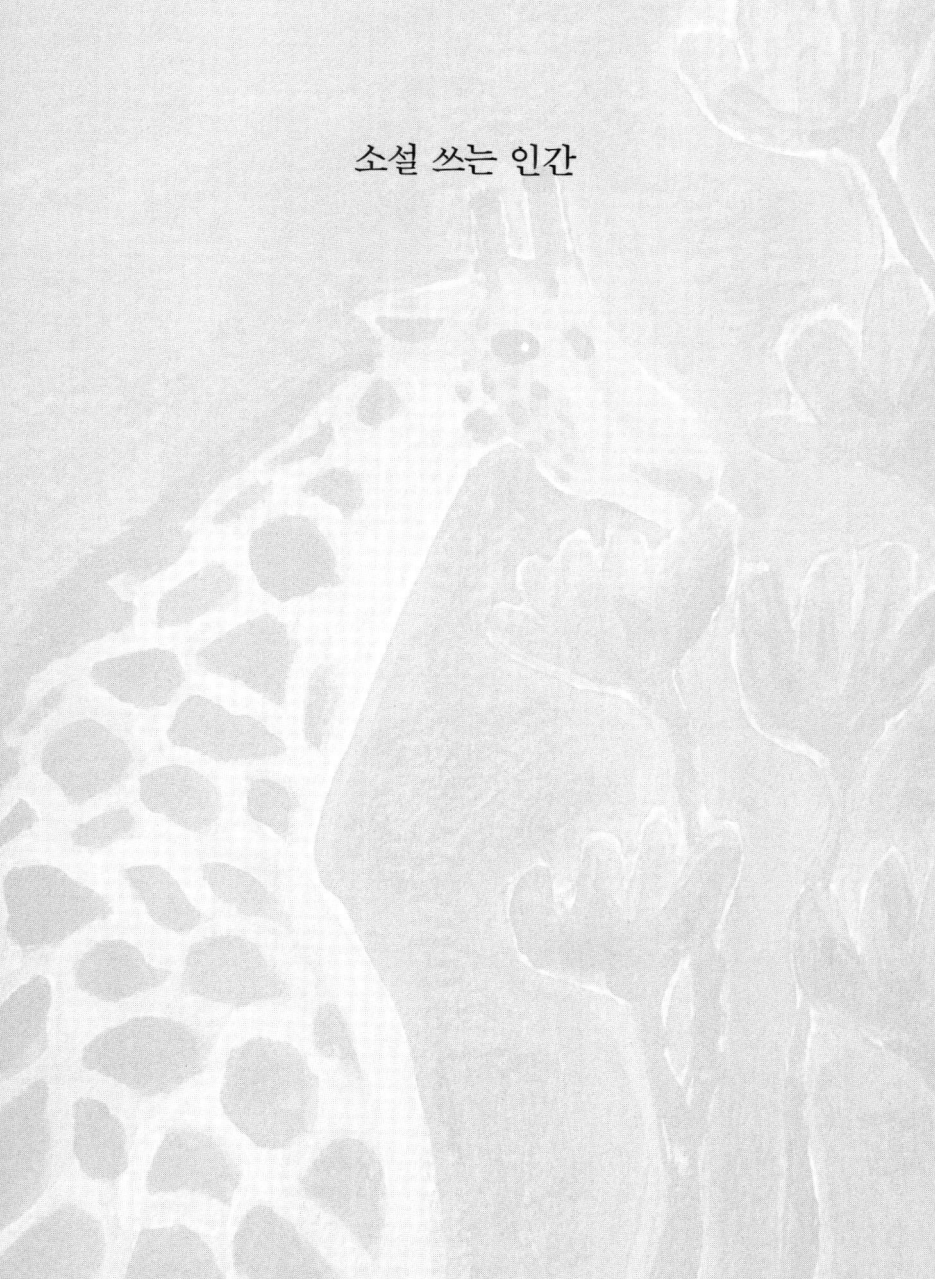

소설 쓰는 인간

오늘은 무슨 수를 써서라도 소설 한 편 완성하고 말리라. 굳은 결심하고 컴퓨터 앞에 앉는다. 디데이(D-Day)로 정한 날이다. 그녀는 새해만 되면 작품을 쓰려고 마음먹었다. 15매 수필을 원고지 80매 정도의 단편소설로 만들리라 다짐하고 다짐했다. 조금 전 거실을 청소하고 싱크대 위에 널린 냄비들도 씻어서 싱크대 밑으로 넣는다. 자! 이젠 준비과정은 끝났다. '애인을 맞이해도 되겠군' 중얼거리며 벽시계를 쳐다본다. 9시 30분, 벌써.

책상 앞에 앉아 컴퓨터를 켠다. 올해는 작년에 미루어 놓은 단편 하나쯤은 꼭 써내리라 결심한 터다. 너는 살아오면서 숱한 좌절의 순간을 경험했다. 꽉 막힌 길 위에서 우왕좌왕하던 때 그 캄캄한 순간들을 글로 남기고 싶었다. 어려운 환경에서도 자신을 이겨낸 사람들 이야기를 쓸 참이다. 자신을 코너로 밀어붙이면 어떻게 하던 이야기가 나오겠지.

　수필에서 단편으로 넘어가는 길이 험난해 보인다. 수필은 느낌, 소설은 묘사이다. 주인공에게 살아 있는 사람처럼 말하게 하고, 희로애락에 웃고 우는 인간을 만들어 내기란 만만치 않다. 착상은 쉬운데 본격적인 쓰기 단계는 왜 어려울까? 글쓰기는 외롭고 고독한 일이란 걸, 재능과 노력을 갖추어야 한다는 걸 너는 알지 못했다. 알지 못했더라도 상관없다. 외롭고 고독한 건 견뎌낼 수 있고 노력도 잘 할 수 있다. 그런데 재능은 글쎄.

　커서가 아까부터 제자리다. 모니터에 한글 자음과 모음이 갈피를 잡지 못하고 그 자리에 그대로 서 있다. 차라리 좀 쉬는 게 좋을 것 같다. 거실로 나간다. 지난 가을에 분갈이를 했던 화분에서 너도나도 붉은 잎이 솟아 나와 자신을 봐 달라고 자랑을 한다. 화분들은 단기간에 성과를 내는데 너의 인생이야기는 많은 어려움을 겼었음에도 요지부동 꿈쩍을 안 한다. 손 가는 대로 키보드를 두들겨보았으나 이마저 말을 듣지 않고 있다.

　'커피나 마시자!' 잠시 후 원두커피 갈리는 소리가 음악처럼 들리고 고소한 향이 주방을 점령한다. 친구가 여행 중 샀다는 브라질 커피다. 커피 두 잔을 내려 들고 안방으로 향한다. 시디를 넣어 바흐 음악을 듣는다. 모차르트나 바흐의 음악은 집중력을 높이고 마음을 안정시키는 효과가 크다.

이쯤 되면 음악과 커피가 있는 안정된 삶인데 무엇 하러 욕심을 내서 머리를 짜내는지 모르겠다. 머리를 혹사시켜도 나오지 않는 생각들을 억지로 끄집어내려는가. 뜨거운 커피가 혀끝을 감돈다. 무겁던 어깨가 가벼워진다. 아무리 바빠도 커피 마시는 시간은 있어야 할 것 같다. 머그잔을 들고 거실로 나간다. 소파에 앉아 음악을 듣는다. 바흐 바이올린 협주곡이 흐르고 있다.

커피를 마시면서 어느 여류수필가가 쓴 글을 떠올린다. 커피향으로 당신의 아침을 깨우겠다는 남자의 말에 감동해서 결혼했다. 순간의 감동이 곧바로 지옥으로 떨어지는 미끼였다고. 지독한 시집살이가 기다리고 있는 지옥. 여자는 분위기에 약하다는 말을 입증한 것이다.

시계를 본다. 11시가 되어 간다. 쓸데없는 잡념으로 시간만 축낸 것이다. 워드프로세서에서 시작 버튼을 누른다. 그동안 생각들을 정리해야 한다. 그 많던 생각들이 어디로 갔을까? 태평양전쟁과 6·25전쟁을 거쳐 살아남은 조상들 이야기의 한 토막. 큰아들은 북北으로 넘어가고 작은아들은 남南에 남았다. 두 아들이 남북으로 갈린 어머니 이야기, 흔하디흔한 이야기 같다. 글로 쓰려니 진도가 나아가지 않는다. 처음에는 역사가 개인의 삶을 어떻게 망쳐 놓았는지 이야기 하고 싶었다. 역사 속에서 애꿎은 백성들만 희생한 비극을….

개인의 역사는 곧 민족의 역사다. 그 흐름 속에서 견뎌낸 사람들. 할머니는 사람마다 자신의 삶을 쓴다면 소설을 열두 권도 더 될 것이라고 내게 말했다. 대하소설이 되고도 남을 이야기라고 했다.

사람들은 자신을 평범하다고 생각한다. 하루하루 반복된 일을 하면서 똑같은 사람을 만나고 비슷한 일을 한다.

그런데 우리는 정말 평범한 사람일까? 일상이 평범할지라도 내가 경험한 일과 살아온 시간들, 나의 생각과 감정은 오직 나만이 가지고 있는 것이다. 어느 누구도 같은 사람은 없다. 조금의 비슷함으로 모두가 같다고 생각하는 것일 뿐! 그래서 너의 이야기는 특별하고 세상에 둘도 없는 이야기이다. 그러면 뭘 하나. 너는 지금 첫 문장도 쓰지 못하고 끙끙대고 있는데.

어제는 영화를 좋아하는 마포에 사는 친구와 극장 앞에서 10시에 만나기로 약속했다. 친구와 너는 개봉극장 안에서 죽을지도 모른다는 농담을 했다. 왜 그런 농담을 했는지는 잘 모르겠다. 뚜렷한 이유는 없는 것 같았다. 이유가 있다면 두 사람은 영화광이고, 첫 회는 줄을 선 사람에게 선물을 주기 때문이다. 매점에서 팝콘을 사들고 안으로 들어갔다. 젊은 커플이 앉은 뒷줄에 앉았다. 영화가 시작되자 커다란 화면이 눈앞으로 다가온다.

바닷가 장면이다. 넓은 화면 가득 하얀 파도가 거품을 일으킨다. 한 남자가 걸어간다. 화면은 멀리 있던 남자에 초점이 맞춰지고 그 남자의 얼굴이 클로즈업된다. 하얀 파도와 같은 흰 셔츠가 바람에 날리고 가슴이 살짝 보인다. 남자는 부드러운 바람을 맞으며 모래사장을 걷는다. 가늘게 뜬 눈으로 푸른 바다를 보며 삶을 즐기고 있었다. 오른쪽 머리카락이 위로 솟은 그대로 객석을 향해 고른 이를 드러내며 활짝 웃는다.

"와 우! 되게 멋있네."

"와 우! 되게 멋있네."

두 사람 입에서 똑같은 말이 튀어나왔다.

"그런데 저런 남자와 일주일 쯤 사랑하며 살면 어떨까." 우직하고 답답한 남편을 못마땅해 하던 친구가 말했다. "영화나 드라마는 실생활에 있을 수 없는 일을, 인간의 원초적 본능을 파헤친 것이야." "이론적으론 알고 있어, 하지만 이론과 실제는 다른 법." 영화가 끝나고 점심을 먹으러 간 식당에 앉아 이야기꽃을 피운다.

"우리 남편이 저런 곳에 없으니 얼마나 다행인지 몰라."

보이기 위한 화면에서 한발 앞서 화려함 뒤 그늘, 가족의 희생이 있었음을 간파한다.

"만약에 그런 남자와 살려면 그늘에 가려진 역할을 할 사람이 있어야 해."

"그러게. 생각해 보니 우리 남편이 세련된 남자가 아니어서 좋다. 그지? 그런 남자와 살면 우리는 부엌에서 콩나물이나 다듬을 텐데."

"꼭 실생활에 대입시킬 필요 없지. 그냥 꿈꿔보는 거지."

"잠시 꿈을 가지게 된들 무슨 문제야."

"그 남자의 미소가 일품이었지."

"맞아." 우리는 공감한다.

그리고 잠시 사춘기로 돌아간 기분으로 짧은 시간이지만 환상에 젖는 사춘기 소녀가 된다. 친구가 홀짝 맥주를 마신다. 나도 따라 들이마신다. 잠시 감정에 젖어본다. 아직도 바다, 하얀 파도, 그리고 물고기처럼 싱싱한 남자가 있는 풍경이 가슴에 남아돈다.

"아까 앞좌석에 앉은 남녀를 봤어?" 친구가 묻는다. "응. 사랑은 이런 거라고 말하는 것 같던데." 내가 대답한다.

영화가 시작되었을 때 앞좌석에 앉은 남녀 때문에 화면이 잘 보이지 않았다. 조금만 뒤로 제켜 앉아 주세요, 하려다 멈칫한다. 젊은 남녀가 머리를 마주대고 소곤거린다. 둘은 서로 손을 깍지 낀 채 잡고 있다. 여자의 손가락에 눈길이 간다. 섬섬옥수라더니 하얀 손가락이 매끈하게 뻗어 있다. 남자는 귀중한 보물이라도 되는 듯 여자의 손가락을 엇갈려 잡고 마디마디마다 차례로 입을 맞춘다. 엄지, 검지, 장지 차례로 마디마다 경건한 의식을 치르듯 입을 맞춘다. 그들의 행위 하나하나가 사랑이다. 눈에 보이는 사랑.

너는 격렬한 베드신이나 프렌치 키스에서는 사랑을 덜 느낀다. 결혼은 사랑을 핑계로 자식을 낳아 기르게 한 과정 중 하나라고 생각한다. 사랑의 종착지로 가는 길이다. 비 오는 날 재즈 음악이 흐르는 카페에서 사랑하는 사람과 앉아 커피를 마신다면, 평범한 일도 즐겁고 없던 사랑도 생길 것 같다.

너는 창밖을 바라보며 소설을 생각해 본다. 사랑은 눈에 보이지 않아서 글로 남기는 것은 어렵다. 어떻게 하면 눈에 선하게 볼 수 있는 그런 사랑을 그릴까? 첫사랑. 가슴을 도려내듯 설레고, 가슴 아팠던 시절을 겪었음에도 이렇다 할 장면을 연출하지 못하고 있다. 내게도 사랑이 있었을까. 너는 다시 창밖으로 눈을 돌린다.

교내 소식지 잡지에 실린 그녀의 글을 보고 남자친구 윤수가 칭찬했다. 그 이후로 여름 방학 내내 우리는 만났다. 그와 만나서 문학 이야기로 꽃을 피웠다. 내 첫사랑이었다. 그러던 윤수가 서울에 있는 대학으로 떠난 후 소식이 끊겼다. 서울에 있는 여자와 친구가 되었겠지, 하며 우울증에 빠진 것이다.

그 후 그녀는 대학에 대한 열망과 글쓰기의 욕망이 가슴속에 똬리를 틀고 있었던 것이다. 대학만 갈 수 있었다면 윤수를 놓치지 않았을 텐데. 계절은 도돌이표 안에서 움직이듯 겨울까지 갔다 다시 봄으로 돌아오기를 반복했다. 더 공부하고 싶은 열망을 지우고 너는 결혼했다. 그리고 늘 가슴속에 있던 열망은 열등의식으로 자리를 잡았다.

느닷없이 소설이라는 장르에 도전장을 낸 것이다. 모든 것은 사라진다는 위기를 느껴서인가. 자식은 또 다른 '나'이지만, 자식의 가슴에 남아있는 동안 일시적이다. 그들도 사라진다는 것을 부인할 수 없다. 그렇다면 무엇으로 자신의 흔적을 남기지. 터무니없는 욕망은 책 속에서 창조를 시도한 것이다. 작가가 설정한 다른 세상 다른 인물을 만드는 일이다.

고등학교 시절 도내 경시대회에서 입선한 내 작품을 읽어 주면서 선생님이 칭찬을 했다. "넌 작가가 될 소질이 있구나."

그것이 계기가 되었는지 언젠가 자신은 꼭 글 쓰는 사람이 될 것이란 희망이 있었다.

전화가 와도 받지 않으려고 수화기를 꺼놓았다. 방안에 자신을 가둬 보면 무슨 수가 생기겠지. 온전히 자신에게 몰두할 생각이었다.

모니터를 들여다본다. 단순히 세계를 재현하는 걸 넘어 세계를 발굴하고 개척하려 한다. 하지만 커서는 어디로 갔는지 보이지 않는다. 밤하늘의 별처럼 펄펄 떠다닌다. 잡념에 시달리는 사이 커서는 토라졌다. 그냥 가슴에다가 커서를 갖다 대면 감정을 읽는 컴퓨터는 없을까.

　신의 흉내를 내보려고 했다. 자신의 어줍지 않은 생각이라도 남기고 싶어서였다. 첫째는 자신도 살아보지 못한 삶, 더 멋진 삶이 어떤 것인지도 모르고 막연하게 멋진 인간을 창조해 보고 싶었다.

　그런데 그토록 바라던 좋은 삶이 무엇인지도 모르고 덤벼든 것이다. 구체적으로 생각해 내지 못하고 있다. 단편적인 생각도 컴퓨터 앞에서만 앉으면 달아나 버린다. 세상사가 의욕만으로 되는 것은 아니다. 많은 시행착오를 거치고 준비 기간이 필요한 일이라는 것을 안다.

　소설은 작중인물 만들기다. 무엇을 먹이고, 입히고, 생각하게 할까 고민한다. 소설 속에서라도 한 인간을 탄생시키기는 어렵다. 하물며 사람이 태어나서 성장 과정을 거치고 사회인으로 능력을 인정받는 삶은 더욱 어렵다. 소설을 포기하지 못한 이유가 어디 있든 간에, 소설이라는 생각만으로 가슴을 뛰게 한다. 아직도 그녀 가슴에 에너지가 남아 있기 때문이다.

*

　목이 말라 물을 마시려고 일어서려는데 현관 벨이 요란하게 울렸다. 벌써, 하며 시계를 본다. 오후 6시. 남편이 퇴근하고 집에 도착하기엔 이른 시간이었다. 즐거운 공상을 하느라 시간 가는 줄도 모른 것이다. 방문을 열고 거실로 나갔다. 검은 연기가 눈앞을 가로 막고 있다. 캄캄하다.

고깃국 타는 냄새가 훅 끼쳤다. 코를 찌른다.

아! 곰국! 그제야 화장실을 가다가 저녁에 먹을 곰국을 한 번 더 끓여 놓으려고 가스레인지 위에 올려놓았던 생각이 났다. 곰국이 타고 있다. 들통이 시뻘겋게 달아올랐다. 눈앞이 캄캄해졌다. 정신을 차리고 보니까 스테인리스 들통이 뚜껑과 몸체가 붙어 있다.

집안 전체에 고기 타는 냄새가 진동했다. 어디선가 맡아본 그런 냄새다. 생각해 보니 어렸을 적 아버지가 쓰레기를 태울 때 나던 냄새였다.

"아버지 이게 무슨 냄새야?"

"쓰레기 속에 죽은 쥐가 함께 타서 그런가 보다."

지금 이 불쾌한 냄새가 그 냄새였다. 창문을 열어젖힌다. 돌아보니 남편이 놀란 채 서 있는 게 보였다. 경비실에 다녀온 모양이다. 그제야 벨소리가 났던 기억이 났다. 너는 한동안 침묵했다. 할 말이 떠오르지 않아 입을 열지 않았다.

"어딜 갔었어?"

남편이 물었다.

"국 냄비가 탔어요."

하며 기어 들어가는 목소리로 대답했다.

"집 안에 있으면서 이 지경이야?"

고개를 숙이고 죄인처럼 서 있는데도 남편은 계속 화를 내고 있다. "전화를 해도 받질 않아서 일찍 와서 다행이지 그렇지 않으면 큰일 날 뻔 했잖아!" 이번 기회에 단단히 혼줄을 낼 모양이다.

"이놈의 마누라가 집 태워 먹게 생겼어!"

고개를 숙이고 자신의 잘못을 시인하는데도 계속 잔소리는 이어진다. 자기가 아니면 불이 났을 거라고 여러 번 말했다.

"이제 그만. 알아들었어요." 남편의 계속되는 훈계에 비위가 상한다. 아들에게 야단치던 자신의 모습이 떠오른다. 잘 하려고 하는데 왜 그러냐고 오히려 반항을 하던 모습이.

"냄비만도 못하단 말 ~인~ "

아주 작은 소리로 중얼거렸는데도 알아듣고 남편이 말을 낚아챈다.

"냄비 때문에 내가 이런다고 생각해!"

나는 창문을 열고 에어컨을 튼다. 급하다. 냄새가 빨리 없어져야 남편 잔소리가 멎을 것 같다. 연기는 좀처럼 빠질 생각이 없다. 집안 벽에 스며든 연기는 계속 냄새를 풍기고 있다. 새로 도배를 해야 끝날 모양이다.

"착각하지 말어! 당신 생각을 남기고 싶은 모양인데 살아있을 때 희망사항 일뿐이야! 나라는 개체가 없어지는데 무슨 소용⋯."

남편이 내게 하는 소리가 들린다.

"..."

할 말이 없다. 가만히 있는 게 상책이다.

"세상에 널린 게 책이야! 당신이 한몫하겠다는데 말릴 생각은 없어. 하지만 공해, 자원 낭비인 건 알아두라구!"

한바탕 요란법석을 떨고 곰국 사건은 그렇게 끝났다. 너는 곰국 사건 후 한동안 잠잠하게 지냈으나 소설 쓰기를 멈출 생각이 없었다. 시작도 하기 전에 끝낼 수는 없다. 좀 더 배우고 나서 다시 시작하기로 결심했다.

딸의 결혼 앞두고 너는 더욱 쓸쓸해졌다. 친구처럼 재잘거리던 딸을 통해 그녀는 마치 내가 대학생이 된 것처럼 신기하고 즐거웠다. 그런 딸이 결혼을 하고 곁을 떠나게 되자 너는 문자 그대로 공황상태에 빠져버렸다. 작가가 되기 위한 필수 조건이 고독이고 외로움이라고 했던가.

글쓰기 강좌에서 원고지 열 장 써오기 숙제가 나오면 너는 스무 장을 써 갔다. 그때 딸을 떠나보낸 마음을 적었다. 작품 독회를 하는 시간에 같이 공부하던 네 딸 또래들은 자기들 어머니 마음이 이랬을 것 같다고. 그것도 모르고 천방지축 정신없이 떠나왔다고 감동의 눈물을 흘렸다. 지도하던 교수가 한 편의 소설 같다고 했다.

'앗 소설!'

그 순간 그 말이 가슴을 후려쳤다. 그건 전율이었다. 내 온몸도 함께 얼어붙었다. 그 후 소설에 대한 방황이, 소설에 대한 열렬한 짝사랑이 다시 시작되었다. 매일 새벽 나는 책상 앞에 앉았다.

어떤 날은 하루 종일 서초동에 있는 국립중앙도서관에서 원고지에 매달렸고, 어떤 날은 생생한 표현을 구사하기 위해 혼자 고속버스터미널에서 강릉행 고속버스를 타기도 했다. 문장의 구성, 잘 다듬어지지 않는 문장에 갈등하며 혼자의 시간을 보내야 했던 것이다. 고독하고 외로운 시간이었다.

늦가을에 새벽 강릉행 버스를 타고 경포대 바닷가에서 회 한 접시와 소주 한 병을 시켜놓고 앉아 먼 바다를 바라보며 회한에 젖기도 했다. 조용히 홀로 서서 그녀는 저 멀리 바다를 응시하고 있었다. 횟집 주인이 측은한 눈으로 그런 나를 한참 쳐다보았다. 실연당한 여자가 바닷가를 보며 과거에 매달려 서성인다고 여겨서인지 시키지도 않은 안주를 내오면서 힘을 내라고 격려했다.

*

문화센터를 전전하다가 윤 선생을 만났다. 그는 나의 글쓰기 스승이었다. 그녀가 나에게 인물 창조에 대해 조언한다. 이야기 전개 과정에서 첫 부분을 조금 보여주다가 차츰차츰 사건을 진행시켜 풀어나가야 한다고 했다. 첫 부분이 애매해도 문제지만 너무 드러내도 안 된다고, 결론을 미리 알면 독자로 하여금 흥미를 잃게 된다고 말했다.

놀라지 않을 수 없었다. 그의 말을 듣고 났을 땐 심장이 한없이 커지며 어디선가 북소리가 커다란 북소리가 들리는 듯했다. 너무 큰 주제를 잡으면 안 되고 주변 이야기부터 시작하라는 충고도 받아들인다. 윤 선생 말을 듣고 나면 금방 써질 것 같았다. 하지만 어디서부터 손을 대해야 할지 막막하다. 주인공의 모습은 생각뿐이고 머릿속에서 기억(ㄱ), 니은(ㄴ) 입자들만 굴러다닌다.

남편과 아들이 바둑을 두다가 싸운 이야기가 생각났다. 오십대 아버지와 이십대 아들이 바둑을 두면서 아들을 이기려고 안간힘을 쓴다. 아버지는 아들에게 이기려고 집착한다. 지금껏 양보만 하던 아버지는 아들의 실력이 늘자 이제부터 이겨보려는 아버지로 변한 것이다.

아버지가 변한 데는 이유가 있었다. 아들이 커서 자신을 능가하게 실력으로 대등한 관계가 된 것이다. 흔히 말하면 아들이 성장하는 것이 즐거운 일인데 왜? 굳이 이기려고 집착하는 이유가 있을 것 아니냐고 할 것이다. 소설에서는 아들을 이기려고 하는 심리를 포착해서 서술해야 한다. 집착의 이유는 자신이 늙어 간다는 것을 인정하기 싫어서일 것이다. 자신이 더 이상 보호해야 하는 아들이 아니라 꼭 이겨야 하는 상대가 된 것이다.

노력 끝에 작품을 완성시켰다. 완성이라는 말하기는 곤란했지만 끝까지 이야기를 끌고 간 것이다. 원고지 35장으로 마무리한다. 후, 하는 안도감과 함께 자신이 대견스러웠다. 그동안 끝을 맺지 못하고 미완성인 단상들만 가득했는데 이윽고 긴 이야기로 풀어 본 것이다.

윤 선생은 시내에서 컴퓨터 매장을 운영하고 있었다. 그곳에서 그녀가 권하는 대로 어린이 컴퓨터와 워드프로세서를 구입했다. 컴퓨터는 5세 미만이 사용하는 어린이 전용 게임 컴퓨터였다. 어린이용 게임이 탑재된 커다란 원형 컴퓨터는 꼭 필요하지 않았음에도 많은 돈을 지불하고 그냥 샀다.

윤 선생을 찾아갔다. 바람이 많이 부는 날이었다. 도봉산로 8차선 도로에 회오리바람에 까만 비닐봉지가 이리저리 굴러다닌다. 이번만큼은 조금은 희망이 있었다. 지난번 원고를 가지고 갔을 때 몇 백만 원하는 컴퓨터를 구입했음에도 그냥 빈손으로 가기는 어려워서 영국제 꽃무늬 찻잔을 들고 갔다. 윤 선생은 들고 간 선물에는 눈길도 주지 않고 원고만 들고 있다.

윤 선생의 얼굴을 쳐다봤다. 전번보다 많이 좋아졌다는 칭찬이 나오기를 기다렸다. 기대하고 있던 그녀는 무표정한 윤선생의 얼굴이 불안했다. 잔뜩 기대하고 있는 내 시선을 묵살하고 윤 선생은 읽고 있던 원고를 테이블 위에 내려놓았다. 불길함에 가슴을 졸이고 앉아서 그녀를 쳐다보았다. 이미 짐작을 하고 있었다.

"왜 우는지 독자를 설득해야 해요."

"…"

"작가는 희로애락을 직접으로 쓰면 안 돼요. 상황을 써야지요. 지금 상황에서 보면 이유도 없이 떠난 애인을 생각하면서 우는 것은 아무 고민도 없어 보여요."

"…"

듣고 보니 윤 선생 말이 옳았다. 윤 선생 조언을 들으면 이해되고 고개가 끄덕여진다. 하지만 그때뿐이다. 너는 왜? 지적을 당하고 나서야 이해가 되는지 자신이 한심했다. 남들보다 한발 앞서야 함에도 늘 뒤처지는 생각에 좌절감이 몰아쳤다. 그럼에도 소설에 대한 욕망이 줄어들지 않는 것이 문제였다.

윤 선생에게 다녀온 후에 이를 물고 노력하려고 해도 너무나 시시한 이야기뿐 자신이 보기에도 한심했다. 마음과는 다르게 시간이 갈수록 다음 작품은 발전하지 못하고 처음 시작할 때처럼 아득했다. 반복되는 실수는 실수가 아니라 재능이 없고 능력 부족인 것이다.

지난번 윤 선생에게 보낸 원고가 미흡해서 다시 수정했다. 그리고 다시 한번 용기를 내서 원고를 우편으로 보냈다.

　윤 선생과 약속 시간은 오후 4시였다. 하늘이 무거워 보인다. 현관을 나서다가 작은 우산을 챙기고 전철역을 향해 뛰었다. 저녁을 하기엔 늦은 시간이었지만 자신의 시간에 맞출 수 없는 일이다. 전철역에 내렸을 때는 빗방울이 조금씩 굵어졌다. 윤 선생 아파트 근처에 있는 약속 장소인 피자집에 도착했을 때는 가랑비가 아니라 폭우로 변했다. 피자를 주문하고 창가에 앉았다.

　윤 선생이 들어서며 우산을 접고 있다. 너는 엉거주춤 자리에서 일어나 손을 들었다. 그녀는 우산에서 흘러내리는 물을 털어내고 있었다. 아무리 집 앞이라고 해도 비가 쏟아지는데 불러낸 것이 마음에 걸렸다. 하필이면 디데이로 잡은 날이 비가 내리는 것이 마음에 걸렸다.

　무엇으로 보답을 하지? 반쯤 일어서며 미안함을 담고 웃음을 지었다.

　"뭐라도 드시지요."

　"커피면 됐어요."

　미리 피자 한 판을 시켜놓아서 덜 미안했다.

　윤 선생 얼굴은 냉정하게 굳어져 있었다. 그래도 용기를 내어 들고 온 원고를 내밀면서 말했다.

　"붉은 선은 보충한 부분입니다."

윤 선생은 원고를 볼 생각도 안하고 그대로 앉아 하얀 원고지를 내밀었다. 한 단어도 수정되지 않은 원고다. 언제나 윤 선생은 원고지에 수정을 한 적이 없다. 소설 작법에 대해 이론을 말했을 뿐이다. 많이 나아졌다는 말을 듣기를 원했지만, 질책이 날아왔다.

"어째서 자존심을 지키지 않으세요?"

할 말이 없다. 지극한 모욕을 받아들여야 했다.

"생각하려고 해도 되지 않는군요."

죄지은 사람처럼 앉아 있는 자신이 구차스럽다.

"내가 할 수 있는 말은 …포기하시지요."

"…"

"먼데까지 오셨는데 이런 말을 드려서…"

윤 선생은 작가의 세계에서 수준급으로 잘 쓴다고 알려진 사람이었다. 오죽하면 나에게 모진 말을 할까. 억지로 그렇게 이해를 했어도 가슴속을 훑고 지나가는 바람에 숨이 막힌다.

삶의 의욕은 사라지고 모욕감이 슬픔으로 변했다. 어쩔 수 없이 자신의 무능을 받아들여야 했다. 오르지 못할 나무를 오르려고 한 자신의 탓이다. 머릿속이 비어버리고, 다리가 떨려 일어나기가 어려웠다.

사실을 말해 주는 것도 때로는 잔인한 일이다. 아무리 측은지심의 표현이라도 열등의식을 가지고 있는 사람에게 기를 꺾는 것은 물론이고, 고개 드는 새싹부터 잘라내는 일이다. 윤 선생의 질책으로 너는 자신의 능력 한계를 깨달았다. 자신의 무능을 알아버린 자의 꺾임은 슬픔이었다.

"이거 가지고 가세요."

미리 주문해 놓은 피자를 손사래를 치는 윤 선생 손에 억지로 들려주었다.

"뭘 이런 것을."

멋쩍은 듯 말했다. 너무 심하게 질책한 것이 마음에 걸렸을까.

줄기차게 쏟아지는 빗속으로 나섰다. 우산이 흔들렸다. 손으로 받친 우산이 휘어질 것 같았다. 작은 우산은 비를 막기엔 역부족이었다. 바짓가랑이에 빗줄기가 들이치고 이젠 허리께를 점령하고 있었다. 영화에서 사랑했던 연인에 버림받은 주인공, 좌절의 순간 비가 내리고 비는 슬픈 이별에 같이 울어주고 있었다. 소설, 애인에게 버림받을 순간 그것도 못생겨서라면 어떠했을까. 스스로 자초한 일이라도 그 모욕감은 평생 잊지 못할 것 같았다. 택시를 잡아야 한다. 버스를 타려고 해도 노선이 어디인지 모른다. 오후 퇴근시간과 겹치고 비가 내리고 있어 빨간색 '빈차'는 보이지 않는다. 지나가는 택시 안을 기웃거렸다. 가려진 뿌연 창에 사람이 탔는지 아닌지 분간하기 어려웠다.

가방 든 팔을 높이 쳐들었다. 멀리 장난감 같은 차들이 지나가고 있었다. 자신과는 별개의 세상은 아득했다. 홀로 버려진 어린 아이 같았다. 바람에 휘청거리는 우산을 놓치지 않으려는 움켜쥔 팔이 저려왔다. 하염없이 기다리고 서 있었다. 영원히 집에 돌아갈 수 없을 것 같았다. 빨간빛을 보고 손을 내밀었다. 까만 택시가 우산 앞으로 다가왔다.

머리부터 차 안으로 구겨 넣고, 접은 우산을 털면서 다리를 끌어모았다. 택시에 몸을 던졌다. 차 안은 서늘했다.

"좀 추우실 겁니다. 창이 보이지 않아 에어컨을 세게 틀었거든요."

차 안은 에어컨을 켰어도 밖이 보이지 않았다. 뿌연 유리창에 낙서를 한다. 낙서 위로 유리창이 울고 있었다. 차는 움직일 기세도 아니다. 꽉 막힌 도로는 차들로 가득 찼다. 윤 선생의 얼굴에 스치던 표정이 따라온다. 머리를 흔들어 지워버린다. 머리로는 윤 선생이 베풀어 준 은혜를 알고 있다. 그러면서도 섭섭한 마음을 지울 수 없었다. 자신을 위한 충고였어도 굳이 면전에서 타박을 줄 필요가 있을까. 질책을 당한 당사자의 입장을 고려하지 않은 것이 섭섭하다.

비가 내리는 도로는 주차장처럼 혼잡하지만 강물은 흘러넘치지 않고 그대로였다. 그녀는 한 인간의 좌절쯤은 아랑곳하지 않았다. 그것도 지나친 욕망의 좌절임에랴. 자신이 자초한 일이었다. 꼭 소설을 써야 할 이유도 없었다. 누구도 소설 쓰라고 강요하지도 않았고, 소설을 쓰려고 태어난 것도 아니다. '자존심을 지키라고' 한 말이 머릿속을 헤집었다. 좀 더 멋있고 근사한 글을 써 보임으로서 자신을 돋보이게 하고 싶었던 것이다. 그 허영을 쉽게 채울 수 있는 일은 아니었다. 한 인간의 하잘것없는 허세를 채우려고 하는 세상은 존재하지 않는다. 자존심 때문에 시작한 글쓰기가 자존심을 허물고 있었다.

이제 다시는 윤 선생에게 원고를 들고 가는 일은 없을 것이다. 그녀가 더 이상 봐주기 싫다고 선언한 것이나 마찬가지였다. 일부러 냉혹하게 대한 것이란 생각도 들었다.

영영 집에 돌아갈 수 없을 것 같은 차들이 강변북로를 지나 반포대교에 들어서자 속력을 내기 시작했다. 뿌연 감옥에 갇혀 있다가 풀려난 느낌이었다. 택시 미터기가 빛을 내면서 쳐다보고 있었다. 다섯 자리 숫자를 보면서 치를 떨었다.

현관문을 열고 들어서자마자 가방을 팽개쳐 버렸다. 고꾸라지듯 소파에 몸을 던졌다. 지금껏 무얼 찾아 헤매고 있었을까. 자신의 몸 자체를 폐기하고 싶었다. 모든 욕심으로 가득 찬 그야말로 구색을 갖추려는 욕망에서 출발했으니 할 말이 없다. 왜 이렇게 슬프지. 슬픔은 어디서 오는 것일까. 그동안 꿈꾸던 세계에서 벗어나야 한다. 삶이란 먹고 잠자고 팔다리 움직이는 생명 기능만 있으면 되는 것이지 무엇이 더 필요할까. 이제는 헛된 꿈을 버리고 현실적인 삶을 살아야 할 것 같았다.

　이미 신은 알 것이다. 정해진 길을 가도록 세팅된 길, 이길 수 없는 투쟁과 좌절의 순간을 어떻게 이겨내는가 아니면 굴복하는가를 알고 있을 것이다. 좌절은 자신의 한계를 모르고 덤빈 결과라는 것을.

　세상에서 말하는 팔자라 생각해 보면 간단하다. 모순되는 것은 운명으로 돌리면 쉽게 풀린다. 이렇게 편리하고 쉬운 말이 있는데 공연히 의지가 부족하니, 아니면 노력이 부족하다고, 자신을 책망하게 되는 일이다. 컴퓨터 앞에서 끙끙거리는 것을 보고 남편이 한 말이 떠올랐다.

　"죽은 후에 자취를 남기면 뭘 해! 나라는 개체 자체도 없어지는데 무슨 소용이냐고, 모든 것이 소멸되고 마는 죽음일 뿐이지."

　컴퓨터 앞에 앉아 있는 시간이 길어질수록 남편은 너에게 운동을 하라고 다그친다.

　문화센터 소설 창작반에서 수강할 때였다.

　"옷 치장하려다 소설은 언제 쓰려구…"

　한 여자가 비아냥거리며 한 말이다. 그때는 모욕감을 느꼈지만 시간이 흐를수록 그 여자의 말이 사실일지도 모른다는 생각이 든다. 자신을 그들에게 간파당한 것이다.

　세상이 자신을 비아냥거려도 그때뿐 또 시작하고 있는 자신을 발견한다. 그러면서 꺼지지 않는 열망을 다스린다. 반드시 공해가 되지 않는 글을 쓰리라. 그녀는 입술을 문다.

    강력한 에너지가 고개를 들고 있다.

(2025)

우리의 피크타임

내가 태어난 것은 젊은 부부에게 기쁨이었다.

아기의 탄생은 우선 이름 짓는 일부터 시작이다. 일주일쯤 지나면 출생신고도 해야 하고 그러려면 아기의 이름도 지어야 한다. 아버지는 옥편을 들고 고심 끝에 수희로 정했다. 빼어날 수秀 밝을 희熙. 아버지는 계집 희姬 자를 쓰지 않고 남자 이름에 들어가는 밝을 '희'자로 지었다. 딸이지만 세상을 밝게 비추는 '큰 인물'이 되라고 고심 끝에 결정을 내린 것이다.

아버지는 내 이름을 부를 때마다 자랑스러워했지만 아버지의 큰 뜻을 모르는 나는 이름이 불리어 질 때마다 창피했다. 왜 다른 아이들처럼 옥희나 정숙 같은 예쁜 이름이 아니고 '수희'인가. 초등학교 입학 때부터 이름 때문에 사달이 났다. 전교생이 몇 천 명이었는데도 '수희'라는 여자 이름은 없었다. 그러니 이름에 대한 반감이 있을 수밖에.

초등학교 입학 때였다. 일정日政 때 학교에 가지 못한 아이들이 해방 후 물밀 듯이 밀려들었다. 입학한 해 1학년은 16반이나 되었다. 한 반이 70~80명이었으니 입학생이 운동장에 가득했다. 자신이 속해 있는 반 줄을 놓치지 않으려고 애를 먹었다. 바짝 정신을 차리지 못하면 반 줄 꼬리가 어디인지 모를 판이었다.

그런 와중에 나만 혼자 남자 반에 배정이 된 것이다. 선생님이 말한 대로 줄을 잊지 않으려고 했는데 주변을 보니 모두 남학생이다. 난감했다. 얼굴이 붉어지고 눈물이 쏟아질 것 같았다. 울고 있는 나를 발견한 선생님이 나를 보더니 잘못 편성된 것을 알고 여자 반 맨 뒷줄에 서게 했다. 그런 오류가 발생한 것은 이름 때문이었다.

대체로 여자아이 이름에 쓰는 '희'자는 계집애 희姬인데 나는 남자들에게 쓰는 밝은 희熙자였다. 그래서 남자 반으로 편성된 것이다. 이쯤 되니 늘 영숙, 정숙 이런 이름이면 얼마나 좋을까. 나는 어릴 때부터 이름에 대한 불만이 있었다.

아침신문 사이에 끼어온 광고지 한 쪽이 내 인생을 바꾸어 놓았다. K대학교에서 사회에 기여할 목적으로 설립한 사회교육원 프로그램이 나의 눈길을 끌었다. 일류대학 교육원대학원설립과 동시에 강의 내용이 시야를 꽉 잡았다. 일류대학 대학원이라니! 황금알을 낳는 연금술사를 찾는 첫발처럼 느껴졌다.

얼마 후 소설을 쓴다고 사회교육원 소설반에 등록했다. 작가가 되겠다는 건 생각해 보지도 못한 내가 왜 낯선 분야에 도전하게 되었는지 나도 모른다. 나도 내가 뭘 원하는지 모르고 저지른 결단이었다.

나는 원고지를 본 적도 없었다. 처음부터 날 것으로 덤벼들었다. 그렇기 때문에 원고지 10매 정도로 글을 써오라는 말에 난감했다. 같이 간 친구가 아들이 쓰던 거라면서 원고지 스무 장을 넘겨주었다.

딸에게 어떻게 써야 하느냐고 물었다.

"대개 처음 글을 쓰려는 주부들은 자신의 한탄을 쓰려고 하잖아."

그러면서 딸이 얘기했는데 대충 정리하면 다음과 같다.

"주부들은 내가 이렇게 살려고 아등바등 살아온 게 아니다. 내 꿈을 키우면서 나 자신을 위해 살고 싶었지만 지금은 가족의 성공에 묻혀 보이지 않는다, 이게 뭐야? 하고 자신들 신세 한탄만 하려고 한다면 그건 일기다."

그러면서 그것은 문학이 아니라고 했다. 그러면 에피소드를 잡아 보는 방법이 좋겠다고 한 딸의 말에 영감을 얻었다. 무엇을 쓸까하다가, 아들과 아버지가 바둑을 두다가 싸운 이야기를 썼다. 시간 가는 줄 몰랐고 나도 재미있었다. 200자 원고지 10매가 넘어서 15매가 되었다.

다음 날 소설반 선생님이 평했다.

"글을 읽을 땐 근사한 것 같았는데 문장을 보면 엉터리네요."

냉정한 평가였다. 그렇게 말하는 데는 이유가 있었다. 글을 낭독하는 내 목소리는 청아하고 감정이 실려 있었다.

그는 초심자들은 스토리에 따라가다 보면 문장을 잊기 쉽다고 했고, 이야기가 이야기를 끌고 가는 것은 작가로서 좋은 재능이라고 했다. 그러면서 문장에 대한 공부가 필요하다고 했다.

교육원에는 이미 많은 주부들이 문학이나 다른 교육 프로그램에 참여하고 있었다. 나는 자신이 그동안 사회 돌아가는 것을 모르고 있었다는 것을 알았다. 많은 여자들이 자신들의 길을 찾으려고 앞서 나가고 있었고 그런 의미에서 선구자들이다. 그동안 나는 아이들 대학 입시가 목적이어서 주변을 쳐다볼 겨를이 없었다.

처음 소설반에 들어섰을 때 20여 명의 눈길이 내게 쏟아졌다. 빗긴 눈으로 나를 바라봤다. 밍크코트를 입고 부유해 보이는 여자가 소설반에 들어왔으니 수상하다 못해 구색을 갖추려 한다는 비아냥거리는 소리가 들리는 듯했다. 그들의 시선이 거슬렸으나 나는 신경 쓰지 않기로 했다.

세상에서 고통받고 살아온 사람들은 자신의 이야기를 책으로 쓰면 소설 몇 권은 나오고도 남는다고 한다. 이곳에 온 그들도 자신이 살아온 역사를 남기고 싶었을 것이다. 예술가들의 창작 욕구가 결핍에서 나온다고 생각해서다.

가난한 나라를 등에 업고 성장한 이 땅의 많은 아버지들은 말한다. 자신들이 없었다면 지금 이렇게 잘 살겠느냐고. 먹고사는 일에서 벗어나게 된 이 나라를 발전시킨 역전의 용사들이라고.

그러나 대한민국 발전에 묻힌 여자들의 삶은 아직 조명되지 못했다. 남편 뒤에 숨겨진 여자의 노고는 보이지 않는다. 손에 쥐어지지 않는 내 몫을 주장하면 구차스러워진다. 강자인 남편 밑에 숨어 있지도 않은 권리를 주장하는 것은 부질없는 짓이다. 그건 약자의 비명일 뿐. 내 권리는 어디로 도망갔지 하고 물어봐야 소용없다. 지금에 와서야 있지도 않은 권리를 찾아서 무엇에 쓰나 생각하니 씁쓸해진다.

지금 나는 내 노력에 대한 평가서가 필요하다. 온갖 수모를 감수하고 있다. 왜? 굳이 고생을 사서 하는가.

타인이 보기에 모든 것을 갖추고 살고 있다. 부러울 것이 없을 거라는 것이 말년에 나를 보는 주위 사람들의 평가다. 그것은 나도 잘 알고 있다. 하고 싶은 것을 할 수 있는 자유가 주어졌다. 그리고 여유 있는 경제생활 등이 내가 가지고 있는 복이다. 노후를 편안하게 보낼 수 있는 여건이 된다는 것은 모두가 원하는 노후의 밑그림이고 롤 모델이다. 그럼에도 무슨 할 말이 남아 있어서, 하고 의아해할 사람도 있을 것이다.

개개인의 기질이나 성격에 따라 다르겠지만, 아무리 어렵고 힘든 일이라도 불가능은 없다는 것, 노력 없이 그저 얻어지는 건 없다는 것이 평소 내 생각이고 좌우명이다.

그들은 내 겉모습을 보고 부러워서 그런지 깎아내리고 싶은 건지는 모른다. 나를 과소평가하면서 보지도 못한 내 남편에게는 후한 평가를 내린다. 뭐 그것이 나쁘다는 것은 아니다. 물질적인 만족감에 지적 수준까지 끌어올리겠단 말이지, 하는 눈치다.

겉모습만 보고 남편 잘 만난 여자가 이제 와서 소설가로 살겠다는 것이 아니꼬웠나 보다. 보지도 않은 내 남편을 두고 한 말은 대개 이랬다. 즉 내 존재를 두고 비아냥거리고 싶은 모양이다.

"당신은 남편을 머리에 얹고 살아야 한다고."
'왜 그래야 하지? 니들이 무얼 안다고.'

그들은 짧은 생각으로 쉽게 덤벼드는 듯한 내 도전에 제동을 걸고 싶은 모양이었다. 경제적으로 풍요를 누리면서 소설까지 쓰려는 나를 경멸한 것이다. 나는 그들이 어떤 판단을 내리든 상관하지 않는다. 내면의 결핍을 알아차려야 할 그들이 상식 밖으로 더 옹졸했다. 같은 길을 걷고자 하는 동료들의 비아냥거림은 참을 수 있다. 앞으로 어떤 글을 써야 할지가 난감한 문제다. 인간은 자신의 잣대로 남을 마음대로 판단한다. 경제적으로 결핍인 사람은 그것만 채워지면 그 이외는 욕심으로 간주하는 사람들이 의외로 많다.

그즈음 유행어 중 하나는 "아직도 시인이 되지 못했어요?"였다. 강남땅으로 부유해진 유부녀들이 너도 나도 이젠 시인이라는 엘리트그룹까지 점령하려고 문학 분야에서도 거들먹거리려 한다는 세태를 풍자하는 일종의 '블랙개그'였다. 뒤늦게 열공 반열에 든 주부들 밑바닥에는 흙수저에서 탈피하고자 하는 열망이 깔려 있다. 자식 세대만큼은 지식층, 귀족으로 만들고 싶다는 열망이 컸다. 시간이 지나서 엄마들도 조금 여유가 생기면서 엘리트 군단으로 진입하려는 욕구가 주부들을 대학교 평생교육원으로 달려가게 했다.

*

차츰 시간이 흐르고 내 자아가 꿈틀대자 나는 소설 쓰기로 나섰다. 고등학교 작문시간에 잘 썼다고 말한 담임 선생님의 칭찬도 한몫했다. 물론 남편은 반대였다.

그는 쓸데없이 새삼스럽게 무슨 소설이냐고, 그렇게 너도나도 소설을 쓴다면 세상은 소설가로 넘쳐날 거라면서 코웃음을 쳤다. 그리고 이렇게 말했다. "공연히 애꿎은 종이만 낭비하지 말고 건강이나 챙기면서 같이 골프나 치자고."

남들은 돈이 많이 드는 골프를 아내에게 권하고 아내가 골프를 잘 치면 좋아하는 그런 남편이 어디 그리 흔하냐고 했다. 그러면서 아주 훌륭한 남편이라고 했다. 그러고 보니 말은 하지 않았지만 남편은 해외여행 중에도 예쁜 옷을 사주겠다면서 입어보라고 권하기도 했다.

동료 친구는, 자기 남편은 여행 중에 한국인이 경영하는 쇼핑센터에 들어가서도 아내가 쇼핑할까 봐 미리 신경을 쓰고 좁쌀처럼 참견한다고 했다.

"그거 못 보던 옷인데, 무얼 하러 또 사느냐고, 옷이 옷장에 가득한데."

우리 부부는 똑같이 예쁜 것을 좋아한다. 하지만 남편은 5살 연상임에도 동안이라서 주위에서는 연하 남편이라고 본다. 그렇다고 굳이 싫다는 것은 아니다.

지난 어려운 시절에는 힘들고 어려운 일도 많았다. 적은 공무원 월급에 생활하기도 어려운데 남편은 마누라가 예쁘게 가꾸지 않는다고 구박했다. 엥겔지수가 50%를 넘을 때도 있는데 예쁜 옷이 가당키나 한가? 생활비가 모자란다고 말하면 남들은 같은 월급으로도 잘 사는데 왜 그러냐고 불평했다. 나는 돈을 만들어 낼 수도 없는 전업주부라 답답하기만 했다.

소설은 작가의 체험과 여정을 자양분으로 형성되는 것이다. 작가에게 고통과 시련은 위대한 자산이다. 아픔과 굴욕의 시간들이 숨어 있다. 그 숨은 역사를 끄집어내지 않고 어떻게 글이 될까. 지나온 삶 속의 고통이 글의 소재가 되고 글을 쓰게 만들었으니 어쩌겠는가. 오죽하면 "지혜로운 한 인간이 사라지면 박물관 하나가 없어지는 것"이라고 했을까. 공감되는 말이다.

글쓰기에 대한 욕망은 하늘을 찌르는데 더 발전하기는 어려우니 애가 탈 수밖에 없었다. 워드프로세서 앞에 앉아 목 놓아 울었다. 스토리는 많은데 이것을 어쩌지? 네가 결혼을 일찍 하지 않고 조금만 더 공부를 했다면 문장 때문에 고통을 받지 않아도 될 일이었다.

그때부터 너는 공부하러 다니는데 열중했다. 하지만 성과는 하루아침에 일어나지 않는다. 꽤 괜찮은 생각이라고 생각하면서 글을 썼는데 읽어보면 조악하다. 문장 때문에 작가 자신의 품위까지 떨어뜨린다면 말이 안 된다. 애초에 글쓰기의 원천은 고통을 이기는 과정을 더 크게, 더 세밀하게 다루기 위한 발상이다.

친구 딸은 엄마의 평범한 일상생활을 노출시키는 그런 이야기를 원치 않고, 그런 엄마의 생각을 이해하기 어려워 한다고 했다. 굳이 별 볼일 없는 일상사를 일기체로 쓰는 걸 문학이라는 이름으로 만천하에 알릴 필요가 없다고 생각한 것 같다. 그런 시시한 이야기는 동네 미장원에서 여자들끼리 나누는 이야기라고 했다고 한다.

하지만 나는 내가 겪은 일을 세상에 내놓으므로 나와 공감하는 독자를 원한다.

공자가 말했다.

배우고 때때로 익히면 또한 기쁘지 아니한가? 벗이 먼 곳에서 찾아오면 또한 즐겁지 아니한가? 남이 나를 알아주지 않아도 화내지 않으면 또한 군자가 아닌가? 논어 '학이편' 1장에 나오는 말이다.

> 子曰(자왈) 學而時習之(학이시습지)면 不亦說乎(불역열호)아, 有朋(유붕)이 自遠方來(자원방래)면 不亦樂乎(불역락호)아, 人不知而不慍(인부지이불온)이면 不亦君子乎(불역군호)아!

우주 제일의 책이라고도 불리는 『논어』는 '학습'이라는 단어로 시작한다. 『논어』 20편 전체에서 왜 "학이시습지學而時習之"로 시작되는 '학이편'이 맨 처음에 놓여있을까? 그것은 공자가 '학습'을 인간에게 가장 중요한 것으로 여겼기 때문은 아니었을까? 즉, 학습의 문제를 벗 그리고 군자 개념과 연결시켜 인간존재의 소명 의미를 논하고 있다.

　자신의 생각이나 말을 들어주는 사람이 있다는 것은 큰 즐거움이라고 했다. 그들이 왜 그런 생각을 했을까. 자신의 좋은 점만 나열한다면 누가 나의 삶에 긍정적인 평가를 할까? 쉽게 성공한 사람들도 공감하지 못할 것이고 역경을 딛고 일어선 사람들에게 염장을 지르거나 흥미를 잃게 할 수 있다. 그래서 얼마든지 내 허물을 드러내도 부끄럽지 않고, 오히려 인간 승리처럼 당당하다.

　작가가 되는 일은 멀고도 험했다. 너는 길을 가다가도 친구들과 노닥거리다가도 문득 책상 위에 펼쳐진 원고지를 떠올리고 숙제 못한 학생처럼 부리나케 집으로 달려가곤 한다. 문장이 마음에 들지 않는 날엔 소설을 붙잡고 부족한 능력 때문에 살을 저미는 아픔을 감수했다. 그런 날엔 향유할 수 있는 모든 도락을 마다하고 워드프로세서 앞에 앉아 한 글자 한 글자 써내려갔다. 밤이면 글을 썼고 새벽이면 커피를 마셨다.

　새벽이 밝아오는 것을 보면서 나는 서부로 달려가는 역마차를 생각했고, 알프스를 넘는 나폴레옹을 생각했고, 코끼리를 몰고 알프스를 넘어가는 한니발을 생각했다. 그리고 이지윤, 네 필명을 생각했다.

*

1991년 3월 5일. 저녁준비를 할 즈음이었다. 전화가 왔다. "이지윤 씨 댁이죠?" "예. 저인대요." "축하드립니다." 『세계의문학』 신인문학상에 단편 「부화기」가 당선됐다는 소식이었다. 그날 너는 눈물이 나왔다. 기쁨의 눈물이었다.

이지윤! 장하다.

생애에서 가장 기쁜 일은 아이들이 대학에 합격했을 때였는데, 그날 일생에서 가장 기쁜 날은 네가 등단한 날로 바뀌었다.

'너'라는 '나'에게.

사회적인 기대는 한 인간의 내면에서는 몇 배의 부풀려진 모습으로 커다랗게 소용돌이친다.

'그래. 반드시 좋은 작품으로 우뚝 서리라.'

그런데 욕망이 크면 클수록 다급한 창작 욕구는 네 가슴을 담금질할 뿐이다.

자판을 두드리기 시작하면서 다른 사람의 글에서 사고가 깊은 것이 보이기 시작한다. 많이 배운 사람들의 생각이 달랐다. 유명한 작가들의 작품을 필사하면 문장 실력이 좋아진다고 해서 필사를 해보아도 내 이야기는 거기에서 멈춘다. 작품을 들여다보면서 아무리 노력해도 열악한 것은 어떻게도 해 볼 수가 없다. 글은 진부해 보였고, 과연 내가 옳은가 하는 의심과 싸워야 했다. 서글펐지만 그건 내 일이고 내가 해결해야 할 문제이다.

내 작품을 봐줄 사람이 있다면 마음 같아선 억만금을 주더라도 그렇게 하고 싶었다. 영혼을 팔아도 좋을 것 같았다. 영화나 동화책을 보면 다급한 나머지 영혼을 걸고 거래하는 장면이 나오는데 오죽 답답하면 그랬을까 이해할 것 같았다.

자식에게 도움을 청해 보려고 해도 소설 쓰는 자체를 싫어하니 어쩔 수 없는 일이다.

"자식들은 소설 쓰는 엄마를 존경은커녕 좋아하지 않아요."
"어쩌면 우리 아이들과 똑같지요."
그때 내 말에 동료가 맞장구친다.
"자식들은 누구라도 알 수 있는 뻔한 이야기, 못된 남편을 등장시키는 것을 질색해요. 내 친구가 소설로 써보라고 일기장을 주어서 그 스토리를 쓴 것인데도 말이에요. 자식들은 엄마가 자식을 위해 희생하고 남편과 자식을 비추는 빛으로만 존재하길 바라나 봐요."
"모두 비슷한 모양이죠."
"그래요. 작품에서 주인공이 남편의 횡포로 고통 받는 걸 쓰면 모두 제 아버지 이야기로 알고 싫어해요."
친구의 하소연도 그녀와 같다.
왜 자식들은 싫어할까? 자아실현이니 뭐니 하는 일로 설치고 나대는 여자들이라 생각하는 걸까. 한국의 어머니 상像에 반한다고 생각한 걸까. 그동안 잘 지내다가 갑자기 자신을 드러내려고 날뛰는 엄마라고 생각하는 걸까. 친구 딸이나 내 딸이나 마찬가지다.

남들은 자신의 집안 좋은 점을 부풀려 말하는데 굳이 흙수저 이야기로 들통을 낼 필요가 있느냐는 것이다. 루저의 삶을 감추지는 못할망정 과장되게 드러낼 필요가 없다는 것이다. 그러면서 남들은 왕년에 금송아지가 있었다고 말하기도 하는데, 하물며 사기꾼도 자기는 청렴하다고 하는 마당에 굳이 열악함을 드러내려고 애를 쓰는 집이 어디 있느냐고 한다. 왜 엄마는 자신의 구질구질한 이야기를 들어내려고 하느냐? 좀 근사한 말로 자신의 출생을 좋게 말하면 좋을 텐데. 친구들이나 주변 아는 사람들이 볼까봐 두렵단다.

그러나 소설을 쓰려는 엄마들 생각은 다르다.

친구의 고민도 나와 같다. 친구와 나는 의기투합한다. 우리의 구질구질한 얘기가 아니라 그건 우리가, 사람이 살아가는 세상이다. 같은 공감대를 갖고 있는 세대를 대변한다는 사명감이 있다.

결심한 끝에 용기를 내보지만 생각처럼 진도가 쉽게 나가지 않는다. 무엇보다도 경험한 세계가 좁다. 이웃에서 들은 말이나 같은 세대 이야기는 대개 비슷하기 마련이다. 그러면서 억울하게 살아온 우리의 이야기로 몰입한다.

어느 날 컴퓨터 앞에서 우는 아내를 보고 남편이 깜짝 놀란다.

"왜 그래, 무슨 일 있어?"

관심도 없는 남편에게 울면서 하소연을 했다.

"여보. 아무리 애를 써도 글이 안 되는지 모르겠어서."

"난 또 뭐라고. 큰일이라도 난 줄 알았네."

안도의 한숨을 내 쉰다.

큰일을 저질렀거나 사기를 당한 일인 줄 알았다가 시시한 일로 걱정을 하다니! 지금은 먹고사는 일이 중요한 마당에 마누라가 글이 안 된다고 징징거리니 한심해 한다.

어이없다는 듯 혀를 차는 남편을 보면서 문득 학교 다닐 때 일이 떠올랐다. 갑자기 중간시험을 본다고 담임선생님이 발표를 했다. 반 친구들 모두 항의를 한다. 그렇다고 시험일정이 바뀌지 않는다. 나는 그때 집에 돌아와 걱정이 이만저만이 아니다.

"큰일 났어?"

그녀 말에 아버지는 깜짝 놀랐다.

"무슨 일이냐. 왜 그래?"

"다음 주부터 시험이야."

"난 또 무슨 큰일이라도 난 줄 알았네."

아버지는 허허 웃고 말았다. 학생인 네게는 시험 보는 것이 큰일이었지만 어른들은 아무 일도 아닌 것이라 생각한 것이다. 그녀의 열망을 그렇게 크게 생각하지 않고 신경 쓰지 않았다. 그때 아버지는 네가 소설가가 되리라고는 생각지 못했을 것이다.

*

새벽 3시. 작가의 고뇌를 나타내는 글은 나오지 않고 너는 애꿎은 컴퓨터 좌판 앞에 앉아 커피 잔만 줄지어 세운다. 기쁨이 지나고 정신을 차리고 보니 등단은 또 다른 시작에 불과했다.

언젠가 본 영화스토리 하나를 떠올린다. 소설가 취향을 가진 여성과 결혼한 남자가 있다. 초보 작가인 남자는 문학계를 빛낼 거라는 기대를 한 몸에 받고 있다. 후속작에 대한 기대가 컸는데 진도가 나가지 않는다. 여기에 문학 지망생인 아내가 등장한다. 아내의 간결한 문장을 보고 감동한 남자는 아내의 문장을 가져다 쓰기 시작한다. 그리고 남자는 아내의 재능으로 유명해진다. 애초에 소설은 아내 몫이었다. 스포트라이트가 잘못 비쳐졌을 뿐이다. 아내는 무명작가의 처지로 재능을 펼치지 못하고 남편 밑에 숨어 있어야 했다. 남자는 출세 가도에 오른다.

차츰 남자의 창작 능력은 더 발전이 없고 아내 없인 아무것도 할 수 없다. 원고청탁이 오면 아내 눈치를 살핀다. 제때에 작품이 되지 않으면 부부싸움이 이어지고, 갈등이 고조된다. 여자는 억울해 한다. 갑자기 오픈할 상황도 아니다. 남자가 국제무대에서 각종 상을 휩쓸고 있을 때 여자는 자신의 재능을 훔친 남편에 대한 분노가 극에 달한다.

지금 이 영화가 생각나는 것은 어쩌면 내가 그 여자 주인공이 될 수도 있다고 생각했기 때문이다. 언제고 내 작품을 계속 쓰다 보면 발전할 것이고, 먼 훗날 유능한 소설가가 될 수 있다는 희망을 가져본다. 하지만 아직 그런 일은 내게 일어나지 않았다.

나는 나인 너에게 말한다.

모든 것을 얻는데 지름길로 가는 길은 없다. 그 후 너는 자급자족의 길을 걸어야 한다.

*

마침내 기회가 왔다. 누군가 네게 손을 내민 것이다. "지윤 씨 글을 봤는데 사고가 건전하더라구요. 그런데 은유적인 표현이 필요해요" 이게 웬일인가? 네 글을 봐주겠다니! 놀라지 않을 수 없었다. 사공 선생, 그녀는 유명한 작가였다.

단편 한 편을 들고 촌지와 함께 가져가면 그녀가 대강 첫 문장만 첨삭을 해 주었다. 너는 감격해서 어떻게 하든 고마움을 표현하려고 비싼 점심을 샀고, 세미나 때에는 심부름꾼인 그의 가방모찌를 자청했다. 무보수 매니저, 심부름해도 부끄럽지 않았다. 오히려 고마웠다.

그와 함께 있으면 예수님을 태운 당나귀처럼 자신의 신분도 함께 올라간 것 같았다. 어디 가서 이런 의인을 만날 수 있을까? 온갖 수모?, 남이 보면 수모일 수 있는 일도 너는 아무렇지도 않았다. 문학에 기여된다고 하면 어떤 수모도, 대가도 치를 각오가 되어 있었다.

자신의 문학이 발전하려면 스스로 해결해야 한다. 그러나 혼자서 해결할 수 없으니 선배 작가에게 더 절실하게 매달려야 했다. 사공 선생의 남편이 교환 교수로 미국에 가 있을 때는 전자상가에서 팩스를 사서 편지를 쓰며 그리워했다. 정성들여 편지를 쓰면서 선배님이 없으니 세상이 비어 있다는 투로 구구절절 썼다. 문학에 대한 처절한 몸부림이었고 그녀를 향한 애절한 구애였다.

답장은 A4 용지 한 장에 커다란 매직볼펜으로 찍찍 갈겨 쓴 것이 전부였다. 답장이라기보다 마지못한 면피용으로 쓴 글을 누가 볼까 봐 부끄러워 감추었고, 황당했으나 곧 잊어버리려고 했다. 그가 한국에 돌아올 때는 친구처럼 반기면서 관계유지에 힘을 쏟았다.

그는 상대의 결핍이 무엇인지 알았고 그것이 가져오는 권력을 잡을 줄 알고 있었다. 아무리 무례하게 굴어도 상관없는 소설에 미친 여자. 그 여자의 목줄을 단단히 잡고 있다는 자부심, 그건 그녀의 능력이고 그 파워는 대단했다.

그는 네 성의가 마음에 차지 않으면 매사를 부정했고, 가시로 찌르는 듯한 말로 가슴에 비수를 꽂아댔다. 왜? 수모를 당하면서 옆에 서 있는 이유가 무엇일까. 너는 문단에 갓 입문한 신출내기였고 경력도 별 볼 일 없는 네가 갈 곳이 어디 있었겠는가. 단체 생활에서 한 일원으로 살아가려면 그 안에 있어야 한다고 믿어서였다. 그의 틀린 문장을 발견해도 교과서인 줄 알고 무조건 숭배했다.

돌이켜보면 그의 손에 채찍을 쥐어 준 사람은 너 자신이었다. 튼튼한 맷집을 가진 너, 너를 마구 때려도 되는…. 결과적으로 그녀가 너를 비하시키고 경멸하는데 한몫한 것은 바로 너였다.

소설가협회 가을세미나가 있었다. 사공 선생과 너는 한 좌석에 앉아서 가게 되었다. 까칠한 성격을 알고 있는 동료 작가들, 누구도 그의 옆에 앉기를 원치 않는다. 하지만 너는 자진해서 선배 옆에 앉았다.

협회 운영에 그다지 달가워하지 않던 작가 서너 명이 이번 가을세미나에 참석했다. 버스 뒷좌석에는 사공 선생의 동료들, 그와 같이 문단에 오른 사람들이다. 찬조금이 있어서 참가비가 적었는데 여행 겸해서 나온 듯했다. 그들은 글을 잘 쓰는 작가로 알려져 있고 회원들 사이엔 꽤 알려진 문학상을 탄 사람들이었다. 덧붙이자면 그들은 모두 명문대학을 나왔다.

그와 너는 내면의 갈등이 있든 말든 늘 같이 다니는 사이였는데 그녀는 상위고 너는 스스로 그를 모시고 다니는 무수리 정도였다. 평소에는 너를 부리고 있다고 생각해선지 늘 너와 같이 행동했다. 그런데 그녀는 갑자기 같이 동아리 활동을 했다는 그들에게 자신의 위치를 과시하고 잘난체를 하고 싶었는지 너를 탐탁지 않게 보는 것 같았다. 그렇다고 가끔씩 나오는 그들에게 낄 수도 없는 일.

4명이 함께 써야 할 숙소다. 사공 선생과 그의 친구 둘 그리고 너, 네 사람이 같은 방을 쓰게 되었다. 그들은 물 만난 고기처럼 대화가 활발히 이루어졌는데 일찍 문단에 나왔기 때문에 대개 나는 모르는 이야기였다.

듣지 않으려 해도 같은 공간이라 오가는 대화가 저절로 들렸다. 세 사람은 한참을 떠들다가 소재가 고갈되었는지 일행인 유영희가 골프 이야기를 꺼낸다. 손아랫동서를 비난하다가 나온 이야기였다. 모처럼 만난 손아랫동서가 불만을 토로했다고 한다.

"골프만 치러 갔다 오면 그 집 부부는 부부싸움을 한다고 하네요." 비아냥거리는 투로 말했다.

유영희의 손아랫동서는 골프 칠 때의 그녀 남편 모습을 이야기 했는데 아내 옆에서 웃는 남편은 일행인 여자를 코치하느라 정신이 없었다고. 제 마누라 볼이 오비가 났는지 러프에 빠졌는지도 모르고 낄낄대고 있었다고. 동서가 하소연하더라는 것이다.

손위 동서가 고소해하는 것도 모르고.

    너는 몇 시간을 조용히 그들의 대화를 듣다가(저절로 들림) 입을 다물고 있기도 어색해서 한마디 했다.
    "그런 사람들 많이 봤어요. 우리는 그렇지 않은데…"
    네 말이 끝나기도 전에 사공 선생이 소리쳤다.
    "그 잘나지도 못한 남편 이야기는 왜 꺼내!"
    순간 방안에 정적이 흘렀고 모두 얼어붙었다.
    어~어~ 주변 사람들 시선이 허공에서 허둥거렸다. 민망한지 네게 시선을 거두고 딴 곳을 보며 헛손질을 했다. 갑자기 방 분위기가 싸늘하게 식었고 아무도 입을 열지 않았다.
    너는 어이가 없었다. 어떻게 대꾸해야 최선인지 알 수가 없었다. 자꾸 손발이 떨려왔다. 잘나지 못하다니? 사업을 하는 남편은 시시하고 대학교수를 하는 남편은 훌륭하다는 말인가?

    언젠가 딸이 "아빠, 차는 보다 안전한 외제차를 사야 한다"고 설득을 했어도 남편은 한마디로 거절했다. 너 역시 남편에게 "요즘 새파란 젊은 애들도 다 타는 외제차를 당신같이 고생한 사람에게 필요하다고" 말했지만 그에게서 돌아온 대답은 간단했다.
    "정신들 차려라. 어려운 시기를 거쳐 가난한 나라를 간신이 여기까지 올려놓은 부모세대를 몰라보고 정신 차리지 못한 애들을 따라갈 필요가 없다"고 한심해했다. 그러면서 금수저인 양 의시대 는 짓은 못 한다고 못을 박았다. 너는 그런 남편이 자랑스러웠다.

 나는 맷집이 좋은 여자다. 나를 비하하는 건 참아낼 수 있지만 내 남편을 비하한 건 참을 수 없다. 미친 여편네가 소설 쓴다고 돌아다니더니 이젠 알지도 못하는 여편네로 하여금 남편을 비하하게 만들다니! 남편이 알았으면 분통을 터뜨렸을 것이다. 네 가슴에서 불이 일었다.
 내 남편은 온갖 어려움을 이겨내고 열심히 일해서 대한민국을 세계 10대 경제대국으로 이끈 경제발전에 기여한 건전한 인물이다, 가족을 위해 헌신했고 지나치게 검소하기까지 하다, 그리고 나라를 누구보다 사랑했다, 대한민국을 최저빈곤국에서 경제대국으로 발전시킨 멋지고 자랑스러운 남자다, 그리고 용모도 네 남편보다는 내 남편이 몇 배나 훌륭해! 소리치고 싶었지만 그 말은 차마 하지 못했다. 네 목소리가 떨렸다.

 "두 분. 사공 선생 말 들으셨지요?"
 하고 너는 함께 있던 그들을 쳐다봤다.
 "잘… 모르겠어요."
 유영희라는 소설가, 소위 명문대학을 나왔다고 하는 소설가가 어물거리더니 딴청을 했다. 적어도 소설을 쓴다는 사람들이 사고가 세속에 물들어 있어도 되는지 의심스러웠다. 너는 이 세상 최고 비겁자를 그날 봤다.

옆에 있던 오윤주 소설가는 조심스럽게 입을 열었다.

"이 선생님. 그만두세요. 사공 선생님 성격이 원체 그렇잖아요."

원체 그렇다는 말이 무슨 뜻인진 몰라도 사공 선생이 지나쳤다는 뜻 같았다. 그리고 성격이 본래부터 그러니 이해하라는 뜻도 포함된 것이다. 오윤주 소설가는 솔직했다.

넌 두고두고 예쁘기까지 한 오윤주라는 소설가 말만 나오면 쿨하고 정직한 사람이라고 칭찬했다. 대선배라고 하는 나이 많은 사공 선생 앞에서 조금이나마 네 편을 들어준 것이다.

아무리 소설에 미쳤지만 사공 선생, 너 같은 인간하고는 이젠 끝낸다. 나를 창피해 하고 더욱이 남편을 무시하는 사공 선생은 더 이상 필요 없다. 그리고 느닷없이 사공 선생에게 모욕당하는 모습을 보인 그들에게 부끄러웠다. 유영희와 오윤주, 그들은 의아하게 생각했을 것이다. '무엇이 저토록 비굴하게 해도 참지?'하는 의문을 가질 것이 분명해 보였다. 아니 분명했다.

'오냐. 이제부터 잘난 너하고는 끝이다.' 그깟 소설이 뭔데 이 고생을 하면서까지 사공 선생 옆에 같이 있어야 하는지 자신이 생각해도 한심했다. 밤새 한잠도 못자고 뜬눈으로 밤을 보냈다. 길고 힘든 밤이었다.

우리의 피크타임

다음 날 아침 일찍 일어났다. 얼마 전에 사공 선생에게 백화점 카드를 빌려 쓴 적이 있어 다음에 백화점에 갈 때 함께 가기로 했었다. 그러나 이젠 끝내야 하는 마당에 더 이상 그와 연결 짓고 싶지 않았다.

"여기 빌려 쓴 카드값을 드릴게요. 앞으로 못 나올 것 같아서…"

"뭐라구! 이젠 안 만나겠다구!"

불같이 화를 낸다. 몇 번 돈이 오갔다가 기어이 네가 다시 내던지는 바람에 그도 어쩔 수 없는지 그냥 수거했다. 조식 뷔페가 나왔다. 다른 때 같으면 그가 좋아하는 음식을 가져다주었을 것이다. 혼자 한술 뜨고는 숙소 근처로 산책을 나섰다.

산책 도중 룸메이트였던 오윤주 선생과 마주쳤다.

"아이구 이 선생님! 소설이 뭔지. 노벨문학상을 탈 것도 아닌데 고생을 하시는군요. 소설만 아니면 잘 사실 분 같은데."

연민의 눈빛을 남기고 엇갈려 지나갔다. 그녀는 너보다 먼저 산책에 나선 모양이다.

세미나가 끝나고 서울로 돌아가는 버스에서 사공 선생 옆에 앉아서 가기가 싫었다. 그래서 너는 남자 문우 옆에 앉았다. 다음 휴게소에서 내리는데 남자 문우가 어깨를 툭 쳤다.

"사공 선생이 아까부터 야단이에요. 자리 바꾸자고."

아무것도 모르는 남자 문우는 뒤쪽으로 자리를 옮기고 기어이 그녀가 네 옆으로 와서 앉았다. 그녀와 친한 사람은 아무도 없었다. 혼자 앉아 가려니 모양새가 우스웠는지 이제 와서 네 옆에 앉겠다고 고집한 것이다. 네 말은 들어보지도 않고 제멋대로.

그 긴긴 시간을 견디고 버스에서 내려 전철역을 향해 걸었다. 너도 모르게 사공 선생의 짐을 들어주고 있는 자신을 보고 깜짝 놀랐다. 습관이 되었던 것이다. '이런 바보 모질이가 다 있나?' 내가 봐도 네 행동이 한심스러웠다.

너는 누구하고든 끝마무리를 잘하고 헤어지고, 그런 다음 서로 맞지 않으면 거래를 끊으면 된다고 생각하는 편이다. 누구와도 다투거나 대들지 않고 조용히 끝내면 된다는 것이 네 철학이라니. 비겁한 소신이다.

아! 내 소설, 가엾은 내 소설. 비아냥거림이나 독설을 피하려면 홀로 일어설 수 있어야 무시를 당하지 않는다. 한 문장이라도 도움이 된다고 믿고 따랐으나 허사였다. 그러면 처음부터 다시 문장공부를 해야만 한다. 기초를 튼튼히 하리라. 단단히 마음을 먹었다.

*

협회 세미나를 다녀와서 보름쯤 지났을 무렵이었다.
"내 동생은 문장이 최고예요."

친한 동료가 말했다.

"아무리 최고라고 해도 동생만큼 깔끔한 문장을 쓰는 사람은 못 봤어요."

그 말이 호기심을 자아냈다. 늘 동생이 최고라고 하는 말을 들었기 때문에 솔깃했다. 그녀에게 문장을 공부하면 좋을 거라는 생각이 들었다.

그래서 남편에게 물었다. 괜찮냐고.

"당신이 원하는 대로 해."

하루 두 시간에 80만 원. 좀 비싸지만 문장만 좋아진다면 무슨 짓인들 못하겠어. 친한 동료의 입장을 봐서라도 최고 대우를 해 주려고 마음먹었다. 새로 시작한 장편소설이 원고지 분량으로 900매 정도 되어 있었다. 두 시간에 100매를 고친다면 800만 원이다. 책 뒤에 나올 평론까지 합치면 액수가 늘어난다.

문학이나 예술은 공부한다고 이루어지지 않는 것은 불문가지다. 며칠 지난 뒤 원고를 받았다. 고쳐진 문장은 설명이 필요 없이 깔끔하고 간결했다. 그런데 군더더기를 없애서 좋긴 한데 줄기만 남았다. 너무 맑은 물은 물이라 물고기가 살지 않는 청정수 淸淨水 같다. 아까운 문장도 쳐내버렸고 내 생각과 맞지 않는 문장도 삽입되어 있었다. 얻은 것이 있다면 잃은 것도 있는 법.

소설은 900매에서 500매로 줄어들었다. 장편소설로 내기엔 부족한 분량이다. 마치 스토리만 모아 놓은 것 같았다.

내 작품이 아닌 낯선 글, 내 생각이나 말이 들어 있지 않은 것, 그건 내 소설이 아니다. 경제적 부담을 안고서 치른 소설은 잎과 가지를 잘린 모습으로 몸통만 남은 채 내 앞에 놓여 있다. 이건 아니라는 생각이 나를 덮친다.

이제야 무엇이 부족했던 것인지 알 것 같았다. 그동안 스스로 점검하지 않고 대충대충 끝낸 내 게으름을 확인했다. 머리를 치는 울림을 경험했고 스스로 각성하는 계기가 되었다. 너는 어느 누구도 내 문학을 가르쳐 줄 수 없다는 사실을 깨달았다. 너, 자신 속에 들어있는 진실을 솔직하게 서술하게 되었고 그로 인한 깨우침이 많았다. 값비싼 수업료를 내고 얻은 교훈이다. 다 네 욕심 때문에 생긴 일이다. 빨리 손꼽히는 작가 반열에 올라서고 싶은 욕망으로 생긴 일.

그 후 동생을 소개했던 동료 작가는 동생과 불협화음을 일으켜 의절했다고 한다. 언니는 동생을 사랑했고 '칭찬과 자랑'으로 그 사랑을 표현했다. 동생을 도우려고 문장의 부족함으로 고민하는 너를 동생과 연결시키므로 해서 동생에게는 문학적 자부심을 안겨주고 경제적인 도움도 주려 했다. 언니가 낸 묘안이었다. 동생을 위한 배려였고 조금이라도 도움을 주려는 언니의 선물이었다.

그러나 동생의 생각은 달랐던 모양이다. 그동안 자매가 서로 문학에 대한 생각을 주고받았던 시간들이 귀중한 시간들이었다고 생각했는데, 언니에게 거저 가르쳐 준 것이 억울했거나 혹은 언니의 작품은 자신이 성공시켰는데 보답이 없다고 생각해서다. 다른 사람에게는 이렇게도 많은 수입을 단시간에 올릴 수 있는데 좋은 문장을 거저 알려준 것이 새삼스럽게도 아까웠던 모양이다.

그때 이후 다른 소설가에게 들은 말이다. 언니가 동생에게 소소한 배려와 선물로 보답했음에도 동생은 언니가 자신보다 잘 살면서 직접적인 돈을 지불하지 않는 것에 화를 냈다고 한다. 언니는 좋은 일을 하려다가 동생만 잃게 되었다고 한다.

동생은 언니에게 사사건건 트집을 잡다가 다른 일로 싸움이 번졌고 둘의 관계는 산산조각이 났다고 한다. 언니는 동생이 왜 그렇게 자신에게 적대감인지 모르는 것 같았다. 동생은 언니의 배려와 사랑을 모르고 날뛴 셈이다.

*

그 후 내 소설의 근간을 이루게 된 것은 하늘의 뜻이라고 생각한다. 서양철학 교실에서 영화평론가를 만났다. 그가 네 원고를 읽고 문장의 어미 처리를 도와주었다. 생각지도 않은 귀인을 만난 것이다. 문학에 대한 기초지식도 없어 혼자 고군분투하다가 지친 끝에 찾아온 서양철학 교실 문우들이다. 그들과 만나 공부하고 대화하는 시간이 즐거웠다.

지난 시간들 속에서 오류를 쫓아다니다가 너는 소설을 망치는 일이 있었다. 이야기만으로도 충분한 것을 어줍지 않게 내면세계를 그린다고 설명만 늘어놓았던 것이다. 이제 와보니 오히려 처음 쓴 작품이 간결하고 좋았다. 그러는 동안 끊임없는 공부를 통해 발전했으며 그렇게 해서 너는 살아남았다.

소설을 시작한지 40년이 지났다. 산전수전 다 겪고 비로소 이 세계에 대한 이해와 동조를 경험했다. 이제 어느 누구도 너를 비하하지 않는다. 믿고 보는 소설가 자리에 설 수 있는 위치에 와 있다.

이제는 선배 소설가가 너를 쥐고 흔들 힘을 잃었다. 시간이 지나고 노력한 끝에 찾아온 성공이다. 너는 남의 도움이 필요 없다. 오히려 참견이 거추장스럽다.

네가 소설가협회에서 주는 최고의 상인 소설문학상을 탔을 때 사공 선생이 말했다.

"이지윤 씨 축하해요."

"고맙습니다."

"독립한 것에 대해."

툭 던지고 사라진다.

'굿바이! 잘 가세요. 당신은 이제 나를 따라올 수 없어!'

그녀를 능가한 것이다. 한때 우상이었던 그녀를 훌쩍 뛰어넘었다고 생각하니 격세지감이 든다. 함께 문학을 시작한 동료 작가들이 네 책을 들고 말했다.

"그래 이제야 알겠어! 피눈물 나는 노력이 얼마나 무서운 건지."

PEAK TIME은 내가 텔레비전에서 즐겨보는 오디션 프로그램이다. 나는 오디션 프로그램을 좋아한다. 실패하더라도 좌절하지 않고 도전하는 모습이 보기 좋다. 최선을 다하는 어린 학생들, 그들을 보는 것은 나 자신에게 더 뛰어 보라고 담금질을 하는 셈이다. 열정의 시간, 최고의 시간. 가만히 앉아 있으면 안 될 것 같은 강박감이 나를 질책한다. 가슴이 뛴다.

열심히 노력하는 아이들을 보면서 눈물이 난다. 한 생명이 태어나서 자신의 생명을 담보로 도전하는 아이들이다. 나도 그들의 노력에 대비시켜본다. 게을러터진 내 모습을 보면서 이렇게 있으면 안 될 것 같다. 앞으로 소설 쓰기에 시간이 모자랄 것 같으니까. 남들은 네게 그만하면 이루지 않았는가? 스스로 끊임없이 고통스럽지 않아도 될 터인데 하면서 이상하다고 생각할 것이다.

창의력을 표현하고자 하는 것은 인간의 기본적인 욕망이자 욕구다. 자신만의 창작물을 만들어내려 하는 것은 전문가만의 욕심은 아닐 것이다. 창작물은 신이 인간에게 긴 고통을 주고 단련시킨 결과물이고 빛나는 열매이다.

컴퓨터 앞에 앉으면 머리에서 크고 작은 생각들이 서로 나오려고 한다. 너는 자판을 두드리면서 속삭인다. 생명이 있는 한, 생각이 있는 한, 나는 그렇게 쓰다가 쓰러질 것이다. 그동안 그렇게 고통스러워도 글을 쓰고 또 써왔다. 이젠 쓰기만 하면 하나씩 완성되어 나오는 작품을 본다. 이 얼마나 즐거운 일인가.

'시간이 얼마 남지 않았어.'

나이가 들면 사람 이름이 생각나지 않는다고 한다. 너도 예외일 수는 없다. 컴퓨터 앞에서 자판을 두드리는데 희망이라는 단어를 머릿속은 아는데 문자로는 까맣게 지워져 있다.

어떡하지? 희망이라는 말 대신에 그냥 갈증이라고 비슷한 단어를 채워 넣는다. 나중에 생각날 때 고치자고 나를 달랜다. 곳곳에 함정이 도사리고 있다. 어쩌다 한 번도 아니다. 여러 번 반복되니 긍정적인 생각도 허물어진다.

나는 너에게 말한다.

겁먹지 마라. 이지윤, 너는 어떻게 하든 해낼 거잖아!

(2024)

엄마의 전성시대

너도 자식을 낳아봐야 부모 마음을 안다고 한다.

그러나 나는 생각이 달랐다. 부모 마음을 알려면 자식이 부모 나이가 되어 저세상으로 갈 때가 되어서야 비로소 깨닫게 되는 것 같다. 딸은 아이를 낳는 아픔을 겪고 나서야 엄마에게 말한다. "엄마, 엄마도 나를 낳을 때 이렇게 아팠어요?" 그러면 엄마가 대답한다. "모든 생명은 다 그렇게 진통을 겪는 일이란다." 여기까지가 부모 마음을 아는 단계다. 하지만 곧 잊어버린다. 자기아이를 애지중지 키우면서 자신들은 부모의 사랑을 기억하지 못하고 자신들만 특별하다고 믿는다.

지금 나는 엄마 돌아가실 때 나이가 되었다. 허리디스크로 수술을 받고 요양병원에 와 있다. 강남성모병원에서 보름 전에 수술을 받고 재활치료차 이곳에 온 것은 일주일 전이다. 강남구 세

곡동에 있는 재활치료 겸 요양병원인 이곳은 내가 사는 아파트와 가깝고, 도심과 가까우면서도 숲속에 위치해 있어서 조용하고 언제든지 자연과 만날 수 있다.

요양병원은 노인들이 마지막으로 가는 길이다. 9층 건물 중 6층에 위치한 병실에는 입원환자가 4명인데 나를 제외한 3명은 치매 환자이다. 이곳은 비용이 만만치 않다. 미루어 보면 본인이 사회에서 성공해서 돈을 많이 벌었거나 자식들을 꽤 훌륭하게 키워낸 입지적인 인물이었을 것이다.

그렇지만 지금은 코에 줄을 매달거나, 목을 뚫고 침대 위에 산송장처럼 누워 있다. 세 명의 치매 환자는 엉뚱한 소리를 자주 한다. 목에 줄을 매단 환자는 침대에 손이 묶여 있었는데, 옆에 사람만 오면 꼬집는단다. 그는 언제나 무척 화난 얼굴로 누워 있다. 앞 침대에는 97세 할머니가 목을 뚫고 누워 있다.

누워서 죽음을 기다리는 사람들, 그들도 한때는 잘 나가는 청춘들이었을 텐데. 이곳 요양병원에서 직접 눈으로 보니 생각이 많아진다.

'애걔! 이것이 인생이야!'

멋있게 잘 살아보려고 발버둥을 치다가 그동안 살아온 모든 것을 잊어버리고 가는 삶이 인생이란 말인가. 알았다 해도 속수무책이었을 테지만.

너는 간병인을 따라 병원 주위에 있는 산책길에 나선다. 많이 걷는 것이 재활치료 기간을 단축시킨다고 해서 바깥출입을 한 것이다. 숲속 길은 걸으면 자연적으로 치유가 될 것 같은 기분을 들게 한다.

병원 옆 산책로엔 나무들이 우거져서 하늘이 좁은 길처럼 열릴 때도 있다. 수풀 사이로 시골집 우물 옆 보리수나무에 열리던 빨간 열매 같은 것도 보인다. 누가 심었는지 모르지만 호박 넝쿨 사이에 애호박이 자라고 있었다.

지나온 세상에 대해서 되돌아본다. 어느 때보다도 절실하게 엄마를 떠올렸다. 이 세상에 태어나서 엄마만큼 나를 지극히 사랑한 사람은 아무도 없다. 세상 어떤 사랑도 엄마와 비교할 수 없다. 그래서인지 몸이 아플 때마다 "엄마— 엄마!" 엄마를 찾고 운다. 그러면 엄마가 와서 머리도 짚어보고 배도 쓰다듬어 낫게 할 것 같은 기분이 들면서 안정이 된다.

누구나 엄마에 대한 특별한 기억 하나쯤은 가지고 산다. 결혼해서 친정엘 가면 안식처에 온 것처럼 따듯했다. 반가워하는 엄마와 아버지를 만나게 되는 일은 커다란 즐거움이다. 시댁으로 되돌아올 때면 엄마는 보따리에 이것저것 싸 주신다. 동리사람들이 뒤에서 딸은 '아는 도둑'이라면서 부모가 여름 내내 땀 흘려 가꾼 농산물을 가져간다고 수군거린다.

사람들이 뭐라 하던 엄마는 상관하지 않고 커다란 보따리를 만들어 손으로 들기 어려울 만큼 잔뜩 담는다. 그래도 대문을 나서면서 울타리에 덜 자란 애호박이 눈에 띄자 걸음을 멈추고 뚝, 따서 보따리 귀퉁이에 찔러 넣는다.

"엄마도 참… 그러지 않아도 돼."

"이런 것 가져가 봐야 무겁기만 하지 몇 푼 되지도 않는다."

그러면서 쑥스러워하는 딸을 재촉한다.

"빨리 가자. 차 시간 늦겠다."

엄마가 어느새 저 멀리 신작로를 향해 앞서 걷고 있다. 보따리를 머리에 이고, 다른 하나는 손에 들었다. 버스 시간에 맞추어 급하게 걸음을 옮긴다. 앞선 엄마의 목은 보이지 않고 머리와 어깨만 걸어가는 것처럼 보였다.

커다란 보따리에 삐죽이 나와 있던 애호박이 생각나고 엄마 얼굴이 떠오른다. 어떻게 하든 자식에게 하나라도 더 주고 싶어 하던 엄마의 사랑이 그곳에 있었다.

*

엄마는 학교에 다니지 못했다. 그러나 어릴 때부터 부지런하고 총명했다. 삼촌이 야학에서 아이들에게 글을 가르치는 훈장인데도 할아버지는 다 큰 계집애가 밤에 어딜 싸돌아다니느냐고 했단다. 그래도 야학에 가고 싶어 몰래 갔다. 집에 돌아와 보니 할머니가 입술에 쉿! 하라고 손가락으로 표시를 했다. 주위를 살피면서 딸의 팔을 잡고 안으로 끌었다. 들키면 안 된다면서 죄인처럼 살금살금 윗방으로 들어섰다.

"방금전 손녀가 보이지 않자 할아버지가 방 문턱에 지게 작대기를 놓아두고 발몽뎅이를 분지르겠다고 호통쳤다"면서 "조심하라"고 말했다. 그 후 심심하면 할아버지는 '딸 간수 잘 하라'고 으름장을 놓으면서 할머니를 닦달했다. 할아버지의 의도대로 엄마는 야학은 꿈도 꿀 수 없었다.

엄마는 사극을 보지 않는다. 대부분의 할머니들이 사극을 좋아하는데도 말이다. 여자라고 공부를 못하게 한 옛날 늙은이들 때문에 배우지 못한 것이 억울해서라고 했다. 어디서도 배울 곳이 없었고 부모에게 원망도 많이 했다. 그런 딸에게 할머니는 듣기 싫다며 말했다.

"이 다음에 네 자식이나 잘 키워라."

엄마와 달리 시어머니는 사극에 취미가 있다. 그래서 늘 하는 말이 "사극이나 상감마마가 나오면 나를 불러라"였다. 텔레비전 사극을 좋아하는 시어머니는 만사를 제쳐놓고 사극에 열중한다. 반면 친정엄마는 사극은 아예 보지도 않는다.

"엄만 왜 사극을 싫어해?" 물으면 할아버지가 계집애를 밖으로 돌리면 안 된다고 하는 바람에 야학에도 못 갔다고 한숨을 쉬었다. 단지 여자라는 이유로 낮에는 일을 해야 했고 밤에는 공부하러 나가겠다는 걸 계집애라는 이유로 억압을 당했던 것이다.

엄마가 공부를 시작한 것은 교회에 나가고 부터였다. 기독교가 한국 여성교육에 기여한 점은 크다. 여자들도 교육을 받게 된 것이다. 초기에 기독교를 받아들인 사람은 이후 이화여대 초대 총장 김활란 여사를 비롯해 여성계의 선구자가 된 사람이 많았다.

뒤늦게 교회를 다니기 시작한 엄마는 하느님에 대한 믿음보다는 공부하면서 세상 이치를 알아가는 과정이 즐거웠다. 엄마는 목사님의 말을 곧 하느님 말씀처럼 여겼다.

"예수 믿는 사람은 예수님 제자답게 욕을 해서는 안 됩니다."

목사님 말을 듣자마자 욕하는 버릇을 고치기로 했다. 당시 욕이 어떤 의미인 줄도 모르고 사용했던 것이다.

"세상에 별 '염병할' 소리를 다 듣겠네!" 염병할, 오라질, 지겨워 같은 말을 습관처럼 했는데, 당시 '염병할 놈'은 '장티푸스에 걸려 죽을 놈'이라는 그 당시 최고의 욕이었다. 엄마는 무언가를 하겠다고 마음먹으면 미루지 않고 즉시 행동으로 실천하는 성격이었다.

다음 날 엄마는 초등학교와 중학교 다니는 자식들 앞에서 이렇게 선언했다.

"이제부터 욕을 안 하겠다." 자신에게 하는 약속이기도 했고 착한 사람이 되겠다는 다짐이기도 했다.

"너희들 엄마가 욕을 하면 말해. 천 원씩 줄 테니."

"엄마, 정말이지?"

"그럼, 정말이고말고."

그 말은 들은 아이들은 신이 났다.

그날부터 엄마는 무심코 '이런 엠병하알…' 하다가 깜짝 놀란다. 그러면 옆에 있던 아이들이 와! 하면서 "엄마 지금 욕했어. 천 원"하면서 손을 내민다.

아이들은 엄마가 자주 욕을 하기 바랐지만 욕 값은 만 원을 넘지 않고 끝났다. 그렇게 '엄마의 착한 사람 되기 프로젝트'는 순식간에 성공했다. 그 후 엄마는 일이 마음에 들지 않거나 화나는 일이 있을 때도 혼잣말로라도 욕을 하지 않았다. 다른 사람을 비난하지도 않았다.

교회에 다니면서 기독교를 새로운 학문으로 받아들인 엄마는 목사님의 말씀을 잘 듣는 모범생이 되었다. 엄마가 교회에 다니게 된 것은 홍 집사 때문이었는데 옆집에 사는 그녀는 예수님의 생각과 가르침을 따르려고 노력하는 사람이었다.

홍 집사는 동리에서도 착하기로 소문이 났다. 동네 입구에 있는 느티나무 옆에 사는 아주머니가 등창(등에 종기가 생겨 고름이 나는 병)으로 괴로움을 당하고 있었다. 시골에서 특별한 방법을 몰라서 고약을 발라보았지만 종기가 사그라지지 않았다. 아물지도 않은 종기를 짜내는 순간 너무 아파 기절한 적도 있었다. 시간이 지날수록 종기가 점점 커져서 손바닥만 하게 커졌다. 예부터 등에 난 종기는 일반 민간요법으로 치료하기는 불가능했다.

그런 그녀를 데리고 홍 집사는 개울가로 데려가서 등에 고름이 잔뜩 고인 상처를 살펴보고는 입으로 빨아내 주었다. 얼마 후 아주머니의 등창은 깨끗이 나았다. 다른 사람의 상처를 그것도 보기만 해도 역겨운 고름덩어리를 입으로 몇 번이고 빨아서 완치를 시킨 전력이 있었다. 동리에서 모두가 인정하는 모범적인 인물이었다.

홍 집사를 따라 교회를 다닌 엄마는 새 세상을 만난 것처럼 신기하고 즐거웠다. 성경과 목사님 말이 모두 이치에 맞는 진리라는 걸 깨달았던 것이다. 배움에 목말랐던 엄마에게 기독교와 성경공부는 새로운 학문이자 지혜의 보고였다.

가을 추수가 끝나고 겨울이 왔다. 엄마는 날마다 새벽이면 일어나 3킬로가 넘는 교회까지 걸어갔다. 새벽기도는 엄마에게 활력소가 되었다. 나중 된 자가 먼저 된 자보다 더 열심히 예수님의 말씀을 따르면 구원에 이른다는 말을 열심히 실천했던 것이다.

엄마 마음속은 자부심으로 가득 찼다. 새벽 교회에 도착하면 아직 아무도 오지 않고 혼자였다. 차가운 바닥에 엎드려 기도하면 온몸이 뜨거워지고 천당에 이르게 된 것처럼 희망이 가슴으로 밀려왔다. 기쁜 마음으로 새벽기도를 마치고 찬송가를 부르며 집으로 온다.

목사님보다 더 일찍 교회 바닥에서 기도한다는 사실이 즐거웠고 선택받은 사람이라는 선민의식으로 가슴이 벅차올랐다. 순수한 마음이란 깨끗하고 좋은 것이지만 나쁘게 말하면 앞뒤 안 가리고 무턱대고 신뢰한다는 말도 된다.

그 후 세월이 지나면서 엄마는 거동이 불편해졌다. 교회를 열심히 다니긴 했어도 처음 접했을 때처럼 늘 열심일 수는 없었다. 언젠가 딸에게 젊은 날의 신앙에 대해 말한 적이 있다.

"지금 생각해보니 내가 교만했단다. 젊은 목사는 늦게 잠들었을 텐데 그것도 생각하지 못하고 무턱대고 일찍 교회문을 두드렸으니 괴로웠을 것이다. 첫 새벽에 눈을 비비며 나와서 문을 열어주던 목사님 생각이 난다." 그러면서 "내 아들 같은 나이에 신도들의 모범이 되려고 애쓰던 그분에게 미안하다"고 했다.

그러면서 깨달았다고 했다. 남들보다 더 열심인 것도 누군가에겐 고통이 될 수 있고, 선한 의지도 때로는 독이 될 수 있음을. 인간은 자신이 잘 모르는 고통에는 공감하지 못한다는 것을. 경험한 만큼만, 느껴본 만큼만 알 수 있을 뿐이라는 것을.

　엄마! 하고 불러보고 싶다. 얼마나 다정한 이름인가! 그런 엄마를 그리워하기엔 내 불효가 마음을 찢는다. 노년에 멍하고 공허한 눈으로 나를 보던 그 눈을 잊을 수 없다. 그 눈에 공포가 어려 있었다. 그 공포는 자신을 잃어버릴 것 같은 것에 대한 두려움이었고, 그 공포는 생각을 잃어버린 자의 공포였다.

　엄마는 한평생, 태평양전쟁 때부터 살아온 시골집에서 지내기를 희망했다. 늘 익숙한 풍경과 아는 사람들이 있는 곳이 편안하다고 했다. 집 밖을 나가면 동리 사람들이 인사를 하며 "어르신 어디 나가세요?" 묻는다. 그러면 "그냥, 나와 봤지." 하고 대답하거나 행선지를 말하기도 한다.

　그런데 엄마에게 언젠가부터 차츰 어지럼 증세가 찾아왔다. 지팡이에 의지하고 뒤뚱거리면서 동네를 한 바퀴 돌아보려고 걸음을 내딛노라면 갑자기 몸이 휘둘리면서 정신이 아득해질 때가 있었다.

　"애야 요즘 이상해."

　"뭐가 이상한데요?"

　"밖에 나갔다가 집으로 오는데 글쎄 느닷없이 땅이 불쑥 일어나서 이마로 돌진해서 내 머리를 치는 거 있지." 그러면서 고개를 갸웃했다.

"때로는 담벼락이나 전봇대가 눈앞으로 달려들기도 해."

그 후로 종종 동리 젊은이들이 엄마를 업어다가 집으로 데리고 왔다. 아무리 시골이 좋다고 해도 건강이 좋지 않아 자주 넘어지는 엄마를 주위 사람들이 그냥 놔둘 수는 없었다. 그런 후 동리 이장이 서울에 사는 아들에게 전화를 해서 빨리 모셔가라고 호통을 쳤다.

"노인을 시골에 그냥 두면 안 되는데."

아들은 아무리 서울로 오시라고 해도 고향이 좋다고 하시니 어쩔 수 없었다고 그간의 사정을 얘기했다. "이젠 저도 안 되겠다는 걸 알아요. 저희 집으로 엄마를 모시겠습니다."

남동생이 엄마를 서울로 모시고 왔다. 어쩔 수 없이 서울살이가 시작된 것이다. 그때부터 엄마의 기억이 조금씩 사라지기 시작했다.

서울은 엄마에겐 낯설었다. 잠시 밖에 나갔다가 돌아오는 길을 잃어버렸다. 곧장 걸어갔는데 엉뚱한 길로 접어든 것이다. 동서남북 방향이 헷갈렸고, 똑같이 생긴 아파트단지에서 도무지 집을 찾을 수가 없었다. 어느 곳에서 나왔는지 아파트 입구를 찾지 못한 것이다. 아들, 손녀의 이름을 부르면서 사람들을 잡고 물어봐도, 지나가는 학생에게 물어봐도 아는 사람은 없었.

동 호수를 찾아 문을 두드리면 낯선 사람이 나와서 누구냐고 물었다. 회사에서 돌아온 아들이 엄마가 보이지 않자 아파트단지에서 엄마가 길을 잃어버린 것 같다고 관리사무소에 신고하고 백방으로 찾아다녔다. '길 잃은 할머니를 찾으시는 분은 아파트 관리사무소로 오세요.' 방송을 들은 아들에 의해 밤늦게 집으로 돌아올 수가 있었다. 치매 노인이 되고 만 것이다.

 그즈음 엄마가 말했다.

 "내 손으로 손녀의 과자를 사주던 때가 좋았어. 애들이 고맙다고 하면 할 일을 한 것처럼 뿌듯했거든…." 그러면서 말을 이었다.

 "그때가 좋았던 것 같아. 내가 삶의 주도권을 갖던 시기였지. 이젠 내 손으로 아무것도 할 수 없고 아무도 내 말을 믿지 않으니… 끝난 것 같아."

 '삶의 주도권'이라는 말을 엄마가 하다니! 살면서 한 번도 자신의 삶에 주도권을 갖지 못한 것이 회한으로 남아서일까. 스스로 경제권을 행사할 때 비로소 살아 있는 인간이 된다는 걸까. 이렇게 말하는 것 같았다. 삶에서 주도권이 사라지면 주변에 짐으로 전락해 버린다고.

 엄마는 건강이 점점 악화되었다. 맏딸인 내가 찾아가면 반가워하면서도 애달픈 모습이었다. 언젠가부터 집에 간병부가 드나

들게 되었다. 그 간병부는 엄마에게 반말껼이로 아이들 나무라듯 명령한다.

"할머니 이거 알아? 왜이랬어!"

"그렇게 말했는데 아직도 몰라?"

그렇게 당하는 엄마를 보면 속이 상한다. 어쩌자고 간병부조차 엄마에게 반말인가. 엄마를 돌보게 된 주변 사람들 모두가 엄마에게 힐난조로 말한다. 치매라는 사실을 알고 난 후부터 주변에서 아무것도 모르는 어린애로 취급하는 것이다. 그래서 반말이 허용된다는 걸까? 허용된다기보다 그렇게 반말을 쓴다. 인격체가 아니라 돌봐야 하는 짐으로서 취급하는 것이다.

갑자기 자신이 어떤 사람인지 기억을 잃어버리는 것도 무서운데 늙어가면서 존경받는 존칭에 익숙했던 엄마가 하루아침에 인격을 박탈당한 것이다.

그 후 엄마의 마지막 인생이 시작되었다. 병원도 가보지 못하고 침대에 누워 하루하루를 보내셨다. 어느 날 내가 찾아갔을 때 옆에 있던 간병부가 나를 가리키며 "누군 줄 아느냐?"고 물었다.

엄마는 짜증을 내면서 대답했다.

"누구긴 누구야. 우리 딸이지."

그러면서 내 귀에다 대고 간병부가 아무것도 모르는 사람으로 취급하고 자신을 무시하는 것이 기분이 나쁘다고 했다. 나도 화가 난다. 아무렴 우리 엄마가 딸을 못 알아볼 리가 있겠는가. 마지막까지 딸을 알아본 엄마였다.

침대에 누워있는 시간이 길어지고 아예 일어나지 못했다. 남동생 집으로 엄마를 찾아가면 컴컴한 방에 누워 있는 엄마 손을 잡는다.

"엄마. 어디가 아파요?"

"모두 다. 에미야 난 죽고 싶어."

목소리가 애처로웠다.

"엄마, 그래도 살아 있을 때가 좋다고 하잖아요."

"난 아니야, 진심이야."

눈물을 보이며 하소연했다.

그런 엄마를 두고 집으로 돌아왔다. 이틀 후 엄마가 저세상으로 가셨다는 연락을 받았다. 영안실이 나지 않아 임시로 병원 응급실에 누워 계셨다. 가슴이 찢어진다. 눈물을 보이며 하소연하던 얼굴이 내 가슴을 적신다. 다행인 것은 평소대로 그렇게 야위어 보이지 않고 몸피도 그대로였다.

괜찮다고 해도 싫다고 해도, 어디가 그렇게 아프냐고 의사에게 진찰이나 받게 했더라면 원이 없겠다. 노환으로 치부해서 무슨 병인지도 모르게 가시게 한것이다. 엄마 가슴에 얼굴을 묻고 통한의 눈물을 흘려보지만 무슨 소용인가.

*

　엄마는 초상집이 생기면 겁부터 난다고 했다. 온 마을 사람들이 초상집에 발인 때까지 머문다. 밤을 새면서 자연스럽게 화투판이 벌어진다. 화투판은 동리 사람만 하면 아무 문제가 없다. 심심풀이 놀이로 끝날 수 있거나 조금 따거나 잃는 정도이다. 하지만 타지 사람이 합세하면 사정이 달라진다. 상갓집은 망인의 친척이나 아는 사람이 참여할 수 있다. 그 사이에 꾼들이 침투한다. 그 유혹에 빠지는 순진한 농사꾼은 사기를 당하기 일쑤였다.

　사흘 밤낮을 상갓집에 머무는 아버지 때문에 속이 상하지만, 엄마는 아낙네가 찾아 나설 수도 있는 상황은 아니었다.

　엄마는 밤새 충치에 염증이 생겨 고생을 했다. 그래도 가만히 있을 수 없어 곧 정월 보름이 오면 추위를 피해 볏짚으로 덮어두었던 겨울 시금치를 캐다가 내일 장날에 나가 팔아야 한다. 시금치는 사철 재배되지만 겨울 시금치가 가장 맛있다. 추위와 눈보라를 맞고 자라서 시금치 향도 강하고 당도도 높아 더욱 맛이 좋다. 수건으로 얼굴과 머리를 동여매고 밭으로 나가 시금치를 뽑아서 다듬어 묶었다. 이가 쑤시고 고통스럽지만 당장 시금치를 캐서 장에 내다 팔아야 한다. 이것저것 살 것이 많은데 미루어 두었고 대목을 놓칠 수 없었다.

　다음 날 아침 일찍 장에 나갔던 엄마가 너무나 이가 아파서 집에 들어와 보니 아버지가 밤새 잃은 노름빚 때문에 방안에 두었던 쌀가마를 지게에 지고 싸리문 밖을 나서고 있었다.

아버지 등에 쌀가마니가 보였다. 비틀비틀 쌀가마를 지게에 진 장단지에 핏줄이 튀어나와 있었다. 얼마나 힘을 쓰고 살았으면 저리도 젊은 나이에 다리에 핏줄이 일어섰을까. 생각해보면 안타까운 일이긴 하다. 그걸 보는 엄마 가슴에도 눈에도 핏줄이 일어서 있었다.

엄마의 가슴도 울고 있었다. 아버지는 알뜰해서 무거운 짐을 지게에 지고 가다가도 탐스런 벼 이삭이 보이면 허리를 구부려서 그 이삭을 집어 들어야 하는 사람이었다. 그럼에도 하룻밤에 잃은 노름빚 때문에 여름 내내 피땀 흘려 지은 쌀가마를 지고 나갔으니 억장이 무너질 노릇이었다. 충치가 점점 아파오고 한쪽 얼굴이 부어올랐다.

며칠 밤새도록 노름을 하고 충혈된 눈으로 집으로 돌아온 아버지는 화가 나 있었다. 그리고 엄마가 이가 쑤시고 아프다고 해도 꿈쩍을 안 하고 '이놈의 내 손모가지'하며 미쳐 날뛰었다.

'똥 싼 놈이 성을 낸다'더니 본인이 잘못해 놓고 눈에 보이는 것이 없는지, 엄마의 잔소리를 막아 보려는 심사인지, 오히려 큰 소리친다.

"내 이 손모가지를 잘라야 해!"
"웬 멀쩡한 손은 왜?"

"칼 가져 와! 빨리."

칼이 필요하면 아버지가 찾아서 손목을 자르던지, 왜 하필 엄마에게 행팬가? 정 자르고 싶으면 부엌으로 가서 슬그머니 해치우면 될 것을 온 집안이 떠나가도록 소리를 지르는 것일까? 공연히 생트집을 잡다가 너무 취했는지 푹 하고 아버지가 고꾸라진다.

아버지 혼자 지은 농사도 아니다. 엄마도 손톱이 닳도록 도운 것이다. 아버지는 저녁에 집에 돌아오면 쉴 수 있지만 엄마는 한시도 쉬지 못한다. 아버지와 같이 들에서 일하고 돌아오면 곧바로 부엌으로 가서 밥을 해야 하고 밥이 끓는 동안 밭에서 따온 채소로 반찬도 만들어야 한다. 그러고 나서 설거지까지. 아이를 기르는 일도 마찬가지다. 아기에게 젖을 물리고 잠시 쉬고 있으면 눈치를 준다. 빨리 먹이고 일어나 일을 하라고 한다. 엄마는 아버지 눈치를 보며 아이가 몇 모금 젖을 삼키면 떼어 놓고 밭으로 들로 일하러 가야 한다. 아기에게 젖 먹이는 꼴도 못 보고 일을 해야 만족하는 아버지다.

옛말에 '밭이 많으면 일 부자'라고 했다. 돈도 생기지 않는 밭농사가 논농사보다 몇 배 일이 많기 때문이다. 엄마가 일하느라 고생하는 사이 아기가 영양실조로 죽기도 했다. 일을 너무 많이 하면 에너지로 가고 젖이 덜 생기기 때문이란다.

그럼에도 가끔 대형 사고를 쳐서 엄마 속을 뒤집어 놓으니 엄마는 도망을 치고 싶지 않았을까? 희망도 없는데 평생을 살 생각을 하면 지옥이 따로 없었을 것이다. 아무리 열심히 일을 해도 먹는 것이 전부인데. 일하려고 태어났을까? 일하려고 먹는 것일까? 아니면 먹으려고 일하는 것일까? 그저 입에 풀칠하려고 한다면 땅이 없는 사람도 먹고는 산다. 시골에서 논밭 마지기나 있는 사람들은 더 고달프다. 일이 그만큼 더 많기 때문이다. 그때 엄마는 고생해서 얻은 쌀을 하룻밤에 날리고 들어와 술이 취한 채 자빠져 누운 남편을 보는 심정이 어떠했을까?

마루에 나 앉아 부은 볼을 잡고 신음하고 있는 엄마를 본 이웃집 아주머니가 달려와서 물었다.
"형님, 어디 좀 봐유. 얼마나 아프길래 얼굴이 붓고 그렇게 앓는 소리를 한데유?"
"너무… 아파서….”
제대로 말을 못해 우물거리는 엄마에게 아주머니가 말했다.
"아, 해보세유.”
엄마는 입을 벌려 아픈 이를 보여 주었다.
"이런, 곪았나 봐유.”
아주머니 말에 엄마는 왈칵 눈물을 흘렸다. 참았던 눈물을 쏟으면서 서러워했다. 누구에게도 위로받지 못한 설음이 복받쳤던 것이다.

난 엄마가 불쌍해서 아버지를 두고두고 미워했다. 아버진 자기가 지은 죄도 있는데 엄마가 아파하는 것을 봤으면 위로를 하든지 병원에 데리고 가야 한다. 아무리 시골에 현찰이 없어도 꾸어서라도 갔어야지. 온갖 고생은 다 시켰으면서.

그때 엄마 심정은 어땠을까? 아버지가 얼마나 미웠을까. 어디든 떠나고 싶지 않았을까. 자식들 얼굴이 밟혀서 떠나지 못했을까. 어떻게 아버지가 돌아가실 때까지 극진히 병구완을 하며 사랑으로 보살폈을까. 어떻게 끝까지 사랑했을까!

내가 남편에 대해 불평을 하면 엄마는 웃었다.
"그래도 남편이 제일이지."
"뭐가?"
"내가 끙끙거리고 아파서 잠을 못 자도 아무도 모른다. 아침에 일어난 아이들은 아무 말도 없이 제 할 일만 한다. 그런데 네 아버진 무심하게 자고 있었어도 아침에 일어나서는 묻는다. 그래 어디가 어떻게 아파? 약을 지어 올게, 했단다."
"정말? 아버지가 그랬다고?"
"그래서 새끼들은 소용없다고 하지 않니. 그저 벽을 등지고 앉아만 있어도 남편의 힘이 최고란다. 내 편이니까."
나는 남편에 대한 사소한 불만에 목숨이 달린 것처럼 투쟁을

엄마의 전성시대 159

하면서 육십년을 함께 살다가 저세상으로 떠나보냈다. 그가 없는 지금에서야 고까운 일들은 모두 잊었다. 병이 들었을 때 측은지심이 발동했고, 용서하고 사랑으로 보내게 되었다. 순간순간 다른 사랑을 찾아 떠나가고 싶던 때도 있었지만 아이들 때문에 그럴 수 없었다. 웬수같은 인간이라고 생각했던 적도 많았지만 질긴 정 때문에 떠날 수 없었다.

시간은 용단을 내리지 못하는 사이 그럭저럭 흘러 지금 이곳까지 왔고, 인고의 세월이라는 시간에 더께를 만들며 살다가 떠나게 되는 모양이다. 우리들, 우리들의 부모님들도 그렇게 이 세상을 떠나갔다.

큰 틀에서 보면 이기적인 유전자를 지닌 생명체가 유한한 삶 속에서 발버둥 치다가 사라지는 존재들이다. 웃고 울다가 영원할 것 같은 생을 마감한다. 희로애락 속에서.

*

딸이 요양병원을 찾아왔다. 나를 보더니 한숨부터 쉰다. 엄마라는 사람이 딸에게 커다란 짐으로 보였던 모양이다. 언제부터 엄마라는 이름이 자식들에게 죽을 때까지 부담을 안겨 줄 대상이 된 걸까. '엄마'라는 말은 나를 세상에 있게 한 존재도 되지만 갚아야 할 채무자도 된다. 딸은 자신이 해야 할 일이 산더미처럼 많아 보였나보다. 아무 말 안 하고 있어도 딸이 보는 엄마는 지금부터 의무적으로 돌보고 베풀어야 할 존재로 전락했다.

그런 나도 전락한 내 모습을 보면서 딸에게 미안하다. 늘 더 이상 자식에게 짐이 되지 않는 가벼운 짐이기를 바란다고 입버릇처럼 말했어도 소용 없나보다. 늙은이들 레퍼토리 중 하나는 '자식들에게 짐이 되지 말아야 한다.' 그러면서 '내 힘으로 일어나고 스스로 걷다가 저세상으로 가야 한다'고 말한다. 하지만 그것은 희망사항이다. 누군들 그러고 싶지 않겠는가. 원하는 대로 되는 게 아니다. 현실적으로 보면 속마음은 다르다. '죽기 싫어. 마음은 아직 청춘인데, 벌써 저 세상이라니! 이제 어쩌지?' 인생이 그렇듯 자신의 생각과 처신은 다르니….

엄마의 마지막 얼굴이 떠오른다. 멍하니 초점을 잃은 눈, 모든 것을 놓아버린 눈이다. 짧게 깎은 흰머리 노인이 되어가면서 다들 모습이 비슷비슷하다. 길을 가다가 엄마와 비슷한 노인을 보면 깜짝 놀라 앞으로 쫓아가서 얼굴을 확인하고 돌아설 때가 있다.

노년에 엄마가 딸의 집에 오셨다. 가족이 밥상에 둘러앉아 식사를 하면서 남편과 아들, 딸이 이야기를 했다. 텔레비전 뉴스에 나온 정치나 경제에 관한 것이었던 것 같다. 엄마는 대화에 끼어들고 싶어 했다. 한 밥상에 앉아 밥을 먹는 가족이라면 대화를 공유할 필요가 있긴 하다. 그러나 엄마가 끼어들 화제는 없었다.

"무슨 말이지?"

잠자코 있던 엄마가 묻는다.

"왜? 무슨 일이 있니?"

"별거 아니야."

나는 퉁명스럽게 대답한다. 남편과 아이들이 식사를 마치고 거실로 나간 후에 엄마에게 잔소리를 한다.

"엄마! 제발 무슨 말인지 모르면 가만히 있어! 자꾸 묻지 말고."

"그래 알았다. 이 늙은이가 주책이지."

엄마의 태도에 대해 나무라거나 지적할 때도 있다. 엄마는 곧 나와 동격이라고 생각하면서 고치라고 나무라게 된다, 그러면서 미안하기도 하다.

"자식이 아니면 누가 나한테 옳은 말을 알려 주겠니. 고맙지."

즉각 반응하는 엄마는 긍정적이다.

늘 자신의 잘못된 말이나 거슬리는 행동을 고치려고 한 엄마. 지금 내가 엄마 나이가 되다 보니 나 또한 주책맞은 행동을 할 때가 있다. 그럴 때면 딸도 내가 그랬던 것처럼 잘못된 말을 지적한다.

나도 그럴 때 딸에게 이렇게 대답한다.

"딸이니까 에미에게 말하지. 누가 타일러 주겠니?"

하지만 기분은 나쁘다. 이제야 내 엄마도 기분이 나쁘셨을 거라는 생각이 든다. 역지사지易地思之는 처지가 다를 때는 이해하지 못한다. 같은 처지가 되어봐야 비로소 알 수 있다. 내가 아픈 만큼 고통을 이해하게 된다.

엄마 얼굴이 눈앞에 어린다. 엄마가 없다면 내 흔적은 어디에서 찾을 수 있을까? 내 유년도 함께 사라졌다는 상실감까지 몰아친다. 엄마의 기억과 마음속에 수많은 일화들을 묻은 채, 나의 유년이 엄마의 죽음과 함께 동시에 사라졌다는 것, 그것이 슬프다.

엄마 속엔 내가 태어날 때부터 모든 것이 들어 있다. 어느 누구도 모를 엄마와 나만의 비밀 아닌 비밀들…. 호랑이 꿈을 꾸고 내가 태어났다는 이야기. 어느 날 꿈을 꾸었는데 커다란 호랑이가 나타나서 깜짝 놀랐다고 한다. 굵고 검은 줄무늬 호랑이가 엄마에게 달려들었는데, 알고 보니 태몽이었단다. 호랑이 꿈은 사내아이라고 믿었다고 한다.

"아들이 아니라서 서운했겠어요?"

"아니다. 잔병 없이 잘 자라주어 행복했단다."

임신해서 입덧을 할 때도 밥을 너무 먹어서 병인 줄 알았다는 이야기. 갓 태어나 눈도 채 뜨기 전에 어떻게 알았는지 더듬거리며 젖꼭지를 찾아 입에 물고 빠는 나를 보고 신기했단다. 눈을 뜨고 아기가 엄마와 눈을 마주쳤을 때도. 그리고 아우를 늦게 봐서 다섯 살이 되도록 젖을 먹었고, 하얗게 난 이로 밥을 먹은 후 물 대신 젖을 달라고 엄마 겨드랑 밑을 파고들었다는, 입안에 가득

엄마의 전성시대 163

뽀얀 젖을 물고 젖국물이 달다고 했다는 이야기 등등. 엄마는 내가 커가는 자체가 기쁨이고 행복이라고 했다.

　엄마를 통해서 내가 기억 못 하는 내 어린 시절을 본다. 엄마는 나를 사랑하고 있음을 느낀다. 저세상에 가서도 내가 어떤 잘못을 해도 엄마는 늘 내 편임을 안다. 유일하게 나를 위해 빌어줄 사람, 바로 나의 수호신이다.

　생전에도 나는 엄마만 생각하면 어디를 가든지 무엇을 하든 걱정이 없었다. 초보운전일 때에도 그랬다. 평소 엄마의 기도, 엄마의 믿음이 나를 불행하게 하지 않을 거란 걸 알고 있었다. 앞으로도 엄마가 나를 지켜줄 테니 나는 걱정이 없다.

　엄마의 존재! 그 흐름이 내 온몸을 통과하고 있다. 이제 어머니는 내 가슴속에 살아 있다. 엄마가 내게 했던 말이 떠오른다.

　"난 '천국'이 있다고 믿는다. 감히 바랄 수가 없을 뿐, 바라는 것 자체가 욕심이어서 그렇지."

　나는 엄마가 없는 삶을 생각해본 적 없다. 다음 생이 있다면 엄마의 딸이 아닌 엄마로 태어나서 다시 엄마 같은 사랑을 해 보고 싶다. 사랑하는 우리 엄마 고통이 없는 곳에 계셨으면 하고 빌어본다. 엄마의 전성시대는 언제였을까?

(2024)

나, 아직 여기 있어요

내 인생은 BC와 AD로 나뉜다. 다치기 이전에서 다친 후의 삶으로….

2024년 7월. 요양병원에 온 지 3주가 넘었다.

간병인이 미는 휠체어에 앉아 밖으로 나섰다. 이곳 요양병원은 도심에 위치했지만 주변에 산이 있고 고즈넉한 분위기다. 하늘을 가린 나무들, 푸른 숲으로 둘러싸인 둘레길, 옆에는 시냇물이 소리 없이 흐른다. 시냇물 돌 틈에는 가재가 살고 있을 것 같다. 물가에 앉아 물장구를 치고, 발에 물살을 느끼고 싶다.

요양병원은 노인성 질환 등의 장기요양 및 치료를 위한 의료기관으로 다른 사람의 도움이 필요한 노약자나 노인성 질환자가 입원한다. 환자들은 다른 세계로 진입하려고 잠시 대기 중인 사람들이다. 높고 낮은 파도를 넘고 고해苦海라고 하는 바다를 건너서 이제 세상살이에 임계점을 찍고 있는 것 같다. 아직은 숨 쉬고 있지만 곧 다른 세상으로 떨어질 운명처럼 보인다.

이들은 가야 할 곳이 어딘 줄도 모르고 막연히 기다리다가 갑자기, 또는 좀 더 시간이 걸릴지 모르고 있다가 종착역으로 돌아갈 차가 올 때까지 기다리는 정류장에 와 있다. 그냥 막연히 한곳에 머무르고 있다가 차가 도착할 때까지 유예기간이 주어진 사람들이다.

지난날 가장 머물고 싶은 때가 언제였나를 기억하며 지난 추억을 찾으려 애쓰고 있다. 지금껏 살아온 세상과 바깥세상으로 가는 길목에서 잠시 숨을 고르고 있는 것처럼 보인다.

2022년 3월. 넘어져서 허리를 다친 후 집에서 치료할 때였다. 거실에 앉아 있다가 보행보조기인 워커를 끌고 나갔다. 밖에는 찬란한 햇빛이 온 세상을 뒤덮고 있었다. 눈이 부시게 빛나는 태양은 나를 버려두고 저만치 비켜나 있었다. 지금껏 보아온 세상이지만 처음 보는 것 같은 풍경이었다.

집안에 칩거하게 된 이후 내 인생은 갑자기 전환점을 만났다. AD에서 BC 이전으로 곤두박질쳤다. 그 후 삶은 세상과 격리되었고, 밖으로 나가지 못하게 되면서 내 세계는 아득한 과거 속으로 밀려났다. 내가 돌아다니던 세계에서 작은 공간에 갇혀버린 것이다.

지금 나는 어디 있는가? 꿈이었으면 좋을 텐데. 꿈도 아닌 현실은 아득하다. 물그림자 속에 비추어진 내 세계는 내가 지내온 다른 세상, 과거에서만 존재했다. 잠깐 스쳐 지나온 지구에서의 삶은 멀리멀리 멀어져 갔다. 삶과 죽음의 경계는 그리 뚜렷하지 않은 것 같다. 객관적인 시선으로 볼 수 있는 경지까지 이르렀다. 경지라기보다는 막다른 길로 떠밀려온 후에야 자신이 보인다는 말이 맞을 것이다. 낯선 세계는 아득했다. 어느새 내게 맞는 감옥이란 생각이 들었다. 혼자가 되었다는 생각은 허리를 다치고 나서부터였다. 잠시 죽음이 유예된 곳, 연옥에 와 있는 걸까.

*

나는 워커를 끌고 9층 옥상에 있는 대나무 정원으로 올라갔다. 이곳 요양병원에서 삐쩍 마른 몸으로 금방이라도 쓰러질 것 같은 할아버지를 만났다. 그는 혼자서 엘리베이터를 타고 대나무 정원으로 올라왔는데 위태위태해 보였다. 비틀하며 넘어지려다가 가까스로 균형을 잡는다.

"아저씨 도와 드릴까요?"

노인은 완강히 고개를 저으며 혼자 일어난다. 도움을 받는다는 것은 그의 자존심을 상하게 하는 일이라도 되는 것처럼.

"혼자 다니면 넘어져요."

내가 말했다. 그는 고개를 끄덕이고는 옥상 난간에 기대서서 산을 바라보고 있었다. 병원에선 간병인 없이 환자가 혼자 다니면 위험하다는 말을 들었기에 옆에 있는 간병인에게 물었다.

"저 할아버지는 왜 혼자 다녀요?"

간병인은 6인실 병실에 있는 환자인데 1명의 간병인이 2명의 환자를 돌보고 있어 감시 손길이 없는 틈새 혼자 운동하러 나온다고 했다. 아무도 관심 없는 인생이다. 지구상에서 없어지고 잊힐 몸, 있던 자리가 메꿔지고, 아무도 그가 있었다는 사실을 알려고 하지 않을 것이다.

그도 나름대로 열심히 살아왔을 것이다. 자식들이 돈을 모아 이곳으로 왔다고 한다. 그러나 자식들의 도움을 받게 되면 기가 죽어서 더 처량한 신세로 전락하기 마련이다. 죽어서도, 무덤에서도 돈이 필요하다. 죽어서 염라대왕에게 뇌물을 주어야 덜 고생한다는 농담도 있지 않은가.

반면에 자신이 가진 돈으로 병원비를 충당하는 사람은 치매가 걸렸다 해도 당당한 면이 있다. 그래서인가 내 침대에서 사선에 있는 할머니는 당당하다. 조금만 불편해도 간병인에게 호통을 지른다.

"니들 내 돈 때문에 살잖아!"

이곳에서 돈의 힘이 환자의 기를 죽이기도 하고 기를 살리기도 한다.

주변 사람들이 이구동성으로 내게 했던 말이 생각난다. 자식에게 모두 주고 나면 후회한다고. 죽는 순간도 욕심을 부리라고 했다. 심지어 남편도 나에게 '가진 것을 꼭 쥐고 있어야 한다'고 말했다. 죽을 때까지, 마지막까지 재산을 사수하라고 한 말은 생을 마감할 때를 대비하라는 말인 것 같다. 죽을 때까지 지키면 뭘 하나? 병든 몸으로 무엇을 할 수 있을까. 그것도 죽을 때가 되면 자식들의 도움을 받아야 하는 처지이고, 자신의 의지는 필요 없고 타인에 의해 결정권이 주어지는데.

재산을 죽을 때까지 사수하려고 해도 결국에는 자식들에게 뺏긴다. 자식들은 대부분 늙은 부모는 돈 쓸 일이 없다고 생각한다. 어떤 이유든 이유를 짜내어 자식들에게 돈을 쓰게 만든다. 자식들과 척을 진다면 모를까. 부모들도 이젠 죽을 나이가 가까워졌는데 굳이 자식들과 아옹다옹 싸우기도 뭣하다. 부모 자신들이 무너진다.

남편이 살아있을 때 '내 것은 당신 것'이라는 말을 들었을 때 당연한 말이라 생각하며 크게 신경 쓰지 않았다.

그런데 남편이 죽고 나서 시간이 지나면서 그녀는 화가 났다. 세상에 태어날 때 주먹을 꼭 쥐고 태어나지만 죽을 때는 땡전 한

넢 갖고 가지 못한다는 것을 알면서도 빈털터리가 된 것을 알고 분노했다. 살던 집은 그녀 이름으로 되어 있으나 상속에 대해 무심하던 남편은 이름만 아내 앞으로 해놓고 그녀에게 준 것으로 생각했다. 하지만 집은 자금출처가 모두 남편이 해결한 것으로 되어 있었다.

남편은 모든 현금 자산을 자신의 이름으로 출납을 한 상태였다. 사업을 하면서 집을 담보로 은행에서 대출을 받았기 때문에 집은 빈껍데기와 다름없었다. 그나마 조금 건질 수 있었는데 자금출처를 소명할 방법이 없었다. 남편은 모든 돈을 자신의 통장으로 관리를 했고 종이쪽지에 불과한 계약서상 이름만 그녀 것으로 되었던 것이다.

어쩌면 남편은 알고 그랬을지도 모른다는 삐딱한 마음도 들었다. 평생을 희생한 아내의 몫은 인정하지 않고, 아들딸에게는 분명한 부동산을 준 것이다. 재산 형성 과정에서 기여한 부분도 많은데 모든 것을 자신 혼자서 이룬 것처럼 마음대로 처리했다. 60년대에 결혼해서 온갖 고생하면서 이룬 재산을 아내와 상의 없이 처분한 것은 현장에서 일한 가진 자의 횡포였다.

그렇다고 아주 안 준 것은 아니었다. 서울 외곽에 위치한 금싸라기 땅이었다. 그런데 아들과 함께 공동명의로. 그것은 아들의 땅이지 그녀 땅은 아니다. 주변에 신도시가 개발된다는 소문이 돌았고 말로만 백억 원은 넘는다고 풍선처럼 부풀려져 있었다.

재산은 자신이 행사할 수 있는 것이라야 내 것이다. 내 칼도 남의 칼집에 들어있으면 내 것이 아니란 말이 있다.

"땅이 팔리면…"

땅은 영원히 팔리지 않는다. 그렇게 해서 노후가 걱정 없다고 생각했는데 재산은 내 손아귀를 벗어났다. 그러니 가장 이상적인 것은 효자 아들이나 딸을 두는 것이 상책이다. 몸을 마음대로 움직일 수 없는데 돈이 무슨 필요일까.

*

2022년 3월이 끝날 무렵 시내 백화점에서 나오던 중이었다. 갑자기 몸이 휘청하더니 곤두박질쳐졌다. 아무것도 보이지 않았다. 눈앞이 캄캄했다. 일어나려는데 일어설 수가 없었다.

언제부턴가 발자국을 떼기가 힘이 들더니 자주 넘어진다. 왜 넘어졌는지 모른다. 눈을 떠보면 길에 누워있는 자신을 발견하곤 한다. 이제 내 삶은 완전히 객관화되었다. 어쩔 수 없이 다른 세상에서라도 돌파구를 찾아야 한다. 목숨이 붙어있는 한, 생각이 있는 한, 고통스럽지만 존재할 수밖에 없다면, 적응해야 한다. 앞으로의 삶은 고통과 함께 갈 길이 눈에 보인다.

몇 번의 넘어짐으로 시작된 고통은 넘어짐의 연속이었다가 결정적인 순간이 왔다. 우지끈하는 소리가 귀에 들리더니 척추에 골절이 왔다. 내가 받은 고통은 이루 말할 수 없었다. 이때부터 극심한 고통으로 병원생활을 하게 되었다. 그것도 진통제에 의지해서 하루하루 지내야 했다.

"좀 더 조심하지 그랬어."

주변에서는 "그러게 주의를 하라고." 충고 또는 염려한다. 그러나 무의식적으로 넘어지는 것을 어떻게 하란 말인가? 조심할 틈도 없다. 주의할 수 있는 생각도 하기 전에 이미 넘어진 상태였다. 의지로 되지 않는다. 죽음의 전초전이 시작된 모양이었다.

응급실로 실려 갔고, 병원 침대에 누워 있었다. 통증과 아프다는 것 이외에는 아무 생각도 나지 않았고, 통증 치료를 해도 가라앉지 않았다. 일주일쯤 지나서 고통으로 지쳐가면서 나는 내 운명을 생각했다. 흙수저 인생에서 금수저 삶을 흉내 내려고 부단히 애쓴 삶이었다. 멀쩡히 좋은 아파트를 뜯어고쳤다. 이웃집을 다녀온 후 더 모던하게 꾸미려고 남편의 반대를 무릅쓰고 강행해서 고생을 자초했다. 이유는 효율적으로 고친다는 명목이었다. 몇 번, 수 없이 수리를 거듭했다. 마지막에 무엇이 있을지 모르면서….

많은 생각이 지나간다. 무슨 죄를 지었기에 말년에 이 고생인가. 어쩌면 남들이 자기들 마음대로 판단할지도 모르겠다. 나도 무의식중에 그런 생각으로 남의 불행을 판단한 적이 있었기 때문이다.

'오두막'이라는 영화가 떠올랐다. 가족 여행 중 사랑하는 막내딸을 잃고 깊은 슬픔에 잠긴 채 살아가는 남자의 이야기다. 딸을 잃고 슬픔에 빠진 아버지에게 편지 한 통이 도착한다. 숲속 오두막으로 오라는 의문의 편지. 아버지는 답을 찾기 위해 그곳으로 향한다. 그곳에서 이상한 예언자를 만나서 듣는다. 네 잘못이 무엇인가가 아니라 자신을 돌아보라는 것이다.

어떤 이유가 됐던 '남을 판단한 것'이 죄라는 이야기를 듣는다. 주인공은 자기가 신이라도 된 것처럼 남을 판단한 것이 생각난다. 신이라도 그렇게 해서는 안 된다. 신은 어려운 환경과 어리석은 생각을 준 당사자이기 때문이다.

그 누구도 타인을 자기 잣대로 평가해서는 안 된다. 남을 판단할 자격은 신도 주지 않은 교만이었다. 영화를 보는 내내 나는 나 자신을 생각했다. 나도 주인공처럼 고통은 나쁜 짓을 해서 그런 거라는 판단으로 결론을 내리기도 했다. 굳이 강조하자면 타인의 고통을 판단하고 죗값이라고 뒤집어씌울 자격은 없는데도 말이다. 아무리 아니라고 고개를 저으면서도 지난 삶을 되돌아본다. 마지막까지 이렇게 고통을 겪어야 하는 것은 잘못한 것이 많아서일지도 모른다는? 판단을 또 내린다.

어떻게 사는 것이 올바른 삶인가? 기쁨도 고통도 내 의지로 된 것은 없다. 현생에서 고통을 다 치르고 가면 다음 생은 더 좋은 삶이 기다리고 있지는 않을까 하는 희망을 가져본다. 천국과 지옥은 우리가 만든다. 더이상 우울해지지 않으려고 희망으로 마무리한다.

지난 4년 동안 자질구레한 병으로 고생을 해왔다. 넘어지고 또 넘어지다가 압박 골절 허리를 다치고 말았다. 남은 인생을 고통으로 지내게 되었다. 남의 일이라면 조심스럽지만 지은 죄가 많아서 일지도 모른다고 생각했을 것이다. 그녀도 아프다가 세상을 떠나는 사람을 볼 때마다 혹시 '지은 죄' 때문인가 생각한 적 있다. 그러나 이젠 자신의 일이 되어버렸다.

그녀는 한평생 열심히 살아왔다고 자부했다. 그러나 살아오면서 한 번도 생각해 보지 않았던 일. 자신이 그렇게 죄지은 인생이었단 말인가. 노년에 불치병으로 고생하면서 '내가 무슨 죄를 지었길래 이 고생인가' 한탄하게 되는 것을 보게 된다. 고대부터 사람들 가슴에 병은 죄의 결과라는 생각이 지배적이었다.

열심히 죄와 관련된 영화를 찾아봤다.

〈엘레나는 알고 있다〉라는 영화를 봤다. 원작은 아르헨티나 작가가 2010년 발표한 장편소설이다. 파킨슨병을 앓는 어머니 '엘레나'가 딸의 죽음 뒤에 숨은 진실을 파헤치기 위해 분투하는 이야기를 담고 있다. 딸이 절대로 자살할 이유가 없다고 확산하는 엘레나는 불편한 몸을 이끌고 경찰을 만나며 나름대로 용의자를 찾아 나선다.

딸이 성당에 간다고 말했던 기억을 더듬어 성당 보좌신부를 의심해 본다. 신부를 의심하려고 해도 알리바이가 있어 단념한다. 얼마 전 헤어진 딸의 남친 때문이라고 의심해 본다. 딸과 헤어지고 나서 다른 연인과 살고 있다. 엘레나는 찾아도, 찾아도 딸의 죽음을 합리화할 만한 이유를 찾지 못한다.

딸의 죽음이 자신 때문이 아니고 다른 곳에서 찾아보려고 해도 딸을 죽음에 이르게 한 사람은 없었다. 엘레나는 딸 자살의 원인이 자신임을 알고 있다. 엘레나가 자신의 딸이 자살한 것은 자신 때문이라는 것을, 인정하기 싫었을 뿐이다. 영화는 엘레나의 고통과 분노의 독백으로 끝난다.

"난 이런 몸으로라도 살고 싶어."

엘리나는 비틀거리며 자신의 집으로 돌아간다. 이렇게라도 살고 싶어하는 것이 인간의 본능이다.

나도 주인공 엘레나처럼 핑곗거리를 찾고 있다. 죗값이 아니라고 강하게 부정한다. 착한 사람도 말년에 고생하고 나쁜 사람도 편히 가는 것을 봤다. 그렇다면 신은 어째서 공평하지 않을까? 살아있을 때 권선징악勸善紙惡을 하지 않고 뒤죽박죽 처리한단 말인가. 그랬으면 세상은 좀 더 일찍 평화가 왔을 것이다. 하늘의 벌이 무서워서라도….

착한 사람이 고통받는 것을 보면서 신의 뜻은 아닐 것이고, 사람들이 생각하는 그런 죄와 벌은 별개라고 생각한다. 어느 한순간도 자신이 이렇게 말년을 고생으로 지내게 될 것은 상상하지도 않았다. 고통의 시간은 길고, 어떤 해결책도 없다. 고통과 함께, 같이 가는 수밖에.

그동안 나는 긍정적인 사람이라고 생각했다. 어려운 일이 생기고 풀릴 기미가 없을 때도 언젠가 일이 해결될 것이란 믿음이 생기면 시간이 얼마 지나지 않아 고민하던 일이 없어지곤 했다. 그래서 억지로라도 '그래 설마하니 내가 이렇게 고생하고 살라고 태어난 것은 아닐 테지'하고 마음을 먹으면 해결되었다.

그런데 이번에는 아무리 긍정적인 생각을 하려고 해도 생각 자체가 없다. 오로지 통증과의 싸움뿐이다. 긍정적인 생각을 한다는 것은 고통에도 여유가 있을 때다. 다급하거나 해결의 기미가 보이지 않을 때는 절대적으로 생기지 않는다. 인간은 스스로 자신의 몸이 희망적이거나 절망적인 것을 감지하는 센서가 있어 몸이 어떤 상태라는 것을 미리 예지하는 능력이 있다는 생각이다.

많은 시간을 허비하고도 희망은 보이지 않는다. 신께 살려달라는 기도할 생각도 나지 않는다. 신은 내게 긴 고통을 준 당사자이기 때문이다. 신의 영역은 시간이라는 공통된 것을 인간에게 준 것이다. 긴 고통의 시간이거나 짧은 환희 순간을 경험한 사람도 어김없이 같은 속도로 지나간다. 느리거나 짧게.

*

    2024년 5월. 막연히 해결책도 없이 고통과 함께 지낼 수 없어 다른 병원으로 이동하게 되었다.

    눈을 감은 채로 구급차에 실린다. 감은 눈으로 감지한다. 갑자기 뻘건 불이 넘실대는 터널 속으로 들어간다. 이곳이 지옥인가 보다 하는 생각이 든다. 어두운 곳에 있다가 터널을 빠져나오니 눈을 뜰 수가 없다. 찡그린 눈으로 억지로 눈을 떠 보니 강렬한 태양이 내 얼굴로 쏟아져 내린다. 구급대원이 손으로 얼굴을 가려주고 있었다.

    인간이 극심한 고통을 겪으면 짐승으로 변한다. 오직 통증의 노예가 되어서 꼼짝 못하고 누워서 숨만 쉬는 생명이다. 그렇게 일 년을 버텼다. 딸은 친구의 어머니를 예로 들면서 수술은 위험하다고 한다. 전신 마취로 치매가 걸린다고. 나는 치매가 걸려도 좋으니 더 이상 이런 생활은 살기 싫다고 간청했다.

    그리고 마침내 수술하게 되었다. 수술은 나에게 마지막 희망이다. 그 희망의 나라로 가려면 극심한 고통의 터널을 지나야 한다. 아무리 심한 고통도 생명을 지배할 수 없나 보다. 허리에 쇠막대로 고정시키는 수술을 하고도 삶은 여전히 계속된다.

일주일 후 눈을 감은 채 덜컹거리는 구급차에 실려 재활병원으로 이동했다. 이곳이 어디인지도 모르고 짐짝처럼 실려 온 것이다. 지금껏 경험해 보지 않은 낯선 곳이다. 이곳은 연옥쯤 되는 것 같다. 천당과 지옥으로 나눠지는 갈림길, 대기자들이 기다리고 있었다.

병실은 4인실이다. 1인실은 적적해서 시간이 안 간다고 해서 택한 것이다. 옆에는 목에 호수를 매단 치매 환자다. 왼손만 침대에 묶여 있다. 오른쪽은 뇌경색으로 움직일 수 없다고 한다. 골격이 남자 같다. 그 할머니는 늘 화가 나 있다. 그리고 옆에 오는 사람이 있으면 느닷없이 손이 닿는 대로 꼬집는다고. 그러므로 움직일 수 있는 손을 고정시켜 놓았다.

할머니 간병인이 팔을 보여 준다. 꼬집힌 흔적이 여기저기 멍이 들어있다. 그 할머니 신상을 들려주었다. 6·25 한국전쟁 때 12살이었고, 아버지와 단둘이 황해도에서 피난을 내려왔고, 아버지와 피난민 생활이 시작되었다. 아버지의 여자 서모는 그녀를 괴롭혀 견딜 수 없어 집을 나오고 혼자만의 생활이 시작되었다. 그 후는 어떤지 모른다.

고학으로 일류여자대학을 나와 서울 대치동에서 학원을 하면서 세 딸을 키웠다. 지금은 그 딸들이 정성껏 돌본다고. 자신의 어머니가 너무나 불쌍해서 지극정성을 다 한다고 한다. 그래도 말년에 효녀 딸들이 있어 다행인 셈이다.

그 할머니는 남편도 살갑지 않은 모양이다. 세상이 분노로 가득한 듯 모든 사람에게 적개심을 가지고 있다. 늘 험한 눈으로 여기저기를 흘겨본다. 목에 줄을 매달은 채 힘들게 지내온 세상과 싸우는 중인 것 같았다. 아직 화해는 멀어 보인다.

사선으로 보이는 할머니는 비쩍 말랐다. 그도 치매란다. 코에 줄이 매달려 있다. 아들 딸, 육남매를 잘 키워 판사, 의사, 간호사로 있단다. 아들 딸. 그녀의 모든 삶이며 이력서다. 지나간 훈장, 금, 은, 동 메달을 딴 선수 같다. 그녀는 자식들의 성공이 곧 그녀의 성공이던 때가 있었다.

사선 할머니는 일어나 앉을 수 있는 상태다. 그녀는 늘 화툿장을 손에 들고 있다. 화투로 오관을 떼고 오늘의 운세를 본다. 운세를 보던 시기는 지났음에도 하루의 좋은 운을 기대한다. 저 할머니의 좋은 운은 무엇일까. 아들딸이 선물을 사오는 날인지도 모른다.

가장 골칫거리는 내 앞 침대에 누워 있는 환자다. 97세 할머니는 목에 보조장치를 끼고 있었는데 눈도 뜨지 못하고 그르렁 그르렁댄다. 그는 자기 말을 알아듣는 누군가가 곁에 한 명쯤 있길 바랐던 것 같다. 간병인이 "시끄러! 그만 좀 해!" 소리를 지르면 잠시 쉬었다가 다시 그르렁거린다. 나는 세 명의 치매 할머니들 사이에 누워있으니 머지않아 이들처럼 이곳에 올지도 모른다는 생각을 한다. 나는 재활하면서 이곳에 2달쯤 머물 예정이다.

아픈 할머니들과 함께 있는 지금 높은 곳에서 내려다보면 이곳이 지옥으로 가는 조감도鳥瞰圖일 것이다.

어떻게 견디지?

정신이 올바른 사람은 간병인과 나뿐이다.

시도 때도 없이 목구멍에서 그르렁 소리를 내는 할머니 간병인에게 내가 물었다.

"하루 종일 '그르렁'거리는데 왜 그런데요?"

"목이 갑갑해서도 그렇고."

"혹시 아직 나 여기 있다고, 안 죽었다고 신호를 보내는 것 아닌가요?"

"그건 모르겠고요."

간병인이 할머니를 흘끗 보더니 소리를 지른다.

"그만 좀 해요. 지겨워 죽겠어."

할머니는 시도 때도 없이 그르렁, 그르렁거린다. 꼭 할 말이 있다는 듯이 허공을 보며 가쁜 숨소리를 토해낸다.

그르렁~(나 여기 있어요),

그르렁~(나 아직 죽지 않았어!).

하지만 그의 말을 알아듣는 이는 아무도 없었다.

가래 끓는 소리도 조정된다. 간병인은 얼마만큼의 소리를 지르게 놔두었다가 그만할 때가 되었다고 생각하면 중단시킨다. 잠시 소음에서 귀도 쉬어야 한다. 간병인 말을 듣는 것으로 미루어 보아 의식은 있어 보인다.

나를 보살피는 간병부가 말한다.

"치매 할머니도 모르는 것 같아도 알긴 알아요."

"가끔 정신이 들 때가 있어서? 하긴 갑자기 정신이 없는 것은 아닐 테니까."

내 말에 간병부가 말했다.

"그런 게 아니구요. 치매로 세상을 잊어버린 것 같아도 가슴에 느낌은 살아있나 봐요."

아무리 정신이 없어도 자신을 사랑하는 자식은 끝까지 알아본다고 했다. 잘 찾아오지 않거나 건성으로 왔다가 가는 자식은 죽었다고 말한다. 치매 할머니 쪽에서 먼저 없는 자식으로 지워버리는 것이다(힘이 없는 사람이 삭제시킨다는 것은 소용없지만).

다시 말해서 주어만 바꾸면 양쪽 서로 삭제시키는 일을 하는 것이 가능하다.

이곳 구조를 알게 되었고, 9층 옥상에 정원이 있다는 걸 안 것은 이곳에 온 지 며칠 지나서였다. 옥상 정원은 힐링 장소다. 대나무 울타리가 정취를 고조시킨다. 간병인들이 아침 운동을 한다. 24시간 환자와 있으니 피곤할 만도 하다. 옥상은 이곳 모든 사람을 위한 곳이다.

　나도 워커를 끌고 옥상으로 올라와 주변을 걷다 보니 한쪽은 대나무가 죽어 있어 살펴보니 태양광 시스템이 있는 곳이다. 인간이 자연을 거슬러 만든 것은 자연도 살기 싫은가 보다.

　토요일은 마치 장터 같다. 축제의 날인 것이다. 아들딸들이 면회를 오면서 과일, 또는 먹을 것을 가지고 오면 다들 나누어 먹는다. 아들이 들고 온 음식과 딸이 가지고 온 음식은 다르다. 아들은 쉽게 빵집에서 꽈배기를 사온다. 이곳에서도 기름에 튀긴 음식은 선호하는 음식이 아니다. 딸들은 제철 과일, 음료수 그것도 비싼 것으로 사온다.

　간병인들도 신이 나는지 얼굴에 웃음꽃이 핀다. 자신이 맡고 있는 환자 가족의 성의 있는 태도가 자신들인 양 의기양양하다. 아무도 찾아오지 않는 환자를 맡고 있는 간병인은 풀이 죽어 있다.

　옆 침대 할머니는 아들딸들이 주일마다 음식을 사온다. 환자도 행복해서 웃고 즐긴다. 그 할머니는 자식 자랑을 하며 건방지게 군다. 아무도 찾아오지 않는 할머니는 속이 상한다.

　얼마 전 텔레비전에서 뉴스로 나온 이야기가 생각난다. 상대적 박탈감이 극에 달해 그 할머니를 목 졸라 죽였다는 것이다. 자신과 비교되는 삶, 잘난 체하는 모습, 질투로 얄미운 할머니를 없애버리고 싶었나 보다. 그 할머니는 어린이처럼 사고가 퇴화되어 단순한 선택을 했나보다.

주말이면 요양원을 찾은 가족들은 환자를 휠체어에 태우고 밖으로 나간다. 그 시간만큼은 가족과 지내는 즐거운 시간이다. 간병부도 대소변을 받아내고 식사까지 먹이는 지루한 일상에서 조금이나마 쉴 수 있는 시간이다.

밥 먹는 시간은 화기애애하다. 어김없이 아침 7시에 아침이 나오고 12시 땡 하면 점심이 나온다. 그리고 배도 꺼지기 전 5시에 저녁이다. 그들은 서로 반찬을 나누어 먹고 가족이 가지고 온 간식도 챙긴다.

정신이 멀쩡한 사람들에게는 문제가 저녁 시간이다. 이곳은 오후 8시면 휴게실 텔레비전도 꺼진다. 환자, 간병부 모두 잠자는 시간이다. 강제로 쉬는 시간이다. 하루 종일 피곤해서인지 아침 6시까지 잘도 잔다. 병실은 조용하다. 커튼 너머에서 가끔씩 기침 소리와 '그르릉' 거리는 소리가 들려올 뿐.

*

아침부터 왼손이 묶인 옆 침대 할머니의 간병인이 화가 나 있다. 할머니 가족인 딸이 왔다가 자신을 보고 가지 않았다는 이유였다.

"쥐새끼처럼 몰래 왔다가 빼꿈이 할머니만 보고 그냥 갔어요. 왔으면 들어와야지 쥐새끼 같은 것."

간병인은 불같이 화를 내면서 말끝마다 쥐새끼라고 씩씩거린다. 할머니 딸은 지난 토요일에 왔었다. 딸이 돌아가면서 간병인에게 부탁을 한 것이 화근이었다. 목에서 가래를 뽑아내는 것으로 보아 폐가 나쁜 모양이었다.

"아주머니, 우리 엄마 열이 있으면 안 되니까 살펴봐 주세요."

내가 잘 돌보고 있는데 의심을 했다는 것이다.

"철저히 보살펴도 소용이 없어요. 내가 성의를 다 하고 있는데 섭섭해요."

"차라리 말대로 열이 났으면 좋겠네."

"딸이 입 초사로 방정을 떨었으니."

말이 씨가 되었는지 할머니는 열이 났다.

"그것 봐라. 내가 오죽이나 잘 돌볼까 봐 잔소리를 하더니 잘됐다고."

그래도 딸에게 연락을 했다. 병원에서 항생제 주사를 맞고 열이 내렸는지 자고 있었다.

딸은 열이 난다는 간병인 말을 듣고 큰 병원에 입원시키려고 여행용 가방을 들고 왔다가 어머니가 무사한 것을 보고 그냥 돌아갔다. 며칠 전에도 왔었으니 간병인을 만나지 않았던 것이다.

그 건으로 간병인은 며칠 화를 내면서 열변을 토했다.

토요일이 왔다. 딸은 유기농으로 값이 비싼 음료수와 과일을 가지고 왔다. 그리고 촌지를 주었는지는 모른다. 간병인은 환하게 웃었다. '언제 화를 냈었나 싶게' 연신 활짝 웃고 있었다. 딸의 방문으로 화가 풀렸던 것이다.

촌지이야기가 나왔으니 말인데 나는 아이들을 키우면서 학교 근처에 가는 것을 꺼렸다. 촌지를 가지고 가야 한다는 압박감 때문이었다. 갑자기 비가 내려도 우산을 가지고 가지 않았다. 아이들은 화가 났다. 교문 앞에서 비를 피하고 있는데 엄마가 우산을 가지고 온 아이들은 엄마 품속으로 들어서면서 행복해 한다. 마지막 두서너 명만 남았다.

아무도 우산을 가지고 오지 않아서 하늘만 쳐다보고 있었다. 빗줄기가 가늘어지자 빗속을 뛰었어도 옷은 다 젖었다.

"엄마가 오지 않을 거란 생각이 들었지만 장대같은 비가 오는데 설마 오겠지 하고 있었다. 친구들이 하나둘 엄마와 함께 떠나고 나 혼자 서 있었다. 물론 엄마는 오지 않았다. 체념했지만 번번이 창피했다"고 투덜거린다.

"담임선생님과 마주칠까 봐."

"선생님은 아무 기대도 않았을 테지만 난 염치가 없어서."

그깟 우산 들고 가는 것이 무슨 문제야. 가고 싶었지만 성의도 보이지 않은 처지에 갈 수가 없었다.

  아마도 옆 침대 할머니 딸도 그랬을 거라는 생각이 든다. 오죽하면 자기 엄마가 무사한 것만 보고 갔을까. 내가 그 할머니라면 어땠을까. 그들은 돈의 값어치만큼 머리를 쓰다듬으며 사랑을 표시하고 또는 놀림감으로 삼기도 한다. 입을 삐죽이 내밀어 할머니 흉내를 내며 웃는다. 옆 칸 간병인이 까르르 웃는다. 그럴 때는 할머니는 마지못해 웃기도 한다.
  그러다가도 느닷없이 할머니 얼굴을 쓰다듬으며 "우리 할머니 예쁘죠" 하고 또 웃는다. 마치 귀엽다는 듯 사랑한다는 표시를 한다. 자신은 할머니를 지극정성으로 모시고 있다고 강조하는 태도다.
  "그렇게 잘 해주었는데 감히 나를 의심해!"
  말 못 해도, 치매가 왔어도, 가끔 정신이 들어 올 때도 있을 것 아닌가. 사람은 웃고 싶을 때 웃는 거다. 할머니는 맥없이 그들의 장난감이 되기는 싫은지 찌증을 낸다.

*

  조용한 곳을 찾아 휴게실로 가서 앉았다. 어느 병실인지 모르지만 남자가 고통으로 몸부림치는 것 같고, 때로는 서럽게 울기도 하는 소리가 들린다. 옆에 앉은 남자 요양보호사에게 물었다.

"저 환자가 그렇게 아파하는데 병원에서는 왜 치료를 안 해주나요?"

"이유도 없이 통증이 목에 걸릴 땐 고통스러워하고, 눈만 감으면 누군가 때려서 아파 운다고 해요."

보이진 않지만 그 할아버지는 목숨이 끊어질 때까지 통증으로 괴롭다면 빨리 마무리하면 아픔은 사라질 텐데 안타깝다. 엉`엉, 울기도 하고, 고통으로 소리 지르고 있다. 좋지도 않은 세상을 빨리 접고 편안한 세상으로 가면 된다. 하지만 무슨 미련이 남았는지 목숨줄을 놓지 못한다.

"한 방에 있는 분들은 괴롭겠네요?"

요양보호사에게 물었다.

"아픈 사람도 있는데 어쩌겠어요."

할 말이 없다.

휴게실에서 병실로 돌아온다. 그르렁거리든 말든 그래도 내가 있는 병실이 덜 시끄럽다. 사선 침대에 누워있는 할머니가 단단히 화가 났다. 말을 못하고 가슴을 쥐어뜯으며 절박하게 호소하고 있다. 눈은 자신을 알아달라고 절박함이 들어있다. 그 할머니가 답답해하든 말든 간병인은 들은 채도 안 한다. 할머니는 말이 안 되는 "응~ 으응" 소리만 지른다.

할머니가 다급한 표정으로 내게 응원을 부탁하는 것 같았는데 두 눈이 참담함과 분노로 이글거린다. 억울해 죽겠다는 표정이다. 나는 간병인을 바라보았다.

"왜 저런데요?"

"글쎄 간호사를 불러 관장을 시켰는데도 저런다고요."

간병인이 소리를 질렀다. 사람들이 치매라고 밀어붙이니 할머니 혼자 애걸복걸해도 소용이 없다.

기어이 두 사람은 싸움이 붙었다. 간병인이 점심을 먹는 중에 일어난 일이다. 할머니가 함께 소리를 지른다. 가족에게 하소연도 못한다. 말을 못하니 할머니 혼자 아무리 화가 나도 알아주는 사람은 없다.

간병인은 먹던 수저를 팽개치고 일어나 씩씩거린다. 누구도 할머니 사정을 알려고 안 한다. 가족도 보지 않았으니 할 말도 없다. 억울해도 할머니가 판정패다. 기억을 잃은 사람은 아무렇게나 해도 허용되는 것일까. 치매환자는 인권이 없는 걸까.

"치매가 오면 이유 없이 저래요."

그것으로 모든 행동이 치매로 연결되어 할 말이 없다.

환자와 간병인의 만남도 운명이다. 환자는 간병인을 잘 만나야 하는 것처럼 간병인도 마찬가지다. 운이 좋으면 조용한 환자를 돌보기도 하고 나쁘면 고생이다. 가장 열악한 6인실 병실에서 혼자서 환자 2명을 돌보는 간병인은 속이 상한다고 동료에게 하소연이다. 각자 사용하는 물품을 가지고 아껴 쓰라느니 입던 기저귀에 오물을 지우고 말려 입겠다느니 잔소리가 많다고 흉을 본다.

그렇게 되면 구박덩어리다. 가족의 촌지도 없고 마지못해 자식들이 보태서 이곳에서 생활한다. 그야말로 빽도, 돈도, 부족하다.

비싼 1인실에서 가족의 문안을 받으며 살고 있는 환자는 간병인도 아무렇게나 대하지 못한다. 치매가 있어도 귀한 존재가 된다. 간병인도 편하고 촌지도 받으니 어떻게 무시할 수가 있겠는가. 간병인들은 대부분 돈을 벌려고 악전고투하는 사람들이라 돈에 민감하다. 그들이 추구하는 가치들이 세속적인 것이라 할지라도 그것을 위해 성실하게 노력한다.

삶의 한 단면을 보는 것 같다. 그날 인간의 가치에 대해 생각하면서 나는 잠이 들었다.

아침 일찍 엘리베이터를 타고 옥상 정원으로 올라갔다. 하루하루가 소중하다. 무거운 병실에서 벗어나 잠시 건강한 공기를 마신다. 청명한 하늘에 일출이 찬란하다. 유일하게 오늘 하루에서부터 새로운 날이라고 생각이 든다. 이같이 아름다운 하늘을 선사한 신께 감사한다. 새삼스럽게도 나에게만 주어진 것 같은 하루다.

옥상에 있는 대나무 정원은 이곳의 살롱이 되었다. 이곳에서 만난 한 여자는 간병인인데 씩씩하다. 날마다 옷도 바꾸어 입는다. 무엇보다도 잘 웃는다. 이곳에서는 웃는 사람이 별로 없다. 그런데 활짝 웃으며 열심히 운동한다. 두루뭉술한 몸매로 기계체조 선수처럼 머리 위로 한쪽 다리를 번쩍 들어 일자로 만들어 보인다.

"와우! 대단해요."

이곳 규칙은 여자 간병인은 할아버지를 돌볼 수 있지만 남자는 여자 환자를 돌보지 못 한다고 한다.

그녀가 돌보는 환자 할아버지를 데리고 나와 운동을 하는 중 만났다.

그 할아버지는 마른 몸매인데도 활짝 웃는다. 어금니가 없고 앞니만 남은 얼굴은 해맑아 보인다.

대부분 환자들은 무표정하거나 화난 얼굴을 하고 있었는데 이 할아버지 표정은 달랐다. 사춘기 소년처럼 기쁨이 얼굴 전체로 퍼진다. 나도 웃어주었다. 1인실 넓은 방에 귀찮게 하는 사람도 없으니 간병인도 편할 것이다. 할아버지의 환한 웃음은 사랑을 하게 된 미소년 같다. 간병인이 활기차면 환자도 활기차게 되는 걸까. 이곳에서도 도파민이나 남녀의 엔도르핀이 작용하는 것인가. 의아하고 한편으론 신기하다.

개인, 누구라도 기억이 사라지면 그는 이 세상에서 물러날 준비가 되는 것이다. 이 세상에서 사라지는 것이 두려워 죽음도 피하고 싶은 것일까. 옛날에 이런 사람이 있었지 하고 기억하다가 이내 그것도 사라지면 끝이다. 이곳 환자들 대부분이 곧 삭제될 인생이다. 크게는 지구에서 작게는 살아있을 때 기억하던 사람들로부터 삭제되는 인생이다. 그래도 지구에서의 삶이 좋은 것인지 끝까지 버티려고 안간힘을 쓴다.

*

내가 존경하는 마리아 수녀님은 정년이 지났어도 사무활동을 열심히 하고 있다. 내가 가장 믿고 종교적으로 본받을 만한 분이다. 청빈과 그리스도 교육에 열심이었다. 믿음에 관해서는 자랑스럽고 존경하는 분이다. 나이가 고령임에도 교도소 사목에 열중하신다. 70이 넘었고, 흰머리에 하얀 얼굴에는 잔주름이 가득했고 웃는 모습이 다정하다.

마침 전화가 왔다.

"수녀님! 요즘은 뭐 하세요?"

"가톨릭신문에 칼럼을 쓰고 있는데 어려워요."

"무엇이든지 활자화되는 문장은 신경이 쓰여요."

몇 번 서로 의견을 교환했고, 교도소 사목에 대한 효율적인 방

안에 대해 쓴 수녀님 글에 문장 교정도 봤다. 한 달쯤 지나 만났을 때 수산나 자매가 소설에 필요할 것 같다고 말해 왔다. 그러더니 소포를 한 뭉치 보내왔다.

"수산나 씨 소설 쓰는데 도움이 될 것 같아요."

편지 모음이었다. 들쑥날쑥 종이도 여러 가지 재질로 상황에 따라 적은 종이 뭉치였다.

수녀원을 방문했을 때 수녀님은 일주일에 한 번씩 구치소에 가서 교정사목을 하고 있다면서 사랑과 봉사의 기쁨을 누리고 있다고 했다. 한 영혼이라도 하느님 앞으로 이끌고 있다고 생각하니 보람을 느낀다고도 했다.

조금이나마 하느님의 사랑을 실천하고 있다는 생각을 하게 된다고. 그렇게 말하는 수녀님 얼굴은 기쁨으로 가득했고, 얼굴에 있는 주름살마다 빛이 났다. 수녀님의 수호신도 잘했다고 칭찬하지 않았을까 그렇게 생각하는 것 같았고, 스스로 자뻑에 빠지고 있어도 좋았다. 결과가 눈앞에 보이는 봉사는 의미가 있어 보였다.

나는 마리아 수녀님이 보낸 소포를 열고 그 안에 든 편지를 읽었다. 교도소 사목에서 만난 재소자 중 한 명인 베드로가 마리아 수녀님께 보낸 편지 내용을 정리하면 이랬다.

　오늘은 수녀님이 오는 날이다. 기다려진다. 매주 목요일은 그분과 교감할 수 있는 순간이다. 어떤 모습으로 강당 접견실에 들어올까 마음이 설렌다. 환하게 웃으시는 모습을 보는 것만으로도 기쁨이다. 성모 마리아처럼 느껴진다.

수녀님은 죄목에 상관하지 않으시고 재소자들을 보살핀다. 마치 하늘에서 내려온 천사가 아닐까 하는 생각도 든다. 그런 분을 재소자 여럿이 나누어 가지기 싫다. 나 혼자만의 수호신이었으면 좋겠다.

오늘도 어김없이 웃는 얼굴이다. 눈이 마주치는 순간 나는 황홀경에 빠진다. 그 웃음은 나만을 위해 웃는 것이라 생각이 든다. 그분의 눈길에서 무슨 말을 할지 나에게 어떤 의미인지는 아무도 모르고 나만이 안다. 웃을 때는 금이빨이 살짝 보이는 것까지 사랑을 느끼게 한다.

일주일 뒤,

여러분 주님의 축복으로 한 주간 잘 지내셨나요.
넵!

엉덩이가 들썩이도록 환호한다. 짧은 순간이지만 속세의 고민을 해결해주는 마리아 수녀님이다. 시작 기도부터 마침 기도가 끝날 때까지 그분을 보면서 교리수업을 받는다. 수녀님 강론하실 때 저를 보고 해야지 옆에 있는 대길이 녀석을 쳐다보면 가슴이 쓰려요. 그 녀석도 수녀님을 좋아하는 것 같아 싫어요. 나 혼자만의 수녀님이 다른 놈을 본다는 것만 생각하면 화가 나요. 가슴이 허전해요. 혼자서 투정을 부린다.

나를 제일 먼저 봐야지요.
　수녀님은 어린아이들 어리광 같아서 웃고 만다.
　베드로 욕심을 부리면 안 돼.
　오늘 대길이 녀석이 수녀님 자랑을 했어요. 화가 나서 주먹을 날리고 싶은 걸 억지로 참았어요. 수녀님이 실망하실까 봐.

　누가 본다면 열렬히 사랑하는 사이에 일어나는 사랑놀이 같기도 하다. 70대 수녀님과 20대 재소자, 50년 차이의 남녀라고는 생각할 수 없다. 그럼에도 수녀님이니 순수한 사랑이다. 마음도 깨끗하고 인간이 인간으로서 사랑하는 것 그것은 아무 죄도 아니다. 어쩌면 신이 젊은 청춘에게 가상의 사랑을 주었는지도 모른다. 가엾은 영혼을 달래려고…. 아가페적 사랑이다. 온 인류에 내린 관대하고 넓은 사랑이다.
　교회선교에 대한 열렬한 사랑도, 베드로의 질투도, 그가 석방되어 지방으로 내려가면서 끊겼다.
　마리아 수녀님이 보내주신 편지는 내 작품에 도움이 되지 않는다. 일상적인 행동 하나하나에 시기 질투만 가득했기 때문이다. 반복되는 수녀님에 대한 아주 작은 행동을 두고 트집이고, 비슷비슷한 이야기다.

　6개월 정도 지났을 무렵 마리아 수녀님의 전화를 받았다.

"수산나 씨 저번에 보낸 편지를 가져오세요."

"갑자기 왜요?"

"불태워버리려고 합니다."

수녀님은 그가 출소 후 잘 지내고 있는지 궁금했다. 한 영혼을 하느님 앞으로 이끌었다는 자부심도 있었다. 그즈음 교도소 사목의 필요성에 대한 가톨릭신문에 연재할 칼럼을 쓰고 있는 중이었다. 어느 날 베드로에 대한 소식이 들려왔다. 수녀님은 깜짝 놀랐다. 헛수고에 대한 절망과 함께 인간에 대한 회의가 몰아쳤다. 기껏 하느님에게 좋은 일, 칭찬 받은 일을 했다고 자부하는 순간 모든 것이 원점으로 돌아간 것이다.

베드로가 나이 먹은 유부녀와 사랑에 빠졌다는 것이다. 그래서 불결하니 그의 물건을 없애버려야 한다고 말했다. 단단히 화가 나 있었다. 수녀님의 기대, 교도소 사목에 한몫을 했다고 생각하는 순간 허사가 된 것이다. 수녀님의 정답은 베드로가 열심히 좋은 일을 하면서 하느님 안에 산다면 자신의 교도소 사목이 헛되지 않았을 것이라고 믿었을 것이다. 그렇더라도 그렇게까지 분노할 일인가 의아했다.

아! 이 무슨 날벼락인가. 그러면 이야기가 달라진다. 백분의 일이라도 남녀관계에서 보이는 사랑이었단 말인가. 아니면 자신을 뺀 사랑은 불결하고 자신이 함께한 사랑만이 진실이었나? 자신 아니면 어떤 사랑도 안 되는가? 남녀 간에는 나이도 필요 없는 이기적인 사랑만이 존재하는 것 같다. 교회에서 말하는 예수 이외에는 완전한 사랑은 없다는 생각이다.

"굳이 수녀님이 태울 것은 없어요. 제가 태워버릴게요."

"꼭 태우세요."

수녀님은 기억에서 교도소에 있던 베드로를 삭제시켰다.

*

엘리베이터를 타고 옥상으로 올라갔다. 나는 팔십 줄에 들어서야 오욕을 버리고 순수의 시대로 접어들었다고 생각한다. 저 하늘처럼 맑은 마음이 되었다고 생각했다. 비록 몸이 아파서 재활병원에 와 있어도 마음은 편안하다.

그동안 독서 모임에서 함께 스터디를 하던 후배에게서 전화가 온 것은 이틀 전이다. 후배는 안부를 묻고 빨리 나으라고 덕담을 했다. 5월 모임은 수술 전이라 스터디를 하고 왔는데 6월 모임은 수술을 하고 병원에 입원해 있어서 독서 모임을 함께 할 수 없었다. 그럼에도 6월은 무슨 책으로 스터디를 했느냐고 지나가는 말로 물었다.

"헤르만 헤세의 『나르치스와 골드문트』를 가지고 했어요."

후배가 대답했다.

헤세 작품인 『싯다르타』 『데미안』 『유리알 유희』 『수레바퀴 아래서』 등을 읽은 적이 있는데 새로운 것이 아니어서 다행이라 생각했다.

"아 그래요."

그녀는 쿨하게 반응했다. 하지만 유쾌하지 않다. 그녀는 7월이면 요양병원을 퇴원하고 스터디를 할 수 있다고 생각하고 있었다.

자신이 모임에 빠졌어도 크게 문제 될 것이 없었다. 그렇게 마음을 먹었는데도 섭섭한 마음이 가슴을 지나간다. 벌써 주변에서 없는 사람 취급이다. 한두 사람씩 멀어지기 시작한 것 같다. 섭섭한 마음이 들었다.

가슴 한곳을 지나가는 서늘함은 뭐지? 후배가 6월 한 달 모임을 쉬었다고 했으면 기뻤을까? 그동안 그들을 사랑했다고 생각했다. 그들도 그럴 거라고 믿었다. "선생님이 안 계셔서 한 달쯤 쉬기로 했어요." 그랬다면 "언제 나을지도 모르는데 그냥 계속해야지요." 그렇게 말했을 텐데. 그랬다면 내 마음이 기뻤을까. 다른 사람으로부터 인정받고 싶은 욕구일까. 인간의 본성일까. 인간의 나약함일까. 그러고 보면 인간의 욕심이란 끝이 없다는 게 더 정확하겠다.

이 서운한 마음이 뭐지?

병원에 있는 동안 작은 모임에서도 그녀가 지워지고 있었다. 그녀는 인생을 생각했다. 그리고 슬퍼졌다. 내가 없어도 태양은

뜨고 세상은 나 없이도 지구는 돌 것이다. 지극히 당연한 일이다. 시간이 지나도 참선을 할 나이가 되었어도 완전한 욕심은 버릴 수가 없는 일인가 보다.

내가 없어질 세상도 결코 먼 이야기가 아니라 눈앞에 와있다는 생각이다. 지금이 인생에 마지막인가. 빠르게 다가올 이 세상에서의 마지막 임계점인가. 지옥으로 굴러떨어질 일 밖에 없는 것인가. 아니면 생명의 탄생 그때로 돌아가 마지막으로 죽음의 순간도 탄생의 순간처럼 되돌려서 마감하게 만들었을까? 세상에서 개인이 이루어 놓은 일로 불멸의 시간으로 남을 것인가? 아무래도 좋다. 지워질 순서가 앞당겨진 채 다른 세계로 진입할 준비가 되어 있다.

어떤 인간이라도 쓸모없이 세상에 나온 것은 아니라고 성경은 말하고 있다. 그렇다면 나도 세상에서 잊히기 전에 할 일이 있을 것이다. 개인의 역사라도 필요할 때가 있겠지. 나이에 따라 속력이 가중된다는 속설이 있다. 시속 100킬로 이상으로 달리는 내 시간을 잠시 쉬게 해야겠다.

놓쳐버린 시간을 메우기에는 마음이 급하다. 이 고통의 터널을 지나고 있는 것은 아마도 우리의 시시한 이야기 속에서라도 불굴의 의지로 산 삶의 진실, 인간의 가치에 대해 쓰도록 신의 배려가 있었을 것이란 생각이다.

생의 정점을 향해 달리고 있는 시간. 주변 세계와 가장 극심하게 부딪치고, 혼신의 힘을 다해 싸워야만 앞으로 나갈 수 있다. 자, 가자! 두려움 없이.

2024년 9월 나는 요양병원에서 퇴원했다. 그리고 습관이 된 일, 이른 아침에 일어나서 컴퓨터 앞에 앉는다. 지금 이 순간, 여기에 살아 있다. 되뇐다. 그리고 속삭인다.

아! 하느님 당신의 배려에 고개를 숙입니다.

(2024)

사랑의 아우라

아침부터 내리는 눈이 오후가 되자 함박눈으로 변했다. 아파트 베란다에 서서 무심코 지나간 어느 눈 오는 날 풍경을 떠올려본다. 그중 어떤 날은 연인들이나 많은 젊은이들에게 기쁨을 주었을 것이다. 그동안 일 년에 한 번 겨울이라는 계절에 볼 수 있는 흔한 눈이고 평범한 삶의 일부였다. 기껏 기억에 남는다면 남편이 퇴근하고 집으로 돌아오는 길에 넘어질까 봐 대문 밖 골목길에 연탄재를 뿌렸을 정도였다. 지극히 낭만과는 거리가 먼 기억이다.

로망은 막연하지만 눈 오는 날 첫사랑을 만나는 것이다. 하지만 상상하는 것으로 그쳐야 했다. 구체적인 사랑을 해 보지도 못하고 결혼하고 생활에 지쳐서 살았으니 어찌 보면 당연하다. 그럼에도 아직 낭만은 살아 있어 눈이 오는 날에는 한 번쯤 문학작품이나 영화에서처럼 멋진 사랑을 꿈꾸어 본다.

영화 러브스토리는 1971년 작품이지만 사랑에 대한 묘사는 탁월했다고 본다. 명문부호의 아들인 하버드 학생 올리버(라이언 오닐)와 가난한 이탈리아 이민자 출신 학생 제니(알리 맥그로우)는 첫눈에 사랑에 빠진다. 흰 눈밭만 봐도 영화 러브스토리의 장면이 떠오르는 것은 정말 실로 대단하지 않은가! 나도 그 눈밭에 뒹굴며 천진난만하게 연애하고 싶을 정도로 너무나 사랑스러운 장면이다.

영화에서처럼 눈밭을 구르는 그런 낭만은 잊은 지 오래다. 대신 조용한 카페에 앉아 커피를 마시며 눈 내리는 풍경을 바라보거나, 눈을 맞으면서 솜사탕을 입에 물고 덕수궁 돌담길을 걸어보는 것도 좋겠다는 생각이다. 막연하더라도 희망을 갖고 있는 것은 살아 있음에 기쁨이고 감사다. 눈 오는 날엔 있지도 않은 추억을 들먹이게 되는 걸 보면 나는 자신이 해 보지 못한 것에 대한 갈망이 있나 보다.

동부이촌동 아파트 반상회를 저녁이 아닌 낮에 했다. 창밖을 내다보니 함박눈이 내리고 있었다. 창밖을 바라보고 누군가 소리쳤다.

"어머, 눈이 내리네, 우리 눈 맞으러 가는 게 어때?" "와, 좋아."

일행은 반상회를 일찍 마치고 아파트를 나와 이촌역에서 지하철 4호선을 타고 과천 서울대공원으로 향했다. 이제라도 자연의 아름다운 모습을 즐기고 싶어서였고 자연을 내 것으로 만들어 보고 싶다는 열망에 몸이 대답한 것이다. 그동안 생활에 쫓겨서 많은 눈 오는 날을 제쳐두고 살았다. 눈을 맞이하러 간다고 생각하니 아이들처럼 마음이 들떴다.

지하철 4호선은 이촌역에서 사당역과 선바위역을 지나 대공원역에 도착했다. 2번 출구로 나가니 출발할 때보다 한층 커진 눈송이가 펄펄 날리고 있다. 호숫가 둘레길을 걸었다. 호수 옆으로 함박눈을 뒤집어쓰고 서 있는 나무들이 하얀 모자를 쓰고 있었고 눈 덮인 하얀 세계는 마치 미지로 향하는 세계의 문을 넘는 양 황홀하다. '그래, 그렇다.' 이제라도 풍요로운 세상에 태어나게 해 준 고마움을 누려보리라. 그리고 자연을 내 가슴에 담아 두리라! 눈 내린 경치를 보는 것만으로도 행복했다.

옆을 돌아보니 눈길에 지팡이를 짚고 걸음을 옮기는 한 남자가 눈에 들어온다. 그는 한쪽 다리가 불편한지 절뚝거리며 걷는 70대로 보이는 남자였다. 울컥 가슴에서 감동이 몰려온다. 이런 날에 굳이 불편한 몸을 끌고 나올 필요가 있을까? 그에게 어떤 애절한 사연이 가슴속에 있을까. 잠시 후 남자는 호숫가에 홀로 서서 저 멀리 하늘을 바라보고 있었는데 그에게서 누구도 범법할 수 없는 아우라가 느껴진다.

　남자는 무엇을 보고 있을까. 무슨 생각을 하고 있을까. 어쩌면 신기하게 느끼는 것도 내 편견일지도 모른다. 그동안 눈 하면 미끄러운 길에 넘어지는 것으로 생각해 왔다. 시어머니가 눈길에 넘어져 크게 다친 일이 생각나서다. 눈길에 미끄러져서 곧 넘어질지도 모르는데 눈을 맞이하러 홀로 공원 나들이를 하는 그가 경이롭게 보였다. 어쩌면 마지막 남은 삶에 향기를 넣어주고 싶어 공원에 나왔을 수도 있고 이루지 못하고 헤어진 옛사랑의 추억을 찾아 나선 길일 수도 있겠지.

　남자에 비하면 그동안 성한 다리를 가지고도 생生을 즐기지 못한 나와는 대조가 된다. 목숨이 붙어 있는 동안, 비가 내리고 바람이 불어도, 춥거나 더워도 다채로운 사계절이 있는 세상에서 특별한 추억을 만들어도 되는 일인데. 수많은 생의 한가운데에서 어느 곳이든 인간의 희로애락, 이별과 만남을 대입하면 개인에게 각인된 추억이 생기기 마련인데.

*

　그 남자를 보는 순간 언뜻 어떤 여자의 모습이 떠오른다. 삼십여 년 전 신혼 초 공동주택에 살던 때였다. 다섯 가구가 마당 한

가운데 위치한 공동수도를 함께 사용하는 셋방살이를 할 때여서 이웃의 이야기가 내 이야기처럼 서로 고민을 나누던 시절이었다. 문간방에 새댁부부가 살고 있었다.

한 남자와 한 여자, 선남선녀가 결혼했다. 신혼부부인 그들의 결혼은 얼마가지 않아 삐걱대기 시작했다. 남편은 건설공사 현장에서 일했는데 걸핏하면 집을 나가서 돌아오지 않은 날이 많았다. 그에게 숨겨둔 여자가 있는지 젊은 아내에게 관심이 없었다. 함께 살던 시부모는 그런 아들 내외를 분가시키기로 했다. 혹시라도 결혼생활에 문제가 생길 까봐 걱정되었던 것이다.

분가했어도 남편은 가정에 관심이 없었다. 며칠씩 집에 돌아오지 않을 때도 많았다. 여자는 남편이 돌아오기를 기다렸다. 남편에겐 동생이 한 명 있었는데 간혹 형네 집어 들르는 시동생은 그런 형수를 위로했다. 여자는 슬펐다. 자신에게 닥친 현실의 힘겨움과 주체할 수 없는 감정으로 그녀는 자기도 모르게 눈물을 흘렸고 시동생은 그 모습을 안타깝게 바라보았다. 그러면서 시동생의 출입이 잦아들었다. 시동생은 술만 먹으면 형네 집으로 찾아왔다.

몸이 원하는 대로 간다면 그 파국을 감당하기 어렵다. 여자는 시동생의 어리광도 크게 싫지 않았다. 이들은 자신도 모르게 서로에게 이끌렸다. 아무리 절박한 사랑이었다고 해도 세인들의 눈에 비친 두 사람은 형수와 시동생의 위험한 사랑이고 불륜일 뿐이다.

어느 눈 내리는 날, 시동생이 술을 마시고 그녀를 찾아왔다.
"형수님 보고 싶어서 왔어요."
"네?"
"형수님, 술 한잔을 했는데 하소연 할 사람이 없네요."
시동생이 형수 목에 두른 팔을 세게 끌어당겼다.
"집으로 돌아가세요."
여자는 시동생의 말을 무시하지만 모질게 대하지는 못했다.
며칠 후 여자는 벌벌 떨면서 나를 찾아왔다. 시동생과 키스를 했다고 털어놓았는데 그녀의 슬픈 눈은 두려움으로 뒤덮여 있었다. 그녀의 두려움은 곧 자신이 무너질지도 모른다는 것에 대한 두려움이었을 것이다.
"아주머니 어떻게 하면 좋을지 모르겠어요."
"새댁 정신 차려야 해."
그녀는 겁이 난다고 했고 시동생이 남자로 보여서라고 했다.
시아버지의 분노한 얼굴이 클로즈업되고 사방에서 돌팔매가 날아오는 듯하다고 했다. 잠을 못 자고 밥도 제대로 못 먹는다고 했는데 그 많은 돌을 맞으면서도 그와 함께 하고 싶은 충동을 느낀다고 했다. 자신의 힘으로는 제어할 방법이 없다는 것이다.

이 어려운 관계를 해결할 수는 없었다. 여자도 한참 젊음이 넘치고 있었기 때문이다. 거부할 수 없는 이끌림으로 서로의 마음을 확인하고 부터였다. 죄책감으로 괴롭고 힘들지만 사랑하는 마음만큼은 지울 수가 없다. 그녀는 금기를 지키려고 노력하지만 시동생에게 가는 마음 때문에 괴롭다고 했다. 시동생과 남편 사이의 줄다리기가 아니다. 거기에 여자도 포함된다. 삼각관계, 여자는 트라이앵글 속에서 꼭 일대일의 선택을 강요하는 사회적 윤리 사이에서 갈등한다.

본능을 선택하면 젊은 그녀는 결혼생활은 물론이고 인생은 파멸된다. 그 파멸의 끝이 어떤 것인지는 모르지만 오랜 세월 동안 관습과 규범을 벗어나는 행위는 질타를 받고, 이런 일탈로 말미암아 생존권조차도 박탈당하게 된다.

사회적인 질타는 일평생 목에 나무 형틀을 걸어두고 살아가야 한다. 아니면 온 동네에 조리돌림이라는 형벌을 당할지도 모른다. 조리돌림은 등에 북을 짊어지고 발에다 북채를 연결해서 걸을 때마다 요란한 북소리가 나도록 하는 것이다. 등과 어깨에 죄목을 새긴 현수막을 두른 채 쓰레기 인생길로 접어든다.

옛날부터 야만성과 무절제한 행위를 배척했지만 이런 본능은 사라지지 않는다. 그 유혹은 내면에서 요동치기 때문이다. 인간에게 본능을 준 것은 때로는 축복이기도 하지만 단추가 잘못 끼어진 경우 경멸당하거나 파멸하게 된다. 그런데 이것은 자연법칙에 어긋난다. 이럴 때 인간에게 내려진 의무 벌은, 절제만이 인간 대접을 받을 수 있다. 아이러니다.

그녀는 시동생이 찾아온 날은 가슴이 뛴다. 아름답게 보이고 싶어 화장을 한다. 본능에 굴복하면 어떤 파멸이 기다리고 있는 줄 안다. 비밀스럽고 치명적인 사랑. 인간의 몸은 성적 욕망, 억제되지 않는 욕구, 유혹, 호기심어린 대담성이 경계선을 넘어선 안 된다. 인간의 몸은 자체로 관능적이고 쾌락과 전율을 원할 때도 있지만, 위험을 감수하는 것은 자살 폭탄을 지고 있는 것과 같다.

일시적인 유혹에 몸이 시키는 대로 넘어간다면 세상에서 손가락질 당하는 수모와 함께 인생은 땅바닥에 곤두박질쳐질 것이다. 그 어떤 사랑도 전 일생과 맞바꿀 수 없는 일. 허벅지를 바늘로 찔러가면서 욕구를 절제한다면 언젠가 남편이 돌아와 아무 일도 없었던 것처럼 평범한 생활이 유지되었을 것이다. 본능과 사회규범 사이에 인간을 놓아둔 것은 잔인한 일이다. 철저한 금욕이나 사회의 규범을 일률적으로 지키라고 강요하는 것은 개인에게 씌어진 고통의 가시관이다.

어느 날 새벽 담배를 입에 물고 비틀거리며 대문을 나서는 시동생이라는 남자가 눈에 들어왔다. 밖에는 함박눈이 내리고 있었다. 그 후에 그들은 어떤 선택을 했는지 후일담은 모른다.

그 후 나는 그곳 공동주택을 떠나 다른 곳으로 이사했다. 평범한 가정을 이루며 산다는 것, 그 일상을 지키려면 많은 희생과 결단, 죽을 만큼 커다란 용기가 필요하다. 욕망을 억제하는 것, 삶과 사랑을 바꿀 수 없고 자기 억제만이 사회적 제도라는 올가미에 걸려들지 않을 수 있다.

호숫가를 바라보며 넋 놓고 눈 내리는 하늘을 향해 서 있는 그 남자가 그때 그 시동생일지도 모른다는 생각이다. 그때의 아우라가 아직도 남아 있었기 때문이다.

그 남자는 어디를 보고 있었을까. 그는 무엇을 생각하고 있을까. 누구를 그리워하고 있을까. 지나간 추억과 사랑을 생각하고 있을까. 형수와 마지막 이별의 시간을 생각하고 있을까. 그들은 어떻게 되었을까. 영화 '닥터 지바고'에서 라라의 노래가 나오는 이별 장면처럼 눈이 내리고 있었을까?

여자는 어떤 결말을 선택했을까? 남자는 지금도 커다란 돌덩이를 가슴에 문지르고 있는가? 이루지 못한 사랑에 불편한 다리를 끌고 나왔을 그 남자를 보는 순간 현명한 선택을 했을 것 같다는 생각이 든다.

그 남자 가슴에는 이루지 못한 사랑 때문에 영원히 사라지지 않는 그리움이 더욱 커지고 있는지도 모른다.

그녀가 내게 한 말이 생각난다. "그가 내게 서서히 스며들어 사랑이 되었다고."

(2024)

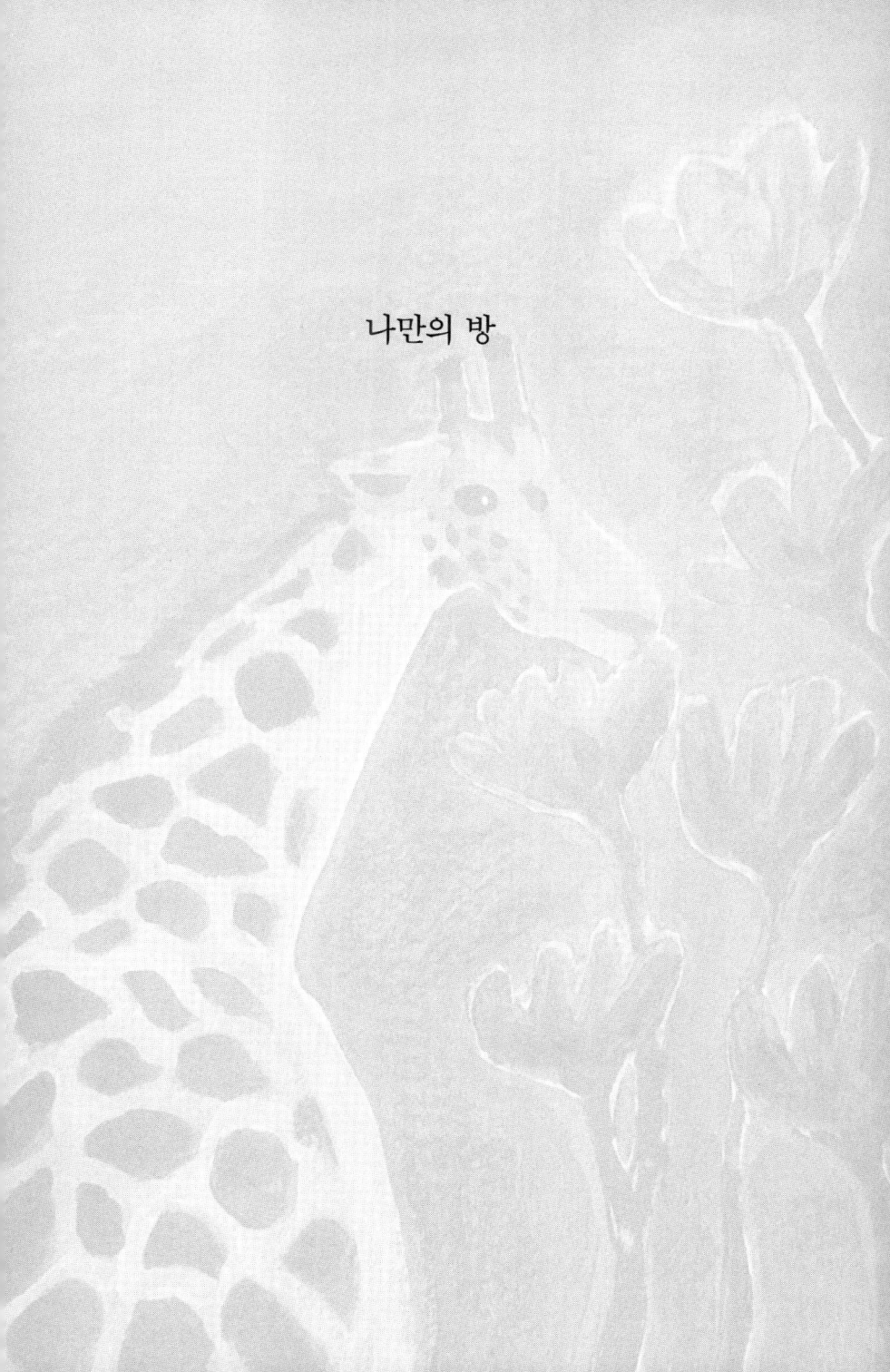

나만의 방

그녀는 딸의 방 앞에서 닫힌 문을 바라본다. 차단된 문 앞에서 있었다. 베니아판 방문이 눈앞을 막아선다. 딸 지혜가 자기 방으로 들어가면서 방문 걸어 잠그는 소리가 들린다. 아직 어린아이로 알고 있었는데 비밀이 생겼나 보다. 엄마에게 선을 긋고 있었다. 망연히 서 있기도 어정쩡하다. "밥은 먹었니?" "응~" 하는 소리를 듣고 발길을 돌렸다. 딸아이는 어느새 커서 방문을 잠그기 시작한 것이다.

내 방이 없던 시절이 떠오른다.

그녀는 자신의 사춘기를 생각해 보았다. 언제부터였을까? 나만의 방이 필요했던 시기가. 이성이라는 달콤한 호기심 그 시작은 곧 비밀이 생긴다는 뜻도 포함된다. 이성에게 호기심이 생기는 비밀의 공간이 필요해진 것이다. 어린이에서 낯선 이성의 세계로 넘어가는 순간부터 금기가 많아지고 꼭꼭 숨겨야 하는 일이 생기기 때문이다. 동생들과 함께 지내게 되는 일이 싫어지고 나만의 생각할 수 있는 공간이 절실했다. 부모님은 어린아이라고 한 방으로 몰아넣지만 건넌방은 온전한 나만의 방은 아니다.

  자신이 혼자 있을 수 있는 자가만의 방을 갖지 못하면 개인 생활이란 없다. 초경을 치르고 감추어야 할 일이 생겼다. 그때부터 내 방을 원하게 되었다. 초경 이후 뒤처리는 고민이다. 왜 부끄러워해야 하는지 가르쳐 주지 않아 모른다. 처음으로 좋아하는 남학생이 생긴 것도 부끄러움의 하나였다.

  다락방은 내가 꿈꾸어온 공간이다. 주변에서 본 적도 없지만 내 머릿속에 그려진 다락방은 턱을 괴고 엎드려 창밖을 내다보고 있는 한 소녀가 생각나는 그런 집이다. 밤에는 별빛을 보며 꿈을 키우고 사랑도 하고 싶었다. 애슐리 원피스 스타일인 꽃무늬 잠옷을 입고 다락방 창문을 통해 별빛을 바라보며 온갖 상상으로 내 사춘기를 낭만으로 물들이고 싶었다. 인생의 판타지, 동화에서처럼 왕자는 아니더라도 내 마음을 알아주는 남자와 사랑을 하고 싶은 꿈도 꾸었다.

  동생들과 함께 기거하는 건넌방은 비밀을 유지하기엔 적절치 않다. 내 비밀을 일기장에 기록한다. 그리곤 누가 볼까 봐 가슴을 줄인다. 일기장을 어디에 숨겨두기도 어렵다. 일기장은 자신과의 대화라고 한다. 일기는 누가 볼 때를 감안해서 쓴다는 전제도 있지만 그러기는 싫었다. 나만의 비밀은 짜릿하고 즐거울 것 같기 때문이다. 비밀이란 내밀한 세상을 간직해야 한다는 신념을 갖고 있다. 혹시라도 짓궂은 남동생에게 들키는 날에는 생각만 해도 끔찍하다.

여름밤이면 산더미처럼 쌓아놓은 보리볏짚 더미에 굴을 파고 들어앉아 은하수를 바라보며 상상의 날개를 편다. 이 시간이 더 없이 좋다. 저 많은 별 중에 내 별은 어디 있을까? 지금 내 별을 정해 두자. 북두칠성 옆에 반짝이는 별로 할까? 사자자리에 있는 별 중에 어떤 것을 미리 맡아 놓을까? 고민도 한다.

그런데 왜 이리 슬플까? 기분이 울적하다. 꿈과는 거리가 먼 자신의 현실을 생각하니 비극의 주인공이라도 된 것처럼 처량하다. 멜랑꼴리한 감정이 사춘기인 내게 찾아온 것이다. 그러나 현실은 열악한 농촌에 태어난 것부터 감성적인 생활과 맞지 않았다. 내일도 학교에 갔다 오면 동생들을 돌봐야 하고 엄마의 수고를 덜어주기 위해 저녁밥을 지어야 한다. 시골뜨기인 나를 누가 사랑해 줄까 하는 회의에 빠져든다.

이유도 없이 아름다운 사랑을 하고 싶어 눈물이 난다. 막연한 그리움, 이상형을 아직 만나지 못했지만 만난다면 아름답고 슬픈 사랑을 하리라 생각했다. 어떤 플랜도 없이 첫사랑에 대한 꿈, 사랑하고 헤어지는 슬픔을. (첫사랑은 이뤄지지 않는다는 속설) 상상 속 혼자만의 꿈이라도 사랑이라면 아름다운 사랑을 연상해야 옳은 것 같은데, 왜 슬픈 사랑을 생각하는지 모르겠다.

그녀는 상상했다. 꿈꾸던 아름다운 이층집 다락방에 '나만의 방'을 꾸렸다. 드디어 나만의 방을 가지게 되었다. 창밖으로 손을 흔들며 사랑의 기쁨을 만끽한다. 백마를 탄 왕자가 흔들면서 너를 향해 달려온다. 그의 두 손을 잡는다. 환한 미소로 답하지만 손은 빈손이다.

상상을 흐트려 놓는 방해꾼이 나타난다. 홀로 켜 있는 내 불빛을 보고서 창문으로 날벌레들이 날아 들어와 맴을 돈다. 어디서 나타났는지 '천개의 다리'를 가졌다는 노래기가 바닥에 기어 다니고 얼굴 위로 모기가 왱왱거리고 팔을 물어댄다. 따끔하는 순간 팔을 때린다. 노래기가 다리로 기어 올라와 내 상상을 현실로 이끈다. 가려움은 환상의 세계를 산산조각 낸다.

은하수가 입으로 들어오면 추수할 때라는 어른들 말을 되씹으며 우울한 나는 별들과 이야기를 나눈다.

우주의 등뼈라는 은하수를 쳐다본다. 별들은 언제부터 거기 존재했을까? 많은 사람이 저 반짝이는 별을 자기 것이라 생각하며 별과 함께 꿈을 키웠겠지? 아직 은하수가 입 쪽까지 오지 않은 것을 보니 가을걷이 시기가 오려면 좀 더 기다려야 하겠지?

시간이 얼마나 지났는지 지루해진다. 짧은 여름밤이 자정으로 향해 달린다. 내일은 또 어떤 별에게 말을 걸어 볼까? 오늘은 이쯤해서 방으로 들어가 자야 한다. 풀 썩는 냄새, 외양간 냄새가 어우러져 유쾌하지 않다. 축축한 엉덩이를 툭툭 털고 일어선다. 방문을 열고 동생들이 잠들어 있는 방으로 살그머니 들어간다. 온갖 상상을 접고 곧 잠들어버린다.

어느 날 선생님이 물었다.

"너는 장래 희망이 무어냐?" 나는 대학교수라고 대답했다. 가당치않지만 희망은 얼마든지 크게 가질 수 있는 거란 생각이었다. 희망이 뭐냐고 물었으니 희망을 말한 것이다. 대학교수가 되고 싶은 이유는 막연하지만 책으로 둘러싸인 방에서 빙글빙글 돌아가는 의자에 앉아 안경을 쓴 내가 책을 읽고 있는 모습을 상상했기 때문이다. 책을 마음껏 읽는 것이 내 꿈이고 소원이다. 어떤 노력을 해야 되는지 구체적인 방법도 모른다. 그저 과정은 생략한 채 미래의 내 모습이라 여겼다.

학교 근처에 있는 운크라 도서관에서 책을 빌려 보면서 고등학교 시절을 넘겼다. 그리고 학교를 졸업을 했다. 학교를 졸업하고 기다리는 것은 농사일에 찌들고 있는 부모님을 돕는 일이다. 그나마 꿈꿀 수 있는 시간도 현실 앞에서 무너져 내린다.

무엇보다 친구가 없었다. 마음을 털어놓을 수 있는 친구는 눈을 씻고 찾아봐도 보이지 않는다. 말이 통하고 서로의 이상을 이야기하던 고향친구들은 서울에 있는 대학으로 떠났다. 아무도 없는 빈 공간에 덩그러니 혼자 갇힌 것이다. 문화 시설이 없는 농촌은 감옥이었다. 젊은이들이 서울로 서울로 꿈을 찾아 떠났다. 소통의 문제, 영혼의 갈증으로 더욱 허기진 삶이 문제였다. 허기를 채우기엔 고향은 황무지나 다름없다.

너는 막막했다. 외로운 것, 그것은 또래들과 떨어져서 살아야 한다는 것뿐만 아니라 친구가 하나도 없음을 의미한다. 부모님은 여자가 어딜 밤늦게 다니느냐고 했지만 막상 밤늦게 갈 곳도 없다. 꿈을 이야기하고 문학이나 철학에 대한 생각을 공유할 수 있는 친구가 없다는 것은 빈 공간에 홀로 내던져진 것과 같은 느낌이다. 부모님 말을 안 듣고 놀고 싶어도 정숙할 수밖에 없다. 마땅히 연애할 상대도 없기 때문이다. '이렇게 살지 않겠다. 인생을 전력투구하겠다'고 다짐한다. 너는 자유에 대한 갈망이 강력했다. 현실을 벗어나고자 발버둥 치다가 결혼이라는 돌파구를 찾았다.

갖고 있는 책들을 정리하다가 한때 애송하던 폴 엘리아르(1895~1952년) 시집을 발견한다.

나의 학습 노트 위에
나의 책상과 나무 위에
모래 위에 눈 위에

나는 너의 이름을 쓴다.

내가 읽은 모든 책 페이지 위에
흰 종이 위에
돌과 피와 종이와 재 위에
나는 너의 이름을 쓴다.
…
밤의 경이로움 위에
일상의 흰 빵 위에
약혼 시절 위에
나는 너의 이름을 쓴다.

나의 하늘 빛 옷자락에
태양이 머무는 연못 위에
달빛이 환히 비추는 호수 위에
나는 너의 이름을 쓴다.
….
그 한마디 말의 힘으로
나는 내 일생을 다시 시작한다.
나는 태어났다. 너를 알리기 위해서
너의 이름을 부르기 위해서
오, 자유여.

*

　결혼. 그녀는 결혼이라는 유토피아는 새 인생에 역사를 쓰는 일이고 새로운 희망을 완성할 발판이 될 것이라 믿는다. 열악한 농촌을 벗어나는 길은 결혼하는 것뿐이라고 생각한다. 어디를 가던 이곳 보다는 낫겠지? 하는 마음이었다. 계획된 행동은 곧바로 이루어지지 않는다는 사실을 아는 데는 시간이 걸리지 않았다. 그곳은 내가 바라던 파라다이스는 아니었다. 그녀는 갑자기 혼자가 되었다. 세상의 끝에 서 있는 기분이었다.

　외로운 섬이다. 모든 책임을 스스로 져야 하는 성인으로서 책임과 의무가 뒤따르는 무서운 현실이 기다리고 있었다. 지금껏 상상의 세계에서 마법이 풀려 현실의 세계로 곤두박질쳤다.

　철없이 이상만을 꿈꾸던 소녀가 선택한 곳, 그 결과는 비참했다. 세상엔 낯선 것들이 도처에 있다. 흙수저에서 한 단계 높이 뛸 때는 어떠한 대가를 치러야 하는지 그때는 몰랐다. 다른 세계로의 진입은 했으나 기득권 세력은 호락호락 너를 받아주지 않았다. 곧 지옥이란 이런 곳이라고 증명이라도 하듯 하루하루 지옥을 경험해야 했다.

　지옥. 단테는 지옥문 앞에는 '자유를 잃는 곳'이라고 쓰여 있다고 한다. 자유를 빼앗긴 마법에 갇힌 것이다. 그 마법이 풀릴 때까지 기다려야 하는 시간은 영겁의 세월이 지나도 돌아오지 않을 것 같았다. 자신의 선택이 저지른 업보를 채워야 했다. 아이에서 어른으로 하루아침에 곤두박질쳤다. 결혼해서 하룻밤을 지내고 나니 어른이 되어 있었다.

그때는 결혼을 선택할 수밖에 없는 상황이었고 집을 탈출하여 서울로 가고 싶은 마음이 간절했다. 삶은 선택의 순간에 운명이 바뀐다. 그때 한동네에 살던 너를 흠모했다는 그 남자와 결혼했으면 지금 어떻게 되었을까. 네가 졸업할 때만 기다린다고 했는데. 나는 강하게 거절했다. 어릴 때부터 살던 곳에서 결혼하고 싶지 않았다. 미지의 세계에 대한 판타지를 희망을 고향에서는 찾을 수 없었다. 오로지 고향에서 탈출하는 것만이 살길이라 여겼다. 금의환향錦衣還鄕할 수 있는 판타지가 없었던 것이다.

스스로 선택한 일, 누구도 원망할 수 없는 지옥으로 곤두박질치게 된 것이다. 시집은 남편의 집이지 내 집은 아니다. 자유를 저당 잡는 타인이 우글거리는 곳, 그곳은 최악의 감옥이었다. 엎혀사는 집이 내 집이 될 때까지 많은 인고의 시간이 필요했던 셈이었다.

그때는 몰랐다. 무조건 파랑새를 찾아 떠나는 것이 살길인 양 흥분과 기대로 설레며 떠났다. 네가 생각하는 미지의 세계는 탈출과 동시에 희망찬 곳이었다. 시간이 갈수록 일이 점점 더 어렵고 힘들게 되었다. '조약돌을 피하니 수만석數萬石을 만난다'는 속담이 딱 들어맞는 말이었다. 고생을 피할 생각이었지만 고통이 먼저 알아채고 앞질러 와서 너를 기다리고 있었던 것이다.

결혼이라는 굴레로 실형을 받은 셈이었다. 그러나 언제 풀릴지 모르는 실형에서 헤어날 수가 없었고 더욱이 친정엘 갈 수 없었다. 금의환향은 아니더라도 기본적인 예의로 부모님께 작은 선물쯤은 마련해야 했다. 그녀는 친정에 가고 싶다는 말을 꺼낼 수 없었고, 누구도 친정에 보내려는 사람도 없었다. 친정에 가는 것을 형 집행정지라 생각한 걸까. 아직 집행유예 기간이 끝나지 않았다고 여긴 걸까. 볼모로 잡힌 며느리를 놓아주지 않았다.

결혼할 때의 꿈을 버린 지 오래였다. 드디어 친정 행을 허락한 것이다. 아이를 업고 기저귀 보따리를 들고 결혼 후 처음 친정에 찾아갔을 때 부모님은 딸을 부둥켜안고 울었다. 너는 연민의 시선으로 바라보는 부모님의 시선을 바라볼 수 없어 고개를 돌렸다. 자신보다 나은 삶을 살라고 딸을 시집보낸 엄마의 슬픈 마음을 생각하니 고개를 들 수 없었다.

그녀는 친정엄마를 떠올렸다. 자신의 희망 나은 삶을 기대하며 키운 딸이 고생을 하는 것을 본 엄마의 마음은 어땠을까. 20년 전 일이었지만 그때를 생생하게 기억하고 있다.

결혼식은 요란했다. 신랑 친구들이 서울에서 리무진 버스를 대절해 왔고 신랑은 택시를 타고 왔다. 성당에서 결혼식을 하고 와서 또 구식결혼을 했다. 아코디언, 트럼펫, 기타 등 악기로 연주를 하면서 신작로에서 조금 떨어진 마을로 행진했다. 동네 사람들은 대단한 집으로 시집간다며 선망의 시선을 보냈다.

결혼식을 마치고 족두리를 쓰고 앉아 있었다. 잔칫집 분위기와는 다른 살벌함이랄까, 이상한 기분이 들었다. 문밖에서 간헐적으로 소음이 들려왔다. 큰동서와 시어머니가 싸우는 소리였다. 깜짝 놀랐다. 오늘은 결혼식 날이다. 이날 하필이면 시어머니와 큰동서의 갈등을 목격하고는 당황스러웠다.

아! 어쩌지? 잘못 왔구나! 하늘이 무너진다는 말이 무엇인지 그제야 알 것 같았다.

그동안 시어머니와 며느리의 갈등에 대해 생각조차 해 보지 않았다. 시골집에서는 본 적이 없었기 때문이다. 남편은 부모님과 같이 살아야 한다는 전제 조건을 걸었다. 나는 부모님을 모시고 사는 것은 당연하다고 생각했다. 나이가 많은 시부모님을 모시는데 불만도 없고 착하게 잘할 자신도 있었다.

그런데 와장창 하늘이 무너져 내리고 있다. 눈앞이 캄캄해진다. 희망은 절망을 이기는 큰 힘이라고 배웠다. 하지만 앞으로 나아가야 할 희망은 종적을 감추었고, 절망이 기다리고 있었다. 희망이라는 그 단어도 꽉 막혀 보이지 않았다. 네가 살아야 할 시집은 네 집이 아니고 그들의 집이었다.

아무리 기대하지 않았다고 해도 실망은 그녀를 나락으로 추락

시켰다. 파랑새를 찾아 떠나온 길 앞에는 최악의 불행이 기다리고 있었다. 인간의 힘으로는 어쩔 수 없는 불가항력, 한 치 앞도 볼 수 없는 불행의 길, 누구를 원망할 것인가. 내가 선택한 길인데. 결과는 결승점에서 너를 기다리고 있는 것은 지옥을 건디는 일, 피할 수 없는 운명을 느꼈다.

불행을 극복하는 일은 혼자만의 일은 아니다. 상대가 있을 때 더욱 어려워진다. 그녀 혼자만의 노력으로는 어렵다. 무의미하지만 신에게 의지하기로 해 본다. 결국 자신의 의지는 약하니 신에게 극복해 나가는 힘을 달라고 보챌 것이다.

태양이 사라졌다. 이젠 바꿀 수도 없었다. 너는 지금껏 꿈꿔왔던 작은 소망도 버려야 한다. 후회했지만 엎질러진 물이다. 태양이 달에 완전히 가려 보이지 않는 개기일식은 조금만 기다리면 사라진 태양이 다시 나타나지만, 네게는 해당되지 않는다. 긴 절망을 견뎌내야 한다.

이집트에서 탈출한 유대민족이 광야에서 40년을 헤맸듯 그렇게 단련의 시기를 보내야 했다. 많은 시간과 고통을 견디면서 광야에서 치른 유대민족의 아픔을 뼈저리게 느꼈다. 내 자유, 탈출에는 무수한 시련이 뒤따라 왔다.

그동안 견디어 낸 것은 모든 희망을 버린 결과였다. 조금이라도 자신을 생각했다면 살아남지 못했을 것이다. 무조건 하루하루를 하늘이 있는지조차 모르고 발끝만 내려다보고 살아왔다.

*

시어머니는 날마다 아팠다. 팔목을 부러뜨리고 어깨 통증에 시달렸는데, 그게 갱년기 증상이고 여성 호르몬인 에스트로겐 분비 저하 때문인 걸 나중에야 알았다. 그때는 갱년기라는 말이 있는 줄도 몰랐다. 시어머니 병간호에 매달렸고, 소망은 시어머니가 아프지 않는 것 그것이 너의 희망이었다.

'내가 어떻게 살았는데 이런 대접을 받다니!' 앞으로 남은 내 인생 어쩌구 저쩌구 했다면 살 수 없었을 것이다. 그것도 지혜라면 지혜일 것이다. 절망을 받아들인 일은 희망을 가질 수 없는 상황에서 선택하지 않을 수 없기 때문이다.

인간의 적응 능력은 놀라웠다. 사람들이 '당신은 행복하기 위해 태어난 사람'이라는 말을 하면, 그 말이 마치 나라는 인간을 조롱하는 말로 들렸다. 사랑받는 존재라는 말은 내 사전엔 없고, 잠시 최면을 걸어 거짓을 참이라는 말로 꾀는 것일지도 모른다는 생각마저 들었다.

친정엄마는 시집살이의 첫째 덕목은 무조건 잘못했다고 해야 한다는 것이 지론이었는데, 어른들께 인사만 잘하면 된다고 가르쳤다. 딸이 결혼하기 며칠 전 친정엄마는 딸을 불러놓고 이야기했다.

어느 마을에 이름 석 자만 대면 알 수 있는 유명한 할머니 한 분이 있었다. 특히 말이라면 창산유수라 누구에게도 져 본적이 없는 할머니였다. 소위 말발이 아주 센 초로의 할머니였다.

그런데 그 집에 똑똑한 며느리가 들어가게 되었다. 그 며느리 역시 서울의 명문학교를 졸업한 그야말로 '똑소리' 나는 규수였다. 많은 사람들이 "저 며느리는 이제 죽었다!"라며 걱정했다. 그런데 어쩐 일인지 시어머니가 조용했다. 그럴 분이 아닌데 이상했다. 그러나 이유가 있었다.

며느리가 들어올 때 시어머니는 벼르고 별렀다. 며느리를 처음에 '꽉 잡아놓지 않으면 나중에 큰일이 난다!'라는 것이었다. 그래서 처음부터 혹독한 시집살이를 시켰다. 생으로 트집을 잡고 일부러 모욕도 주었다. 그러나 며느리는 뜻밖에도 의연했고 전혀 잡히지도 않았다. 왜냐하면, 며느리는 그때마다 시어머니의 발밑으로 내려갔기 때문이다.

한 번은 시어머니가 "친정에서 그런 것도 안 배워왔냐?"고 생트집을 잡았지만, 며느리는 공손하게 대답했다. "저는 친정에서 배워온다고 했어도 시집와서 어머니께 배우는 것이 더 많아요. 모르는 것은 자꾸 나무라시고 가르쳐 주세요." 다소곳하게 머리를 조아리니 시어머니는 할 말이 없었다.

"그런 것도 모르면서 대학 나왔다고 하느냐?"고 트집을 잡았지만, 며느리는 도리어 웃으며 공손하게 말했다.

"요즘 대학 나왔다고 해봐야 옛날 초등학교 나온 것만도 못해요, 어머니." 매사에 이런 식이니 시어머니가 아무리 찔러도 소리가 나지 않았다.

무슨 말대꾸라도 해야 큰소리를 치며 나무라겠는데 이건 어떻게 된 것인지? 뭐라고 한마디 하면 그저 시어머니 발밑으로 기어 들어 가니 불안하고 피곤한 것은 오히려 시어머니 쪽이었다.

시어머니는 권위와 힘으로 며느리를 잡으려고 했지만, 며느리가 겸손으로 내려가니 아무리 어른이라 해도 겸손에는 이길 수 없었던 것이다. 내려간다는 것은 쉬운 일이 아니다. 어떤 때는 죽기만큼이나 어려울 때도 있다. 그러나 겸손보다 더 큰 덕목은 없다. 현명하게 처신해야한다.

"명심하거라! 네가 할 탓이니 슬기롭게 행동해야 한다." 그러면서 친정엄마는 덧붙였다. "남편이 때리거나 다른 여자가 있지 않는 한 견뎌야 한다." 그러나 남편은 트집잡힐 일은 하지 않았다. 너는 친정엄마가 하는 이야기를 들으면서 마음먹었다. 부단히 비우고 내려놓으면서 자신의 잣대를 아는 사람! 부단히 비우고 내려놓으면서도 자신을 포기하지 않는 사람! 그리고 끊임없이 비우고 내려놓으면서 잠자는 영혼을 일으켜 세우는 사람이 되기로.

그리고 원효대사가 한 말도 기억했다. 어느 날 제자가 원효대사에게 질문했다.

"스승님 효란 무엇이며 어떻게 해야 합니까"

하고 스승에게 물었다.

그때 원효대사가 한 말은 "자신을 버리면 된다"였다. 그런데 자신을 버리는 것이 얼마나 어려운 일인지 그때는 몰랐다. 평생을 살면서 도의 경지를 지향하는 스님도 하기 힘든 어려운 일이라는 것을 알아야 했다. 그 때문인지는 몰라도, 나는 지금도 지옥을 건너는 법은 자신을 버리는 것이라고 믿고 있다.

*

시댁에서 네가 거처하는 방은 시부모님이 거처하는 안방과 마루 하나를 사이에 둔 건넛방이다. 말이 다른 방이지 같은 방처럼 가깝다. 나만의 비밀의 방을 원했던 너는 일거수일투족이 시집 식구의 감시망에 놓이게 되었다. 사방이 훤히 들여다보이는 유리로 된 작은 공간에 갇힌 꼴이다. 신혼부부가 거처하는 방은 세 평짜리 건넛방인데, 겨울이면 풀을 먹여 다린 이불깃 스치는 소리가 안방까지 들리는 곳이다. 미리 수화라도 배워 두었다면 편리했을 거라는 생각도 들었지만, 이미 지나간 일. 부부가 하는 이야기가 안방에 들리지 않게 하려면 귓속말로 하거나 묵언으로 행동해야 한다.

  은밀해야 하는 시간, 그 시간이 노출된다는 것은 폭력적이다. 어쩌자고 막무가내로 카메라 렌즈를 들이대는 상황, 그건 폭행을 당하는 것과 같다. 무서운 시선에 노출은 또 하나의 실험실 개구리가 된다. 인간에겐 인권이라는 것이 있음에도 불구하고 마지막까지 수치심이라는 벌을 당해야 한다.

  개인에게 보호해야 할 인권이 박탈당한다. 마지막 보루 감추어야 할 노출된 시선은 채찍보다 더 잔인했다. 짐승이 된 느낌이다. 갑의 시선 앞에 을은 실험실에 엎드린 개구리가 된다. 만신창이가 되도록 무자비하게 폭행을 당하는 느낌이다. 한밤을 보내고 다음날 아침이 되면 시어머니는 느닷없이 너에게 잘못도 없는데 어떤 구실이라도 찾아내 야단을 친다.

  결혼하면 누구나 어떤 형태이든지 미래에 대해 생각을 해보기 마련이다. 그것이 여자인 경우에는 자신의 미래가 집안 어른이나 남편에 의해 결정될 확률이 높고, 그것을 팔자나 운명으로 돌리는 것을 많이 보아왔다. 많은 여자들이 사람에 따라 조금씩 다르겠지만 대부분 크든 작든 미래에 대한 꿈과 비전을 갖고 시작한다. 더러는 얼마 못가서 좌절하거나 실망할 경우가 더 많다.

  지금 곧 실행할 수 있는 처지가 안 된다고 하더라도 언젠가 이루어질 날을 위해서 준비하는 것도 나쁠 것은 없다. 너는 자신의 미래를 위해서 하루하루를 긍정적으로 바라보고 적극적으로 살리라 생각했다. 모든 일에 시작은 준비하는 것이고 행동하는 것. 노력하다보면 언젠가는 절망의 끝자락에 다다르고 해피엔딩으로 끝날 때가 있겠지 하는 생각을 갖고 하루를 시작했다. 그러자 어렵고 힘든 일을 해도 하루하루가 견딜만했다.

첫아들을 낳았다. 너를 대하는 태도는 친정과 시댁은 천양지차天壤之差였다. 신랑은 공무원이었는데 늘 아프다고 했다. 시부모는 아무것이나 잘 먹는 며느리가 못마땅한지 늘 주의를 주었다.
"애비가 건강해야 한다."
남편을 잘 거두는 것이 제일이라면서 혹 며느리가 아들을 잘못 건사할까 봐 노심초사했다. 그런 시부모님의 못지않게 남편을 사랑해서 모든 것은 남편 위주로 생활했다. 시부모님 그런 걱정은 말을 안 해도 알아서 처신했다. 남편의 건강은 커다란 의무이며 사명감으로 충만했다. 사랑이라는 감정이 차고 넘쳤다.
그녀 입으로 들어가는 것은 최소화하고 맛있는 것은 남편만 주었다. 그럼에도 시어머니는 혹시라도 아들을 소홀히 해서 아픈 것은 아닌가? 의심하면서 아들을 잘못 챙길까 봐 눈을 부라렸다.

그녀가 아들을 임신하고 있을 때였다.
남편은 군에서 제대를 하고 나서 직장을 구하고 있었다. 여름 어느 날 너는 큰집에서 식모와 함께 일을 돕고 있었다. 그때 큰집의 도움을 받던 터다. 복날이 되었는지 커다란 닭백숙을 끓였다.

큰 동서가 닭백숙을 그릇에 나누어 담는다. 우선 닭다리 두 개는 가장 사랑하는 딸과 남편그릇에, 닭 가슴살은 시아버지와 시어머니 그릇에, 그 다음 날개는 두 아들 그릇에 담는다. 그리고 다음은 쳐다보지 않아서 모른다. 나중에 보니깐 식모에게는 목줄기가 들어 있고, 네 몫은 아직 보이지 않는다.

아무것도 주기 싫은데 뭐라도 주기는 주어야겠는데 고민했을 것이다. 잠시 후 마지막으로 네 몫이 주어졌다.

스텐 그릇 밑에 깔린 닭백숙을 받아 들었다. 국물이 조금 들어 있고, 닭대가리가 나를 쳐다보고 있었다. 친정에서는 닭 요리할 때는 닭의 머리를 떼어내고 버렸는데 시집에서는 닭 부리만 잘라내고 얼굴은 그대로 두었다. 마지막 남은 머리가 네 차지가 된 것이다.

국그릇에 멀뚱히 눈을 뜬 채 닭의 눈이 너를 쳐다보고 있었다. 기절하고 도망을 쳐야 했지만 너는 그러지를 못했다. 아니 그럴 수 없었다. 임신한 몸이라 극심한 영양실조로 단백질을 먹고 싶었나보다. 부당한 처사이고 불공평하고 잔인했다. 눈물이 나도록 슬프지만 스텐 그릇 바닥에 깔린 뿌여스럼한 국물에 담긴 머리를 해부해서 먹기 시작했다.

네 인생에서 최하의 대접을 받은 날이었다. 대접이라기보다는 거지 취급을 받았던 일이다. 먹는 것으로 증명이 된 시집에서의 등급이었다. 최하 등급을 받는 자로서의 할 일은 가족의 고민이나 앞날의 기대는 내팽개쳐진 채 무감각해졌다.

그 후 너는 식당에서 닭백숙을 사 먹을 때는 숟가락으로 뚝배기를 휘저어보는 버릇이 생겼는데, 닭 머리를 찾아보곤 했지만 찾을 수 없었다. 훗날 내가 글을 쓰게 된다면 닭다리와 닭대가리 이야기를 꼭 한번 써보고 싶었다. 제목으로는 닭대가리가 좋을 것 같다. 언젠가는 '나만의 방', 그곳에서 글을 쓰리라고 생각했다.

*

분가分家 후, 비좁은 셋방에서도 꿈을 가질 수 있는 일은, 나를 행복하게 했고, 잠시라도 현실을 잊을 수 있어서 좋았다. 미래를 위한 준비라는 명분 이외에도 환상 같은 꿈을 맛보고 있는 것이다. 누군가 자신이 살던 집을 합치면 한 부락을 이루고도 남았을 것이란 말을 생각한다. 그만큼 할 이야기가 많다는 것이다.

한때 연립주택에서 살면서 마당을 공동으로 사용하던 시절. 옆집 102호에 사는 새댁은 뽀얀 피부에 통통한 몸매를 가진 씨암탉 같았다. 어느 날 새댁이 아들 백일떡을 가지고 왔는데 마당에서는 닭을 삶는 냄새가 진동했다. 시골에 계시는 시아버지께서 키우던 씨암탉을 갖고 올라왔다고 했다.

"우리 시아버지가 나 혼자 먹으래요. 아무도 주지 말고 에미가 다 먹으라고 당부했어요." 새댁은 묻지도 않은 말을 했다. 시아버지가 첫아들을 낳은 며느리에게 고마움을 표했다는 것이다. 새댁 얼굴에서는 빛이 났다. 충분하게 산후조리를 잘한 여자 얼굴이었다. 그녀 남편은 트럭 운전수였는데 그녀에게서 자랑스러움으로 빛이 났다.

102호 새댁이 부러웠다. 그녀의 시댁은 충청도 시골임에도 지혜로웠다. 아무리 시부모가 며느리만 먹으라고 했다고 자신만 먹는 여자는 없을 것이다. 자신보다 더 남편을 사랑하는 아내가, 남편을 챙길 것이다. 새댁은 염장을 질렀고 너는 만신창이가 되었다. 그녀가 쇠망치로 마구마구 때려 아프다. 반면 인정받은 자의 자랑스러운 모습을 확인했다.

'아 그런 시부모의 따듯한 사랑을 받고 싶다.'

"너는 어쩜 그렇게 무사태평이냐?"

태평댁은 시어머니가 그녀에게 붙인 별명이다. 집안일에 신경을 안 쓰고 무심하다는 거였다. 그들 사회에서 제외시켜 놓고 무슨 고민을 하라는 건가? 집안에 닥치는 근심 걱정은 그들의 몫이다. 한 가족의 일원으로 받아들이지 않으면서도 경제적 어려움을 고민하라는 건가? 어이없는 일이다. 혼자 고립된 마당에 걱정은 그들의 몫이다.

그들(시집식구)이 집안에 좋은 일이나 중요한 결정을 할 때는

나만의 방 237

그녀를 배제시켰다. 어찌 보면 가족이라는 공동체에서 너를 탈퇴시킨 셈이다.

너는 속으로 결심했다. 고통이나 희망 그 어떤 것도 그들과 함께 하지 않겠다. 너로서는 대단한 결기였다. 그런데 결과적으로 시집살이에서 받던 정신적인 고통이나 불투명한 희망에 대한 고민에서 해방된 일이다.

그 후, 너는 아무도 모르게 '나만의 방'을 마련했다. 어떤 핍박이나 모욕에도 견딜 수 있는 두꺼운 갑옷을 준비했다. 너는 시간이 나면 아무도 모르는 '나만의 방'으로 달려간다.

"당신들은 절대로 여기 있는 나를 찾지 못할 거야." 그리고 나를 찾는 연습을 하면서 마음을 다잡는다.

내 마음의 소리에 귀를 기울이라고, 내 스스로 답을 찾아야 한다고. 나만의 방이 견고해질 때까지 튼튼한 울타리를 치고 즐길 수 있는 공간으로 만들 거라고, 그리고 나만의 방을 행복한 방으로 만들 거라고, 그동안 열심히 창조한 내 소설의 주인공들과 만나도 심심치 않을 거라고. 그리고 속삭인다. 너의 전성기는 반드시 온다고!

너는 이 어려움을 기회로 삼으려 노력해 왔다.

언제부턴가 길거리에서 노랑머리가 등장했다. 일부 연예인이 노랑머리를 하고 처음 등장했을 때 낯설기 짝이 없었으나 그것도 자신을 드러내기 위한 방법의 하나려니 여겨졌다. 그런데 중국집 배달원 노랑머리가 오토바이에 철가방을 싣고 달리고부터 유행이 되었다. 중고등 학생들이 방학을 하면 너도 나도 노랑머리에 파머를 한 채 길거리를 다니기 시작했다. 너는 어울리지도 않은 시골서 상경한 것 같은 촌스런 남자 아이들의 노랑머리를 부정적으로 보았다.

그런데 연예인은 어울리고 노랑머리 철가방은 아니라고 생각한 자체가 오만이라는 생각이 들었다. 머리염색이 개인의 취향임에도 누구는 되고 누구는 안 된다는 편견을 가지고 있었다. 아이들, 청소년들은 그들의 꿈을 실현시키지 못해도 한 번쯤 따라 해보고 싶은 건 자연스러운 현상이다. 청소년 때는 유행에 민감하다. 그 욕망이 무슨 죄인가. 어울리는 사람과 어울리지 않는 사람이 따로 있는 것이 아닌데.

너는 지금도 흰 블라우스에 청바지를 입고, 옆구리에 철학책 한 권쯤 들고 대학로를 걷고 있는 상상을 한다.

지금이 바로 그 기회다. 우리가 누군지 보여주자. 세계를 향해 빛나는 우리들 '최고의 시간'이 시작된다. 최고라는 의미를 가진 '피크타임'은 국내 한 방송국의 오디션 프로그램이다. 글로벌 아이돌 오디션! 데뷔 경험이 있는 아이돌들이 연차, 팬덤, 소속사, 팀명까지 계급장 다 내려놓고 펼치는 오디션 서바이벌 게임이다.

전 세계에 자신의 실력을 증명하고 팬심을 뒤흔드는 팀은 누구일까? K-팝을 이끄는 '아이돌'. 결승에 진출하는 여섯 팀은 피크타임 투어 콘서트 기회가 주어지고 우승팀은 상금 3억 원이 부여된다. 그러나 매해 데뷔하는 약 30팀의 보이그룹 중 살아남는 팀은 단 2~3팀이다.

아이돌이라고 다 성공하는 것은 아니다. K-팝이 세계시장에서 성공을 거두면서 수많은 그룹들이 결성되었다. 연습생 시절엔 그저 데뷔만 할 수 있다면 모든 걸 다 이룰 수 있을 거라고 생각했었다. 하지만 현실의 벽은 상상 이상이었을 것이다. 성공을 눈앞에 둔 아이돌 그룹은, 다시 코로나19로 인해 오를 수 있는 무대가 적었다. 그런 과정에서 그들도 자리를 잃게 되었다. 그들은 생활전선에서 살아남아야 했기에 잠시 춤과 음악에서 멀어졌다. 10년을 세상과 싸우다가 다시 꿈을 향해 도전장을 내민 아이돌도 있다.

아이돌 그들 개개인은 어려움을 겪는 경우가 많다. 식당 알바, 배달, 커피숍 등등을 전전하면서도 못다 이룬 꿈으로 가슴에 멍이 들었다고 한다. 동료들의 성공에, 나이 들어가면서 초조해진 마음에, 지금이 아니면 영영 놓쳐버릴 것 같아 오디션에 참여했다고 한다. 한번쯤 도전해 보고 죽어도 좋다고, 그때 가서 안 되면 생각해 보려고 도전했다고 한다. 끝이 아닌 새로운 시작인 것이다. 심사위원들도 눈물을 훔친다. 자신들도 같은 환경에서 살아남은 것이 생각난다고 했다. 가슴속 불덩이를 확인하지 않고는 견딜 수 없는 일이다.

내가 시내에 나가면 가끔 들르는 나주 곰탕집이 있는데, 그 집에서 일하는 노랑머리 종업원을 본 적이 있다. 아이돌을 하기엔 늦어 보인다. 노랑머리가 모자 사이로 가지런하다. 나는 그들에게 말한다.

"아이돌이네요."

그러면 노랑머리가 멋쩍은 듯 씩 웃는다. 젊은 나이에 열심히 일하는 청년을 보면 가슴이 짠해진다. 저들의 꿈은 식당에서 서빙을 하는 것은 아닐 것이다. 꿈을 잠시 접고 열심히 일하는 당신들에게 응원을 보내고 싶다. 그들은 그들의 꿈이 있을 것이다. 텔레비전을 보면서 젊은이들의 향연에 활기를 느낀다. 무대 뒤에 있는 전광판에 All Peak라는 불이 켜지면 다음 라운드에 진출한다. 그들은 환호하며 기쁨에 흐느낀다. 그들의 눈물은 그동안 얼마나 많은 고통과 노력을 했을까 생각하게 한다. All Peak를 못 받은 그룹도 밝게 웃으며 말한다.

"우리는 못 보여준 것뿐이다. 우리는 틀린 것이 아니다." 비록 이번 경연에 좌절되었지만 한 번 도전해 본 것으로 만족한다고, 다음 기회에 다시 도전하겠다고. 나는 젊은이들이 저 무대를 위해 얼마나 많은 고통의 순간을 넘어왔는가를 짐작해 본다. 철없어 보이는 젊은이들도 어려운 환경에서 꿈을 위해 노력하는데 나는 안일한 생활에서 작품을 쓰면서도 노력은커녕 시간을 낭비한 것은 아닐까 되돌아본다.

후회 없는 인생이 어디 어디 있으랴. 끝에 가보지 않고서는 누구도 정답이 무엇이라고 말할 수 없을 것이다.

먼 훗날 낭비한 시간 때문에 내 꿈을 날려 보낸다면 그때 후회해도 소용이 없을 거라고 생각하니, 내 심장이 발동한다.

어서 뛰라고….

아직 늦지 않았어. 이제부터 가속의 시간이야.

(2024)

아버지-시지포스

어릴 적 어머니라는 보호막은 어린 생명에게는 '신'적인 존재다. 보호자가 없는 생명은 유지하기가 어려웠다. 사랑으로 뭉쳐진 튼튼한 어머니를 대체할 사람은 없다. 신神은 남녀의 사랑으로 죽을 수도 있다는 청춘들의 사랑이야기도 생명에 대한 준비과정이다. 어린 생명을 지키려는 의도이고 변치 않은 사랑을 주어 생명이 성장할 수 있도록 배려해야 한다.

그 강력한 보호막이 사라진다면 살아남기가 어려울 것이다. 아버지에게 새어머니라는 대체물은 유리잔에 불과했다. 본성이 악독한 사람을 만났을 경우는 이루 말할 수 없는 고통으로 연결된다. 문옥은 아버지를 떠올렸다.

아버지는 공정하지 못한 발판을 딛고 출발했다. 공정이라는 어휘 자체가 사치였다. 바위에 떨어진 씨앗이 모진 조건을 헤치고 살아남아 천덕꾸러기 신세가 된 것이다. 새엄마가 들어오고부터 하루아침에 귀한 아들이라는 위치에서 천덕꾸러기 존재로 전락한 것이다. 불공정한 밑바닥에서 출발한 인생은 다른 사람보다 몇 배나 노력해도 고통에서 벗어나기 어려웠다.

문옥은 결혼하고부터 엄마를 이해했고 아버지를 미워했다. 엄마를 전적으로 이해한 데는 같은 여자로서 남자들, 예를 들어 남편과 아버지, 그들이 가부장적인 태도를 고수하면서 부부가 역할은 다를지라도 같은 노동을 했음에도 평등은커녕 종처럼 부린다고 생각해서다. 집안의 가장이라면 자신을 믿고 따라와 준 사람에게 말로라도 위로해 주어야 한다. 남편이 아내에게 바라는 것이 있듯이 아내도 남편에게 바라는 것이 있지 않겠는가. 당근은 없고 채찍질만 하는 아버지와 남편을 동격으로 생각했기 때문이다. 아버지를 미워한 데는 항상 일하느라 바쁜 엄마에 대한 무심함이 근원이었다. 아버지와 같이 들일을 하고 집에 들어와서도 엄마는 저녁밥을 지어야 하고 빨래를 하며 집안일에서 헤어나지 못하는 것을 곁에서 보아왔다. 아버진 가끔씩 쉬기도 하지만 엄마는 그렇지 못한 모습이 불공평해 보였다.

그런데 나이가 들어가면서 아버지에 대한 객관적인 시각이 생겼다. 여자와 남자를 구분하지 않고 한 인간으로 볼 때 가장이라는 무거운 책임감과 짊어진 무게로 봐서, 아버지가 젊어진 짐이 얼마나 무겁고 힘이 들었을까? 하는 생각이 들었다. 들에 나가서 일 년 내내 피땀 흘려 고생해도 먹고사는 것 뿐 아무리 등골이 휘도록 노력해도 아무것도 남는 게 없고, 봄이 되면 다시 일을 시작해야 한다. 마치 시지포스처럼 다시 무거운 돌을 산꼭대기까지 올려야 하는 힘든 한해가 기다리고 있다. 알 수는 없지만 아버지는 멘탈이 무너졌을 것이다.

자신의 짐이 무거워서 쩔쩔매는데 어떻게 늘을 사랑하고 아내를 사랑하라고 다그칠 수 있겠는가. 아버지는 가족을 먹여 살리려고 혼신의 힘을 쏟아왔고, 아무도 외롭고 힘든 것을 알아주는 사람 없어도 묵묵히 앞을 향해 걸어간다. 자신이 낳은 딸도 애비의 고통을 몰라준다고 생각한다면 얼마나 억울할까. 아버지의 삶은 억울함의 연속이었다. 성장기는 그야말로 고통으로 이어진 삶이었고 목숨을 부지한 것이 기적일 정도다.

아버지가 4살 때 엄마가 돌아가셨다. 7살인 형과 젖먹이 남동생, 삼형제를 남겨놓고 엄마가 돌아가셨다. 젖먹이 동생은 엄마를 잃고 바로 죽고 형은 소아마비를 앓고 장애자가 되었다. 유일하게 온전한 사람은 아버지뿐이었다. 아버지는 새엄마가 들어오고부터 천덕꾸러기가 되어서 많은 고생을 겪으면서 가까스로 버텨냈다.

*

아버지를 힘들게 한 근원적인 제공자는 할아버지 허만복이었다.

할머니가 돌아가시고 얼마 후 허만복에게 새 장가를 들어야 한다고 중매가 들어왔다. 가평 산골이었지만 곧잘 산다는 집이라 여러 군데서 중신이 들어왔는데 허만복은 그중에서 가장 어리고 예쁜 여자를 골라 재혼했다. 그때 허만복은 33살이었고 아이가 둘 딸린 홀아비였다. 그런 그가 16살인 어린 처녀를 선택했는데 17살 차이였다. 그것도 총각이라고 속였다.

당시 허만복의 청춘은 싱그러웠다. 33살의 허만복은 자기 앞에 놓여 있는 질곡의 인생을 알지 못한 채 웃고 있었다. 모두들 만복이라는 이름대로 복이 많다고 부러워했다.

그러나 허만복의 결혼 스토리는 처음부터 불행을 예고했다. 16살이었던 신부는 어린 여자를 좋아하는 허만복이 자격도 안 되는 처지에 속여서 33살 홀아비와 결혼했다는 걸 알고 기막혀 했다. 결혼 후 곧바로 임신했는데 입덧이 심해지자 죽은 큰마누라 귀신이 씌었다며 읍내에서 용하다는 무당을 불러 굿을 하기 시작했다.

사흘이 멀다 하고 굿을 하느라 부엌에는 시루떡이 끊이지 않았다. 연년생으로 애를 낳는 바람에 끊임없이 입덧에 시달렸고 그때마다 죽은 큰마누라 탓을 하며 굿을 했다. 할머니가 큰마누라 귀신이 있다고 굳게 믿는 바람에 굿은 계속되었고, 굿 비용에 가산이 차츰 기울기 시작했다.

허만복은 자신이 한 거짓말 때문에 기가 죽었고 새 마누라가 점점 더 권력을 확대하고, 행패가 심해졌다. 허만복의 위치는 두 아들과 함께 저주의 대상이 되었고 회복할 수 없는 종신형을 받고 추락했다. 새엄마에게 떠안겨진 두 형제의 존재는 세상에서 없어져야 할 존재이자 모든 불행의 근원이 되었다. 보는 이웃들만 없었으면 제거되었을지도 모른다.

아버지의 새엄마인 할머니의 행패는 상상을 불허했다. 모든 권력이 새엄마에게 넘어가 있어서 아무도 굿을 그만 두자는 말을 할 수 없었다. 온 가족이 새엄마 앞에선 죄인이었다.

사족으로, 이복형제인 여동생들도 자신을 낳은 새엄마를 닮아서인지 입덧이 심했는데 주변 사람들을 괴롭혀서 멀쩡한 사람을 잡고도 남을 정도로 심했다고 한다.

새엄마는 전실 자식인 두 아들을 지워버리고 싶은 존재로 취급했는데 이런저런 일로 구박하고, 없는 사람 취급하거나 고통을 주면서 무시했다. 아버지와 형님, 두 사람은 집에서 완전한 이방인 신세가 되었다.

그런 와중에 새엄마에게 또 동생이 태어났다. 어린 동생이 울고 보채면 둘째 아들인 아버지가 돌보야 했다. 어느 날 한밤중에 어린 동생이 방바닥에 설사를 했는데 배설물이 동생이 누워 있는 머리까지 가득해서 베고 누워 있을 정도였다. 같은 방에서 자고 있던 아버지가 해결해야 하는데 방안을 둘러보았으나 신문쪼가리 하나 보이지 않는다. 들이라면 호박잎이나 들풀로 해결하면 되는데 한밤중이라 그럴 수도 없다. 볏짚을 쌓아 둔 마당으로 달려가서 볏짚을 가져와서 배설물을 치운다. 그런데 한두 번으로 끝나지 않는다. 짚이 성글어서 변을 조금씩 밖에 담아낼 수 없어 수도 없이 들락거려야 했다.

아버지의 어린 시절을 몰랐던 나는 어린 이복동생을 들쳐 업고 똥 기저귀를 빨면서 동동거리며 살아왔을 아버지의 지난 시간이 눈앞에서 보는 듯 환하게 다가온다.

아버지가 이복동생인 고모에게 그런 얘기를 하면 고모는, 자기 때문에 고생한 아버지에게 고마웠다는 말은 못할망정 오히려 화를 내었다. 새엄마가 전처 자식이 아무리 동생들을 잘 돌보고 고생해도 고마워하기는커녕 미움만 가득했으니 그 꼴을 보고 자란 고모도 같은 생각을 할 수밖에 없었을 것이다.

아버지 허준호는 여섯 살도 안 되어서부터 부엌 아궁이에 불을 지폈다. 전날 우물물을 길어다 커다란 가마솥에 부어놓은 물을 데워놓아야 한다. 새엄마는 늦게 일어나서 바가지에 쌀을 담아 부엌으로 와서 물로 한 번 헹구어내고 씻는 둥 마는 둥 문지르고 조리질을 해서, 돌을 일어 솥에 안치고 들어가면 끝이다.

그때 물이 뜨거우면 제 어미를 데어 죽이려고 끓여놨다고 푸념이고, 덜 따듯하면 죽은 놈 잇몸만도 못하다고 나무라면서 불붙은 부지깽이를 휘두르면서 가슴과 복부를 마구 찔러댄다.

겨울이면 밥을 짓고 나서, 겨울철 김장김치를 저장해둔 김치광으로 가서 김치를 꺼내려는데 항아리가 너무 깊어서 손이 닿지 않는다. 항아리 입구를 꽉 잡고 온몸을 기울여야 겨우 손이 닿는다. 김치를 꺼내어 손에 들고 부엌으로 와서 썰어 놓는다. 하마터면 김칫독에 빠져 죽을 것 같아 겨우 빠져나온 날도 있다.

여름에 새엄마로부터 김을 매라는 명령이 떨어지면 복중伏中이라도 아버지는 혼자 밭에 나가 호미로 잡초를 제거하면서 끝이 없는 노동에 시달려야 한다. 한번은 밭을 매다가 허리가 아파서 펴고 일어서는데 장터에 다녀오던 허만복 할아버지가 멀리서 보고는 할머니에게 일러 바쳤다.

"그 녀석 밭을 매는 게 아니라 서서 쉬기만 하더라구!"

새엄마인 할머니는 그렇다 치고 할아버지는 자기 자식인데 편을 들어줘도 시원찮은데 할머니에게 일러 매를 맞게 하다니! 젊은 여자인 할머니라는 막강한 권력 앞에 굴복한 것이다. 권력관계에서 밀려난 할아버지가 할머니 마음에 들어보려고, 처절한 비위 맞추기에 돌입한 것이다.

"죽일 놈의 할아버지. 어떻게 그럴 수 있어?"

문옥은 그 말을 듣고 분개했다. 여섯 살 어린아이가 가림막이 없는 세계에 노출된 것이다. 허만복은 아버지라는 사람이 자신이 보살펴주어야 할 어린 생명을 팽개친 채 새 마누라 비위 맞추기에 급급하다니. 눈앞에서 무법천지로 자행되는 일들을 보고도 모른 체하고 오히려 동조하다니!

할아버지는 17살이나 어린 여자에게 거짓말로 속여서 재혼한 죄과가 있어서인지 새 마누라에게 잘 보이려고 그랬는지, 기세가 등등한 마누라 편에 서서 살길을 찾으려는 건지, 들볶임에서 해방되려는 건지는 알 수 없지만 인간이 되기를 포기해버린 비겁한 애비다. 고생하는 아들이 불쌍하지도 않은가? 길거리에 버려진 아이라도 불쌍할 텐데 남만도 못한 애비다. 흔히 하는 말들이 있다. '계모에게 전실 아이는 미울 수 있지만 애비는 그보다 한술 더 뜬다'고. 새 마누라에게 잘 보이려고? 부부사이에도 권력서열이 존재한다.

한번 기세가 꺾인 패자는 영원히 패자가 된다. 할아버지 허만복은 할머니에게 패배한 듯하다, 아니 패배했다.

*

허만복이 처음부터 그랬던 건 아니다. 완고했던 허만복은 새댁인 젊은 여자와 결혼한 이후 성격이 바뀌었다. 언젠가부터 새 마누라 눈치를 보기 시작했다. 그게 사랑이었는지는 모르겠으나 새댁인 아내에게 꼼짝하지 못했다. 전처소생인 두 형제가 두들겨 맞아도 눈을 감고 아무 말도 못하고 새 마누라 눈치만 살폈다. 허긴 자신도 살아남기 힘든 처지에 자식들까지 감쌀 의욕도 힘도 없었다.

새 마누라에게 잘 보이려고? 왜 자신의 권력을 미리 버리는가? 새 마누라와 함께 자기 아들 흉을 본다고 자신의 거짓말에 대한 보상이 되는가? 자기 아들을 희생양으로 만들면서까지 마누라 편을 들면 자신의 입지가 더 좋아지는가? 할아버지는 왜 제 자식의 고통을 보고도 눈감은 것일까? 무소불위의 힘을 가진 새 마누라에게 잘 보이려 하는 것까지는 이해가 간다고 치자, 그런데 고자질까지 하는 것은 새 마누라와 함께 자식을 버리는 행위다. 왜 굳이 그렇게까지 할 건 뭔가?

"제발 일찍 일어나게 해주십시오."

아버지는 저녁이 되면 절을 하고, 내일 아침 일찍 일어날 수 있도록 두 손을 모아 빌고 나서 잠자리에 들었다. 조금이라도 늦잠을 잤다가는 매를 맞기 때문이다. 그래서 누구든 잠든 아버지를 깨우지 못했다고 하는데, 깨우면 기절하도록 깜짝 놀라기 때문이라고 한다. 얼마나 매질을 당했으면 잠을 깨우면 아이가 놀랄까? 어린아이가 그토록 혼비백산하도록 놀랄 정도였으니 하루하루가 공포, 그 자체였을 것이다.

　아버지 가슴과 등에 지금도 커다란 상처가 여러 군데 남아 있다. 아무도 치료해 주지 않아 아버지의 할아버지가 옛날 방식대로 쑥으로 뜸을 떠서 치료했다고 한다. 오랫동안 앓은 흉터가 아직 남아 있다.

　둘째 아들인 아버지는 심신이 고달팠다. 할아버지는 큰아들이 집안 장손에다가 장애자임으로 가난한 집 딸을 며느리로 삼았다. 할머니의 며느리 구박은 가히 짐작하고도 남는다. 형수의 시집살이 이야기와 아버지가 당한 고통은 비슷했다.

　할머니는 며느리가 빈손으로 왔다고 구박했는데 불붙은 부지깽이로 찌르기는 기본이었다. 며느리는 머리빗을 감추는 바람에 빗질을 못해서 풍성한 머릿결에 이가 득실거렸다. 머리가 너무 가려워서 빗을 찾아보았으나 보이지 않았다. 그래서 더듬어보니 벽지가 들뜬 사이에 감추어져 있어 할머니 몰래 찾아 머리를 빗어보았다. 가난한 집 처녀 아니고 누가 장애자에게 시집을 오겠는가. 그리고 서모가 행패를 부린다는 소문이 인근에 파다한 집에. 친정댁이 가난해 하나라도 입을 줄여야 한다는 취지에서 시집을 보낸 것이다.

　어느 날 모진 시집살이를 견디다 못해 집을 뛰쳐나가 도망치던 형수는 시댁 가족에게 잡혀 돌아왔다. 그 후 할아버지를 비롯

한 집안 종친 어른들이 간신히 큰아들 장가들이느라 애를 썼는데 며느리가 도망가면 큰일이라고 해서 따로 독립시키기로 결정했다. 그리고 성한 동생인 아버지도 함께 딸려 보내기로 했다.

그렇게 해서 아버지가 지옥 같은 할아버지 집에서 해방되었다. 그 후 아버지는 형수와 같은 고통을 경험한 동지가 된 것이다. 그리고 형과 형수를 향한 사랑은 서로를 이해하고 또 서로를 불쌍하게 생각하는 측은지심으로 정이 더욱 끈끈해졌다. 아버지는 평생 형을 지켜야 한다는 사명감을 갖고 있었고 사랑이라는 굵은 고삐에 묶인 소였다. 두 분은 우애가 극진했다.

*

태평양전쟁 막바지에 소개(피난)를 간 곳이 용인이다. 그곳에서 해방을 맞았다. 해방 후 아버지 허준호는 그곳에 정착할 예정으로 농지를 샀다.

아버지는 일본인 회사에서 근무했었는데 퇴직금으로 적산 가옥과 논을 구입했다. 열심히 농사를 지었고 제법 부농 소리를 들었다. 아버지는 그것으로 만족하고 늘 감사했다. 농사를 지으면 늘 좋은 것으로 형님에게 가져갔다. 감사의 마음을 전했던 것이다. 아버지와 형수님은 각별한 사이여서 형수도 고마워했고, 아버지의 첫사랑이었던 셈이다. 평생 처음 따듯한 밥을 먹을 수 있고 어려운 일에 함께 가슴 아파하는 가족이 있음이었다.

 엄마는 남편의 뜻에 따라 열심히 큰집을 섬겼다. 그 바쁜 와중에 밤새워 고춧가루는 물론이고, 들기름, 참기름에 깨소금용 참깨도 곧 바로 먹을 수 있게 깨끗이 씻어 말려서 보냈다. 어린 고추를 따서 찹쌀에 묻혀 찐다. 그리고 그것을 말린다. 서울에 가져가면 기름에 튀긴 고추를 큰아버지가 좋아한다고 늘 정성을 들였다. 농사를 지어 얻을 수 있는 모든 것을 보내는 셈이다.

 그런 정성을 큰아버지와 큰어머니도 알고 있었다. 정성을 알아주고 고마워한다는 것이 또 고마워서 아버지와 엄마는 힘들 줄도 모르고 기뻐했다. 두 분은 우애가 극진했다. 서로의 끈끈한 정, 피붙이의 귀중함을 아는 두 분 덕에 우리 집 가훈은 '형제간의 우애'이다.

 6·25전쟁이 터졌다. 큰집 가족은 한강 다리가 끊기기 직전에 서울을 탈출해서 용인에 있는 동생에게로 피난을 왔다. 아버지는 당연히 큰집 가족을 반겼다. 함께 생활하는 과정엔 별문제가 없었다. 그러나 전쟁이 막바지로 치닫고 승산이 안 보이자 형인 큰아버지는 겁이 났다. 동생 집도 불안해서 더 깊은 산골로 피난을 가고 싶어 했다.

 "느이는 몸이 성하니 적이 쳐들어오면 빨리 도망갈 수 있지만 나는 뛰지 못하니 그대로 있다가 당할 수밖에 없다."

아버지는 형의 마음을 알고 승낙했다. 승낙이 아니라 강행을 한 것이다. 아버지에게 형님은 '신'인 동시에 거역할 수 없는 거대한 힘이었다. 무조건 형님을 지켜야 한다는 신념을 가졌다. 아버지에게 그것은, 같은 몸인 동시에 피보다 진한 사랑이고 함께 고통의 터널을 지나온 동지이고 의리였다. 의리를 저버리는 행위는 짐승만도 못한 것이고, 의리를 지키는 것이 사람의 도리라고 여겼다.

마침내 큰집 가족과 함께 '득골'이라는 깊은 산중으로 피난 가기로 했다. 우리집에서 깊은 산골 높은 산, 고개를 넘어야 하는 곳이다. 가파른 고갯길은 이십 리가 넘었다. 큰집 가족이 자급자족할 수 있다면, 어디로 가든 내가 상관할 일은 아니었다. 문제는 아버지가 여섯 식구의 식량을 공급해야 한다는 것이다.

문옥은 지금도 눈에 선하다. 아버지라고 하면 늘 노동에 지친 가장이 얼마나 힘이 든 짐을 져야 하는지 그때 알았다. 맨몸으로도 오르기 힘든 고개를 보리쌀과 쌀을 등에 짊어지고 넘는다. 앞서가는 아버지 장단지의 굵은 힘줄이 눈앞에 어른거린다.

고갯마루를 넘지 못하고 힘이 들어 잠시 쉬는 동안 아버지는 땀을 비 오듯 쏟고 있었다. 목에 걸친 흰 수건으로 땀을 닦아내면서, 지게에 기대선 아버지는 무표정이었다. 그렇게 몇 번을 더 고갯길을 넘었는지 모른다. 시지포스의 신화는 아버지를 두고 하는 말 같았다.

 잠시 쉬었다가 또다시 무거운 돌을 짊어져야 하는 고독한 사내, 고통을 짊어져야 하는 시지포스가 거기 있었다.

 추운 겨울에도 등에 진 짐이 무거워 땀을 흘리던 아버지. 아침 일찍 일어나 아침밥을 먹고 도시락을 싸들고 먼 산으로 나무를 하러 다녔다. 가까운 곳은 개인 소유이고 또 남들이 다 해가서 깊은 산중으로 들어가야 솔잎이나 고주박(고사한 나뭇등걸)을 얻을 수 있기 때문이다. 아버지는 해가 뉘엿뉘엿 넘어갈 무렵 돌아왔다. 저 멀리서 커다란 나뭇짐이 천천히 걸어온다. 좀 더 가까이 와야 아버지가 보인다. 자신보다 몇 배 더 큰 짐 때문에 아버지가 보이지 않았던 것이다.

 인생은 고해苦海라는 말은 아버지라는 이름 앞에 붙여야 하는 말이다. 불공정한 출발선에서 시작한 삶에서 공정한 출발자와 같이 삶을 지키려고 노력한 아버지, 평생 무거운 짐을 진 아버지. 나무를 해 와서 앞마당에 높게 쌓아 놓고 기뻐하셨다. 땔나무 더미를 바라보는 엄마는 흐뭇해했다. 남들보다 커다란 땔나무 덩치가 앞마당에 산처럼 높이 쌓였다. 부지런한 아버지의 가족에 대한 사랑이었다. 이 땅에 가난한 농사꾼이 가야 할 운명이었고, 아버지는 그렇게 가족을 위해 짐을 지고 묵묵히 걸어가는 한 가족의 가장이 되었다.

*

 아버지라는 호칭도 아까운 부모도 있다. 허만복이 그 케이스였다. 할아버지 허만복은 읍내에서 한약방을 운영하고 있었다. 아버지가 장에 갔다가 할아버지 댁에 잠시 들리면 아들이라는 명목으로 노동에 찌든 아버지에게 일을 시켰다.
 그때 이복동생인 삼촌은 평생을 할아버지 밑에서 일도 안 하고 놈팽이처럼 살고 있었다. 새파랗게 젊은 나이에도 그저 놀러 다니면 그만이었다. 그럼에도 삼촌에게는 아무것도 시키지 않고 아버지에게 일을 시켰다.
 "온 김에 뒷간에 똥 좀 치우고 가거라."
 '집에서 번들번들 노는 놈은 뭐하고 나보고 똥통을 치우라고 할까.' 아버지는 불만이 있어도 대꾸도 못했다. 속이 부글부글 끓어오르는데도 뒷간에 쌓인 똥통을 치우고 왔다는 것이다.
 그 말을 들은 문옥은 펄펄뛰었다.
 "아버진 싫다고 그냥 오시지. 왜 일을 하고 와서 억울해 해요?"
 그런데 아버진 할아버지의 명을 거역할 수 없었던 것이다. 어려서부터 아버지가 아니라 권력이었고 언제나 자신을 이용하기만 하고 보호해 주지 않는 아버지라는 이름. 지금도 그 힘에 대항할 의지가 없었나 보다. 그럼에도 아버지는 할아버지가 병환 중일 때 정성을 다했다. 왜 그랬을까? 자신의 보호막이 되어 주지 않았던 아버지에게 적개심은 없었을까? 어디에서 측은지심이 나왔으며, 왜 돌봐야 한다는 생각이 들었을까? 할아버지가 원망스럽고 미웠을 텐데. 그래도 아버지라고!

자신의 마음이 시키는 대로 행동하면 될 것을 굳이 효도라는 차원에서 본능을 감추려는 것은 뭐였을까? 옆에서 지켜보니 마음 깊이 우러나온 사람이 하는 행동처럼 보였다. 이해하기 어려웠다. 아버지라는 존재를 미워하면 마음이 편치 않아서? 착한 마음을 가진 내 아버지는 부모에 대한 미움을 가슴에 간직한다는 것이 괴로웠을 것이다. 차라리 이참에 아버지를 사랑하자. 그러면 자신은 미움에서 해방되고 편안해질 것이다, 그렇게 생각하지 않고서는 어려운 일이다. 결과적으로 아버지의 부정한 대우에서 분노를 버리는 쪽으로 선택했던 것 같다.

*

아버지 병환이 급속히 깊어갔다. 문옥은 이번이 마지막일지 모른다는 생각에 벌떡 일어나 고속버스를 탔다. 아버지를 한 번이라도 더 보고 싶어 친정집을 찾았다. 하루 다녀오기로 한 것이다.

무엇을 해 드릴까 생각하다가 약주 생각이 났지만 지금은 드실 수 없다. 이젠 아버지에겐 아무것도 필요하지 않았던 것이다. 마지막이라도 깨끗한 옷 한 벌을 입혀드리고 싶어 연회색 바지와 흰색 저고리를 샀다.

하얀 바지저고리를 입고계신 아버지 모습은 투병 중인데도 단아해 보인다. 실어중이 되어가는 아버지는 말할 기운도 없어 입속으로 무슨 말을 하고 싶은지 입술만 움직일 뿐 말이 들리지 않았다.

마지막까지 시집살이에 고생하는 딸을 안타까워 한 '내 아버지' 그분의 마음을 아프게 한 딸이다. 그럼에도 마지막 가시는 길에서조차 아무런 대책도 없이 아버지 손만 잡고 있었다.

해가 기울어지자 내 아이들이 있는 집으로 돌아가야 한다.

"아부지 또 올게… 식사는 꼭 드시고 엄마가 하라는 대로 하세요."

잡고 있던 아버지의 손을 놓고 일어설 수밖에 없었다. 잡은 손을 놓기 싫어서 아버지는 딸이 일어설 때까지 손을 잡고 있었다. 마지못해 일어서면서 잡고 있던 아버지 손을 놓았다. 내 무릎에 있던 아버지 손이 미끄러지듯 툭하고 떨어졌다. 아버지의 따듯한 눈, 애석해 하는 눈을 들여다보며 눈인사를 하고 일어섰다.

방문을 열고 마루로 나왔을 때 그 와중에도 어머니는 커다란 보퉁이를 만들어놓았다. 툇마루에 놓여 있는 보자기가 모자라 노끈으로 이어맨 보따리 속엔 농사를 지은 잡곡이며 김장거리가 들어 있었다.

버스 정류장까지 바래다주겠다며 어머니는 보따리를 머리에 이고 버스 시간이 촉박하다고 재촉했다. 그때 방에 있던 동생이 마루로 뛰어나와 아버지의 마지막 말을 대신 전해 주었다.

"언니! 아버지가 언니 잘 가래."

목소리가 나오지 않아 입술만 들썩인 말. 아버지가 내게 한 마지막 말이었다.

"자알~ 가~거~라~아!"

그 순간에도 아버지는 생명줄을 붙잡고 죽음과 맞서 힘겨운 싸움을 하고 있었을 것이다. 그런 아버지를 뒤로 하고 어머니가 싸준 보따리를 들고 대문을 나섰다. 아버지 고통을 외면한 채 친정에서 곡식을 싸들고 가는 참으로 염치없는 딸이다.

*

지금 아버지의 환하게 웃던 얼굴이 떠오른다. 이른 아침 논에 물고를 보러 갔다 와서 웃으며 말했다.

"우리집 논에 벼 포기가 시커멓게 자라고 있어!" 벼 포기가 여러 겹으로 커지는 것을 보고 행복해했다. 맏딸인 나를 이웃 동리 사람들에게 우리 딸이라고 자랑스럽게 소개했다. 공부를 잘하는 것을 보고 이제는 여자도 장관을 하는 시대라고 꿈을 가지셨다.

"허문옥 장관."

그런 큰 기대도 물거품이 되었고 다만 시집을 가서 고생하는 딸을 보고 가슴 아파하신 아버지다. 자신과 아내의 고생은 그러려니 했고, 오로지 딸만은 고생하면 안 된다고 생각하셨다.

여름에 냉장고가 없을 때, 전화도 없어서 남편이 저녁을 먹고 오는지 그냥 오는지 몰랐다. 그래서 모처럼 남편에게 맛있는 저녁을 준비하고 기다렸다. 그럴 때 저녁을 먹고 들어왔다고 하면 맥이 풀린다. 밤중에 내가 먹을 수도 없었다. 혹 내가 먹었다고 해도 헛일이라는 생각이 든다. 음식은 냉장고가 없어 상해버린다. 나는 남편이 맛있게 먹어야 음식을 만든 보람이 있다고 생각이 들었다. 내가 먹어버린 음식이 아까웠다. 그 이야기를 들은 아버지는 목이 메어 말을 못 하였다.

"에이 이 가엾은 자식아. 네 입은 입이 아니고 무엇이냐."

신작로에서 보이는 느티나무가 있는 동네가 그녀 친정집이다. 대청마루에 앉으면 신작로가 보인다. 국도로 수원과 여주 중간인 용인 읍내로 접어들기 직전 신작로에서 조금 떨어진 마을은, 플라타너스 가로수가 울창해서 여름에는 지나가는 차들이 잘 보이지 않는다. 아버지는 바쁜 와중에도 시집 간 딸이 보고 싶어 온종일 신작로만 쳐다본다.

비포장도로에서 흙먼지를 크게 일으키며 지나가면 커다란 화물차나 시외버스다. 그리고 적은 먼지를 뒤꽁무니에 달고 지나가면 소형차다. 흙먼지가 멈추면 내릴 사람이 있다는 신호였고 시외버스였다. 흙먼지가 일어날 때마다 고개를 빼들고 있다가 멈추지 않으면 곧바로 눈길을 돌렸다.

하지만 먼지가 멈추면 행여 딸이 오나 하고 서서 바라보다가 아니면 그때마다 실망하셨다.

큰딸인 문옥이 서울에서 안 내려오자, 무척 서운해 했다는 말을 나중에 어머니에게서 들었다. 아버지가 울적해 하면서 돌아서서 눈물을 훔쳤다고 했다. 아버지는 지난 가을 시집간 딸을 기다리고 또 기다렸다. 하루 종일 기분 좋게 친척, 손님을 대접하고 친구들과 어울려 마신 술로 거나하게 취한 아버지는 손님들이 떠나고 해가 서산에 기울기 시작하면서 화를 내기 시작하셨다고 했다.

"이 녀석이, 오늘도 안 오는구나! 오는 차비만 해 가지고 오면 될 것을…."

한숨과 함께 돌아서는 아버지 눈에 슬픔이 맺히셨다. 아버지의 슬픈 표정을 볼 적마다 어머니 마음도 안타까웠고, 가슴이 빈 것처럼 서글펐다. 어머니도 시집간 딸이 못 올 줄을 알고 있었지만 혹시나 하고 아버지와 마찬가지로 '신작로 바라기'를 했고 곧 체념하셨다.

길에서 혹은 버스정류장이나 거리에서도 아버지와 비슷한 사람을 만나기도 했다. 어떤 때는 뒷모습이 아버지와 똑같은 사람을 발견하기도 했다. 아부지~ 하고 불러 보려다 그만두었다. 뛰어가서 아버지의 투박한 손을 만져보고 싶었다. '아부지이' 생각에 목줄이 아파온다. 나는 아버지라는 고향을 찾아 떠도는 보헤미안이다. 영혼을 잃어버린 것처럼…. 돌아가신 아버지, 그 말 없는 사랑이 이제야 가슴에 와 박힌다. 받기만 했던 나, 그 주신 사랑이 고마워 한 번 안아드리고 싶다.

  시집 간 지 두 해가 지난 가을, 문옥은 첫아이를 낳으러 친정으로 갔다. 신작로에서 보이는 느티나무가 있는 동네가 친정집이다. 버스에서 내려 느티나무를 향해서 십 분쯤 걸어가면 '우리 집'이다.
  급한 마음에 좋은 길을 접어두고 논두렁길로 질러가는 길로 들어선다. 누렇게 고개를 숙이기 시작한 벼가 허리춤을 넘어 가슴께로 올라온다. 메뚜기가 후드득 날고 논두렁에 심은 콩넝쿨이 다리에 엉켜든다. 콩 줄기를 헤치며 논두렁을 가다보면 정강이 사이로 날벌레가 스치고 잠시 멈추어 서면 발치에 소금쟁이가 작은 물살을 가른다.
  그때 마당에 계시던 아버지가 그녀를 보고 환하게 웃으셨다.
  "넘어질라! 큰길로 오지 않고….'

*

  아버지가 위독하다는 연락을 받고 급히 친정집으로 내려갔다.

마당으로 들어서자 어머니는 내 손을 잡고 터져 나오는 울음을 참느라 입술을 실룩인다.

검은 띠를 두른 아버지 사진이 병풍 앞에 놓여 있다. 제상 앞에 놓인 만수향, 촛불이 바람에 위태롭게 흔들린다. 병풍 뒤로 가서 하얀 시트를 벗겨본다.

아버지의 반듯한 이마 깨끗하게 감긴 머리가 살아있을 때처럼 보드랍다. 턱이 약간 들려 졌고 인중도 같이 올라가 있고, 아버지의 가지런한 이가 드러나 보인다. 순간 아버지가 나를 반기는 것 같고, 마치 웃는 것 같다.

"아버지 제가 왔어요. 눈 떠 보세요." 아버지 가슴에 귀를 대본다. 심장 소리가 들릴 것 같아서다. 아버지 저고리 앞섶을 헤쳐본다. 목에서부터 시작한 혈흔이 아버지 가슴으로 붉은 피멍이 이어져 보인다.

살아생전 가슴 아픈 일이 많아서 그런 것 같다. 그렇게 무리한 노동으로 일생을 살던 아버지는 55세라는 젊은 나이에 세상을 떠나셨다.

저세상에서는 편안했으면 하는 바람과 함께 아버지와의 수많은 사연이 그녀 눈앞을 지나간다.

(2024)

왕이 귀환하다

내 이름은 찌질이다. '오야붕' 따까리로 있을 때 그가 지어준 별명이다. 너처럼 마음이 심약해서 세상에 나가서 무슨 일을 하겠느냐? 강하게 살라는 역설적인 뜻으로 내게 붙여준 애칭이었다.

그때부터 나는 조폭 세계에서 만석이라는 이름 대신에 찌질이로 통했다. 그는 세상 물정 모르는 나의 어수룩함을 좋아했다. 어리숙하면서도 명석한 머리를 가진 나와 자신의 힘과 뱃장이 합치면 시너지 효과를 낼 수 있음을 알았을 것이다. 나의 모자람을 묵인한 것은 무례한 사람들이 득실거리는 조폭 세계에서 예의 바르게 행동해야 한다는 어쭙잖은 철학을 가졌기 때문이다. 오야붕과 지낸 세월은 나에게도 전성기였다. 오야붕의 본명은 '오대봉'이다. 그는 수원에서 이름값을 하고 다녔다. 깡패학교로 유명한 공고를 다녔다.

그의 가방에는 책 대신 줄칼과 스크레이퍼, 스위스 만능칼을 넣고 다녔다. 그는 그때부터 유명한 싸움꾼이었다. 평소에는 말이 없었지만 성질이 나면 눈에 보이는 게 없었다. 생각하고 말고가 없이 눈 흰자위가 옆으로 휙 돌아감과 동시에 벽돌이고 뭐고 간에 휘둘렀던 것이다. 그는 어떤 것도 두려워하지 않았다. 연필보다 벽돌을 먼저 들었던 싸움의 귀재! 일단 싸움을 시작하면 반듯이 피를 봐야 직성이 풀리는 호전성! 어떤 상황에도 상대에게 치명적인 위해를 가하는 잔인성! 아무리 무서운 상대라도 절대 겁먹지 않는 담대함! 오야붕은 싸움을 위해 태어난 사내였다.

언젠가 그가 내게 말했다.

"싸움판에선 상대의 허점을 이용해 뒤에서 공격하면 끝이지."

"비겁한 거 아닙니까?"

"승자가 선이란 것도 모르냐? 그건 기선을 잡은 후도 늦지 않아."

그는 씩 웃었다.

"싸움에선 선제공격을 하고나서 달려드는 놈의 힘을 이용해서 돌려차기로 급소를 가격하면 끝나지. 정면으로 대결할 때에도 두 발만 버티고 있으면 크게 밀리진 않아."

그와의 인연은 중학교 시절부터다. 같은 동네 골칫거리들이었다. 그는 의부의 학대를 피해 외갓집에 온 아이였고 나는 양반집 아들이었지만 늙은 아버지가 팔푼이 식모를 건드려 낳은 천덕꾸러기였다. 집안 어른 누구도 나에게 관심이 없었다. 공부엔 취미가 없었지만 그래도 학교는 다녀야 했다. 등록금이 없어 퇴학을 당한 내가 학교를 다닐 수 있었던 것은 그의 마음에 들고부터다. 그를 따라다니면 겁나는 게 없었고 누구라도 다 이길 수 있을 것 같은 기분이었다. 나는 그의 그늘에서 고등학교까지 다녔다. 어디서부터 오야붕 이야기를 시작해야 할지 모르겠다.

오야붕을 쓰러뜨리고 승자가 된 망치 형에게서 전화가 온 것은 어제 저녁이었다. 강남에 모셨으니 잘 부탁한다는 거였다. 왕년에 조폭이던 오야붕이 구룡산 아래 무허가 판잣집에 혼자 살고 있다니 믿어지지 않았다. 오야붕을 만나기가 두려웠다. 내가 자신의 애인을 꿰차고 도망쳤다는 소문을 의심치 않고 있으리라 생각했기 때문이다. 나는 망치에게 물었다.

"망치 형님! 어떻게 제가?"

"야! 찌질아. 넌 어떻게 된 놈이 큰형님을 그렇게 모르냐? 널 그냥 나둔 것은 못 잡은 것이 아니라 안 찾은 거야. 알았냐?"

망치는 말을 하면서 혀를 찼다. 주먹 세계의 의리인지 리더의 자리에 오른 자의 자신감인지 망치는 구룡마을 재개발 단지를 접수하고 오야붕에게 임시로 거처를 마련해 줬다고 했다. 나는 내키지 않았으나 오야붕을 찾아가 보라는 망치의 뜻을 따르기로 했다.

오야붕의 전성기가 눈앞에 떠오른다. 15년 전, 그가 오야붕이 되던 날의 일전은 눈부신 것이었다. 변두리 주먹들을 제압하고 세를 불려 전국 어떤 패거리가 몰려와도 끄떡없는 세력을 확보했던 것이다.

180센티미터의 큰 키에 빠른 몸놀림과 발차기가 주특기였다. 그는 날카로운 눈초리로 둘러선 패거리들을 이리저리 둘러보았다. 그의 좌우 등 뒤에서 거칠게 자갈 밟는 소리가 났다. 그는 걸음을 멈추고 고개를 숙이면서 먼저 오른쪽부터 치고 들어오는 공격을 돌려 막았다. 점퍼 자락을 자른 나이프가 반짝이며 바닥에 떨어지는 둔탁한 소리가 났다. 조금의 틈을 주지 않고 왼쪽에서 덮치는 검은 그림자를 뒷발질로 때려눕히고 곧바로 옆에서 주먹을 뻗는 놈의 팔을 비틀면서 사타구니를 걷어찼다. 바로 앞에서 달려드는 또 다른 놈의 목을 감아 내동댕이치고는 추격을 피해 전속력으로 달렸다.

나는 오야붕이 지그재그로 달리도록 길을 열어주었다. 그리고 나는 그들에게 잡혀 죽도록 얻어맞았다. 눈을 떴을 때는 병원이었다. 그 후 나는 오야붕의 신임을 얻었다.

오야붕이라는 자리는 조직만 건재하다면 기막히게 좋은 자리다. 부하들의 충성심이 있는 한 왕으로서의 자부심을 만끽할 수 있다. 나도 언젠가 최고가 되리라는 꿈을 꾸었다. 그러나 나는 오야붕을 따라갈 수 없었다. 최고는 머리로 하는 것이지 덩치로 하는 것은 아니라는 생각을 하면서 자신을 위로했다.

시간이 지나면서 그의 폭력이나 불법행위를 대신 막기엔 역부족이었고 계속 오야붕의 분신처럼 충성을 바쳐야 할 일 또한 버거웠다. 그러나 떠나지 못했다. 건달 세계에도 룰이라는 게 있는데 명분이 없었다. 그 이후 오야붕을 배신할 수밖에 없는 일이 벌어졌다. 오야붕 애인의 꼬임에 빠진 것이다. '함께 도망가요'라는 그녀의 말에 심장이 터질 것 같았다. 위험하다는 것을 알았지만 가슴이 설렜다. 그녀가 나를 유혹한 원인은 오야붕이 다른 여자와 바람을 피우고 있었기 때문이다. 그러나 왕의 여자를 건드린다는 것은 나에겐 죽음을 부르는 짓이고 오야붕의 권위를 떨어뜨리는 일이었다.

 망치의 전화를 받은 지 일주일이 지났다. 가슴이 두근거리고 답답했다. 오야붕이 나를 보면 뭐라고 할까? 화를 낸다면 내가 어떻게 반응해야 할까? 망치가 안심하라고 했으나 잔뜩 겁을 먹고 구룡마을로 향했다. 실개천을 따라 산으로 오르는 길엔 민들레가 올라오고 있다. 누더기처럼 돋아난 무허가 판자촌으로 올라가는 길엔 사람들이 거의 눈에 띄지 않는다. 두 사람이 스쳐지나갈 정도의 골목길도 오가는 사람이 별로 없어 한산하다. 새벽부터 일용직으로 나가는 사람이 많기 때문이다. 공터에 각종 쓰레기가 쌓여 있고 주민들은 길옆 공중화장실을 사용한다.
 좁고 어두운 골목길을 걸었다. 하얀 페인트칠을 한 현관문 앞에서 걸음을 멈췄다. 까만 매직으로 벽면에 적어 놓은 글자가 눈에 들어온다.

— 거주가구 제 A지구 6동 4호.

심장이 쿵쾅거리고 얼굴이 달아오른다. 눈을 감고 숨을 깊이 들이쉬었다. 조심조심 문을 연다. 잔뜩 긴장한 채로 현관으로 들어선다. 구두를 벗고 거실로 올라섰다. 곧바로 주방이고 안방이다. 한 남자가 나무침대에 앉아 텔레비전을 보고 있었다. 얼굴에 노란 뿔테 안경을 끼고 살이 찐 남자였다. 어렴풋이 오야붕 모습이 남아 있었다. 내가 알던 형님이 확실했다.

나는 얼어붙은 듯 그 자리에 멈춰 섰다.

"형님, 안녕하세요."

남자는 잠깐 돌아보며 어서 오세요, 할 뿐 누군지 모르는 것 같다. 그의 반응을 숨죽여 기다렸다.

"저. 찌지리예요."

남자는 굳은 표정으로 나를 바라봤다. 그러더니 손을 천천히 처든다.

"어~찌~이~지~리~이."

남자는 나를 알아보는 눈치다. 그는 한 손을 들고 나를 반갑게 맞았다. 나는 잠시 멍한 표정으로 그를 쳐다보았다. 그는 나를 나무라지 않았고 지나간 이야기도 꺼내지 않았다. 그는 반신불수로 말도 어둔해서 무슨 말을 하는지 알아들을 수 없는 상태였다. 옛날 기억을 깜박깜박 하는지 딴사람 같았다. 그를 찾아오면서 나는 그에게 한 내 행동에 대한 정당성을 궁리했고 어떻게 해결해야 할지 고민했다. 어린아이처럼 변한 그를 마음 놓고 찾아가도 된다는 사실을 확인하게 되었다.

오야붕과 결별한 나는 서울 변두리 농장에서 꽃장사를 하면서 내 과거 전력이 알려질까 봐 전전긍긍했다. 최선을 다해 왔지만 세상사가 마음처럼 쉽지 않았다. 내 삶은 부초浮草, 미지의 우주를 부유하는 것 같아 땅에 뿌리를 내리지 못하고 있었다. 성당을 찾았다. 아는 사람이라곤 없었다. 세례를 받고 '레지오 마리애'에 가입하였다. '성모 마리아의 군대'라는 뜻인데 기도와 이웃돕기 봉사활동을 하는 단체였다.

레지오 단원들을 데리고 간 날 그는 혈색이 좋아 보였다. 풍채가 건장한 남자가 안경을 쓰고 목에 턱받이를 하고 있었다. 침대 위에 앉아 식사 중이었는데 포동포동하게 살이 오른 커다란 백곰을 닮아 보였다. 그는 등받이에 기대고 불룩해진 배를 한 손으로 쓰다듬으면서 우리에게 미소를 지었다. 우리에게 식사를 했는지 물었고 우리는 모두 식사를 하고 왔다고 대답했다.

거실 벽에 사진이 보였다. 푸른 잔디밭을 배경으로 많은 사람들이 서 있는데 사진 중앙에 상반신을 드러낸 한 남자가 환하게 웃고 있다. 상완삼두근은 훌륭했고 어깨 위에 올라붙은 승모근은 오리알을 집어넣은 것처럼 멋지게 발달해 있었고, 팽팽한 대흉근이 꿈틀거렸다. 근육들은 못을 박아도 튕겨 나올 것만 같았다. 그는 많은 신하들을 거느린 '왕'처럼 보였다.

우리는 그가 식사를 마칠 때까지 거실 입구에서 기다렸다. 단장인 정 베드로와 변호사인 한 요셉을 따라 나도 셔츠를 벗어 소파 위에 놓고 혁대를 풀고 바지를 벗었다. 50대 초반인 정 베드로 단장은 청계천에서 인쇄업을 하는 중견 사업가다. 교통사고로 장애아 아들을 둔 그는 뜻한바 있어 봉사활동에 적극 동참하고 있다. 40대 중반인 한 요셉은 의사가 되라는 아버지의 뜻을 거스르고 변호사가 되었다. 그 후 아버지가 돌아가시자 봉사활동에 열심이다. 나는 소파에 앉아서 양말을 벗으며 방 안을 둘러본다. 그가 숟가락을 놓고 고개를 끄덕이며 자비로운 모습을 하고 앉아 있다.

"형님, 물드셔야죠."

나는 팬티바람으로 방 한쪽에 놓인 냉장고로 달려가서 물통을 꺼낸다. 컵에 물을 가득 따라 형님에게 가져간다. 형님이 물을 마시는 동안 나는 싱크대에서 설거지한다. 음식을 남기지 않고 깨끗이 비워져 있어 설거지는 수월하다.

형님을 목욕시켜야 한다. 욕실로 이동시키려면 쇠파이프를 용접해 만든 휠체어에 태워야 한다. 욕실은 거실에 붙은 창고를 개조한 곳인데 좌변기가 있고 오른쪽 코너에 커다란 세탁기가 있다. 벽에 널빤지로 만든 선반이 매달려 있고 선반 위에 비누와 퐁퐁 세제가 놓여 있다.

팬티만 걸친 정 베드로 단장이 침대 위로 올라가 백곰 등 뒤에서 겨드랑이에 두 손을 넣고 들어 올렸다. 조금 들썩할 뿐 꿈쩍도 하지 않는다. 150킬로그램 이상 나가는 거구를 번쩍 들어 욕실로 이동시킨다는 건 애초부터 불가능했다. 변호사 한 요셉이 나섰다. 아이쿠! 숨을 몰아쉬고 힘을 주더니 얼굴이 일그러진다.

정 베드로와 한 요셉이 다시 어금니를 꽉 깨물고 그를 일으켜 세운다. 배가 출렁했고 몸의 중심이 흐트러지면서 목에 걸린 금목걸이도 출렁한다. 가까스로 그를 휠체어에 앉혔다. 나는 휠체어 뒤에 엎드려서 휠체어 뒷바퀴를 앞으로 굴리고 정 베드로와 한 요셉은 앞에서 양손으로 다리를 하나씩 치켜들고 당긴다. 휠체어가 삐걱거리며 탱크가 고개를 넘어가듯 문지방을 넘어 욕실로 들어간다. 형님 옷을 하나하나 벗긴다. 알몸으로 휠체어에 앉은 형님 배가 커다란 고무풍선 같다.

나는 형님에게 물었다.

"요즘 식사는 어떻게 잘 하세요?"

"요즘 다이어트 중이라서… 아침을 조금만 먹었슈."

그는 배를 내려다보면서 대답했다. 아침은 한 끼만 먹는다고 했을 때 옆에 서 있던 한 요셉이 쿡 웃는다. 그는 건강을 위해서라며 아침, 점심, 저녁 세끼를 꼭꼭 챙겨 먹는다. 아침은 밥을, 점심은 밥과 라면을, 저녁은 식빵과 라면을, 그리고 밤에는 간식으로 바나나를 먹는다. 냉장고 안에 라면이 가득 들어 있고 침대 머리맡에는 삶은 고구마와 옥수수가 놓여 있었다.

　단원들은 언젠가부터 그를 백곰 형님으로 부르기 시작했다. 우리는 일요일이 되면 형님을 찾아가 봉사를 하고 그의 지시를 따른다. 목욕을 시키고 빨래를 하고 청소를 한다. 천장에 비가 새면 지붕에 올라가서 루핑(타르 종이)을 덮고 못질을 하고, 방에 찬바람이 들어오면 창문에 비닐을 막아 준다.

　백곰 형님은 일주일에 한 번씩 목욕하면서 지난날 이야기를 하는 것이 가장 즐겁고 행복해 보인다. 그는 영화배우 율 브리너 같다. 정 베드로가 바리캉으로 머리카락을 빡빡 밀었기 때문이다. 나는 바디로션을 손바닥에 듬뿍 묻혀 목과 어깨에 문지르고 넓은 등에도 문질렀다. 그가 손으로 머리를 가리킨다. 빡빡 머리에 로션을 발라달라는 지시다. 로션을 뿌리고 문지르자 고개를 돌릴 때마다 머리가 전깃불에 반사되어 반짝 반짝 빛이 난다. 목욕을 끝내면 새 옷으로 갈아입힌다. 서랍에서 새 양말을 꺼내어 커다란 발에 신긴다.

　"이제 끝났어요?"

　누군가 문을 열고 들어왔다. 오십대 중반이 채 안 돼 보이는 여자였다.

"이것 좀 먹어 보세요."

여자는 방 안으로 들어서며 보자기를 내려놓는다. 삶은 옥수수였다. 후에 알았는데 이웃집에 사는 여자였다.

"몰라보게 깨끗해졌네요."

손등으로 이마를 쓸면서 방 안을 둘러보던 여자의 표정이 밝아졌다. 형님과는 어떤 관계일까, 옆집에 사는 도우미일까, 비밀스러운 관계일까, 혹시 딱지를 노리는 여자일까, 나는 궁금했지만 묻지 않는다. 그건 형님의 사생활 영역이다. 왕년의 형님 이야기를 이웃 여자도 알고 있는 듯했다.

나도 알고 있다. 백곰은 반대파에게는 두려운 존재였고 동료들에겐 믿음직한 돌격대였다. 영등포를 완전히 제압하고 활동무대를 넓혀 나갔고 그때가 그에겐 전성기였다. 그때부터… 부하들은 그를 '큰형님' 또는 '오야붕'이라고 부르기 시작했다.

"그런데 저 여자는 누구죠."

한 요셉이 벽에 걸린 사진 하나를 가리키자 그녀가 대답한다.

"이 양반이 한창 잘 나갈 때 만난 여자였데요. 어느 날 몇 개의 강남 사업장을 접수하고 돌아왔을 때 집에 아내가 보이질 않았다고 해요. 천장 위에 아무도 몰래 숨겨두었던 돈을 갖고 날아버린 거래요. 젊은 놈과 눈이 맞아서 달아났다고…."

여자의 말에 나는 속으로 뜨끔했다. 단원들도 백곰이 왕년에 조폭이라는 것을 알았을 것이다.

오야붕 애인 현숙은 그에게 헌신적이었다. 영등포 다방에서 일하던 젊은 여자였다. 현숙의 모함으로 나는 오야붕에게 죽지 않을 정도로 얻어맞은 적이 있었다. 몇 달 사귀지도 않은 젊은 년의 말만 듣는 오야붕이 섭섭했다. 나는 그녀의 눈웃음에 덩달아 웃었을 뿐이다. 그걸 그녀는 '히야까시'한다고 오야붕에게 고해바쳤다. 나는 오야붕 주먹에 맞아 이가 부러지고 얼굴이 찢어졌다. 어린아이 머리통보다 큰 주먹이 날아올 때마다 내가 살아온 전 생애가 눈앞을 스쳐 지나갔다. 나는 병원에서 적개심으로 이를 갈았다. 그가 죽기만을 바랬다. 내가 죽일 수는 없고 누구와 싸우다가 맞아 뒈지든 술 먹고 차에 치어 뒈지든 내 앞에서 사라지기를 간절히 원했다. 그가 사라지면 명분상 내가 '오야지'가 될 것 같았다. 왕년의 두목과 다르게 요즘은 상징적이어서 싸움의 달인이 아니더라도 크게 염려될 일은 아니었다.

그즈음 주먹세계의 경쟁도 점점 치열해졌다. 절대 권력만 살아남는 정글의 세계에서는 조그만 틈이 생겨도 승자가 바뀌는 법. 오야붕은 호시탐탐 하이에나들의 도전을 받아들여야 했다. 그동안 새를 불린 망치가 오야붕의 자금줄 일부인 여자들을 빼돌려 지방으로 팔아넘긴 일이 발생했다. 불법적으로 납치한 여자들이었는데 망치가 선수를 쳤던 것이다. 그것은 왕권에 대한 도전이었다.

강남의 호텔에서 신년회를 열던 날, 망치 패거리가 후문 주차장에서 오야붕을 급습했다. 무적의 오야붕은 처음이자 마지막 싸움에서 진 것이다. 자신이 저지른 상황과 똑같이 비겁한 행동으로 당한 결과였다. 오야붕은 망치 부하가 등 뒤에서 가격한 벽돌에 기절했고 병원 응급실로 실려 갔다. 이런 것을 두고 인과응보 법칙이라고 했던가.

그는 병원에서 퇴원한 후 음식이라면 물불가리지 않고 먹어댔다. 그의 체중은 현저하게 불어났다. 100킬로그램을 훌쩍 넘더니 몸무게는 상상할 수 없도록 늘어 갔다. 혼자 거동할 수 없었다. 우람하던 물건이 차츰 줄어들면서 뱃살 속으로 숨어버려 단추가 되어 갔다. 모든 것에는 나쁜 것만 있는 것이 아니었다. 음식이라면 맛없는 것이 없고 음식을 먹는 일 모두 즐거운 일이었다.

사우나에 다녀온 어느 날 현숙이 말했다.

"오빠, 나 미국에 다녀올까 봐요."

언니가 미국에 있는데 한 번 다녀가라고 편지가 왔다고 했다. 오야붕은 그녀를 의심해 본적이 없었다. 눈을 감으면 잠자리에서 까무러치듯 자지러지는 그녀 모습이 클로즈업되었다. 어디 가서 나 같은 놈을 만날 수 있겠어? 자부심이 가득했다.

사랑이란 여자의 입장에선 능력 있는 남자에게 붙어서 공짜로 얻어먹고 싶은 마음이고, 남자의 입장에선 자신의 유전자를 가진 아이를 건강하게 낳아 양육해 줄 젊고 성성한 자궁에 대한 열망 뿐, 여기서 벗어나는 사랑 이야기는 대중을 기만하는 사기일 뿐이다. 텔레비전에 나오는 자막을 보면서 그는 코웃음을 쳤다.

그러나 미국으로 떠난 현숙은 돌아오지 않았다. 곧 돌아온다던 여자가 사라진 것이다. 그녀가 사라진 것이 내가 도와준 것이라고 믿은 그가 사사건건 나를 의심했다. 나는 억울했다. 내게 새로운 세상을 열어주었지만, 그를 떠나기로 했다.

며칠 후 나는 오야붕을 남겨 두고 도망쳤다. 그동안 지켜 오던 의리를 배반하고 줄행랑을 친 것은 조폭세계에서는 더 이상 발붙일 수 없는 행위였다. 다시 돌아갈 수 없는 세계였다. 나는 애초부터 그 세계와는 맞지 않았다.

해동파의 오야지 '망치', 준식은 이름만큼이나 귀족처럼 품위를 지키려고 했다. 강남 대모산 밑에 있는 판자촌의 재개발 사업 이권에 개입하면서 딱지를 많이 모아 놓고 있었다. 그는 '오야붕'에게 두 구좌를 제공해 줌으로써 의리를 지키고자 했다. 오야붕을 모신다는 상징적인 의미도 있었다. 한 구좌는 5평이었다. 두 구좌, 10평을 차지한 오야붕은 특수층이다. 그곳에서 군림할 수 있었던 것은 그의 뒤에 망치의 힘도 작용했다. 대부분 5평에서 취사를 하면서 생활하고 있다.

"만석아 너 '대봉 형님'을 잘 관리해라. 어느 놈이 접근해서 사기를 칠지 모르니 가끔 들려 접근하지 못하게 해라."

오대봉은 다섯 살 때 아버지가 돌아가시고 어머니를 따라 의붓아버지 집으로 갔다. 의붓아버지는 대봉에게 자신의 피를 빨아먹고 사는 놈이라고 걸핏하면 두들겨 팼다. 쳐다본다고 때리고 앉아 있다고 때렸다. 대봉은 존재 자체로 닥치는 대로 맞았다. 누군가에 얻어맞기는 어린 나이였지만 그렇게 10년을 얻어맞다가 집을 나왔다.

어느 날 오대봉은 집을 찾아가 의붓아버지를 흉기로 그의 나이만큼 찔러 살해했다. 그리고부터 교도소를 들락거렸고, 남대문시장에서 환각제를 팔았고, 나중엔 가짜 비아그라를 팔았다. 남대문 도매상에 유통되는 비아그라가 엄청나다는 데 놀라기도 했고, 수입원을 장악한 만큼 이 세계를 주름 잡을 것을 알고 있었다. 그를 추종하는 무리가 생겨 오야지가 되었다.

그는 어설픈 허세 따윈 부리지 않았다. 그는 인간의 한쪽 면에 대해 완벽하게 이해했다. 두려움과 공포, 욕망과 나약함 등 삶을 비극적으로 빠트리는 약점에 대해 손바닥 들여다보듯 환히 알고 있었다.

한번 오야붕은 영원한 오야붕이다. 그는 지금도 사람들을 턱으로 부린다. 이웃집 여자를 어떻게 다루었는지 여비서처럼 도와준다. 형님 앞에서는 모두들 허리를 굽혀야 한다. 신부와 목사, 스님도 침대에 비스듬히 앉아 말을 하면 머리를 조아려야 한다. 발신불수가 된 이후 자신의 약점을 최대로 활용하는 것이다. 어눌한 말투로 이야기를 하면 무슨 말인지 알려고 모두 무릎을 꿇고 귀를 기울인다.

모두들 형님의 옆에 있으면 굽실거리게 된다. 잘못한 것이 없어도 주눅이 든다. 짙은 눈썹, 지긋이 내려다보는 눈, 일자로 닫힌 입술이 사람을 압도한다. 그는 부하들의 인사를 받는 군사령관 같은 모습이다. 우리가 있으면 전쟁터에서 지휘하는 장군보다도 더 당당하고 활기찼다.

그는 우리가 도착하자마자 명령을 내린다. 침상 위에 앉아 텔레비전을 보면서 지팡이를 지휘봉처럼 들고 나무판자와 벽을 가리켰다. 나무판자로 선반을 만들어 벽에 설치하라는 지시를 내린 것이다. 책상을 가리키며 손가락 두 개를 치켜들고 다시 세 개를 든다. 책상 앞으로 다가가서 서랍을 열었다. 둘째 서랍에 톱이 있고 셋째 서랍에 못이 있다. 내가 톱으로 나무를 자르고 벽에 못을 치는 동안 그는 침대에서 텔레비전을 보면서 휴식을 취했다. 선반을 벽에 설치하고 돌아보니 그가 미소를 지으며 고개를 끄덕인다. 지시 사항을 똑바로 완수했다는 것이다.

한 요셉이 형님의 풍만한 배에 비누칠을 하면서 말한다.

"형님은 근육이 넘 단단해요."

"나? 요즘 운동하고 있어유."

"에이, 형님이 어떻게 운동해요? 똑바로 앉아요."

"똑바로 앉았구만유."

그가 대꾸했다. 알몸으로 앉아 있는 그는 웃으면서 계속 비명 소리를 멈추지 않는다. 간지럽다고 몸을 비트는지 찰싹, 하고 볼기짝 때리는 소리가 들린다.

"형님, 배가 들어가는 운동을 좀 해야 되겠슈. 배꼽 아래로 손이 들어가질 않구먼유."

한 요셉이 형님 뱃살 밑으로 손을 밀어 넣으며 말했다.

"형님, 날씨가 덥지유? 더워서 그런지 '거시기'가 서질 않네유. 지난번엔 비누칠만 해도 바짝바짝 잘 섰는데유."

그는 아무런 말이 없다. 휠체어 위에서 한숨 소리가 들린다.

"에이, 형님 농담 한 번 해본 거예유."

그는 여전히 말이 없다. 머리에 비누칠을 하면서 한 요셉이 물었다.

"형님, 시원해유?"

"아파! 좀 살살해유."

그는 한 손으로 머리를 거칠게 쓸어 올리며 대답했다. 화난 목소리였다.

가을이 시작될 무렵 토요일 오후. 나는 대모산에 올라갔다 내려오는 길에 형님에게 잠시 눈인사라도 하고 가리라 마음먹었다. 골목길은 마치 내가 어린 시절에 노닐곤 했던 그 오솔길들처럼 꾸불꾸불했다. 현관문을 열려는데 안에서 이상한 소리가 들려온다. 안방에서 들려오는 신음소리였다. 무슨 일일까? 나는 동작을 멈추고 귀를 기울였다.

"으음, 하아."

도대체 무슨 일이 벌어진 거지? 어디 아픈가? 혼자 쓰러진 걸까? 그렇다면 큰일인데? 형님을 그냥 내버려 두어서는 안 된다. 문을 열고 안으로 들어가려는데 갑자기 여자의 나지막한 웃음소리가 들려온다. 나는 순간 멈칫했다. 조용히 문을 닫았다. 초가을 따가운 햇살을 받으며 돌아오는 길에 어디선가 개 짖는 소리가 들려왔다. 한참 걷다가 돌아보니 커다란 개가 숲길 언덕 위에서 나를 내려다보며 사납게 짖어대고 있었다. 개가 짖을 때마다 개가 묶인 말뚝이 흔들거렸다. 금방이라도 말뚝을 뽑고 달려들 기세여서 나는 뛰다시피 그곳을 벗어났다.

일요일 오전. 우리는 평소와 같이 형님을 찾아간다. 텔레비전을 틀자 화면에서 이상한 장면이 나오고 있다. 침대 위에서 젊은 여자가 웃고 있는데 가슴이 활짝 열려 있다. 나는 민망해서 얼른 텔레비전을 껐다. 그것은 S채널이었다. 형님이 요즘 밤에 잠을 잘 수가 없다고 했는데 혹시 저것 때문일까, 몸 한쪽이 마비되어도 가운데는 성한 걸까, 바람이 난 걸까, 걷는 것도 혼자 못하면서 섹스에 관심을 가진 걸까. 나는 형님을 쳐다보았다. 그가 침대 위에서 뭐라고 중얼거렸는데 알아들을 수 없다.

나는 물었다.

"형님, 방금 뭐라 하셨어요?"

그는 어눌한 발음으로 대답한다.

"저므어연들이 바새도로 버고이서 자믈 잘 수가 업슈…."

침대 위에서 젊은 년들이 밤새도록 벌거벗고 있어서 잠을 잘 수가 없다는 것이다. 나는 놀랐다. 그의 말 때문이 아니라 그를 바라보는 내 시선 때문이다. 이제 그만 죽어야지, 라고 되뇌는 대신 덤으로 남은 인생을 즐기기로 한 걸까? 그는 정직하게 자신의 불평을 호소했고 인간 본성의 어둡고 불편한 면을 솔직하게 드러냈다. 나는 인간으로서 그가 가진 본능적 욕구를 한 번도 생각해본 적이 없다. 옆에서 한 요셉이 돌아보며 말했다.

"형님 날씨가 선선하니 이젠 운동을 해유. 밖에도 조금씩 다니시구유."

형님은 잊어버린 것을 기억해 내려는 듯한 표정으로 한참 동안 한 요셉을 쳐다보았다.

"나, 비아그라 하나 구해줘유."

"뭐라고요?"

한 요셉은 깜짝 놀랐다.

"갑자기 그건 왜요. 형님이 먹으려고요?"

"궁금해. 지금도 효과가 있는지."

그가 어색하게 웃으면서 말했다.

"운동하라고 했지, 누가 그런 운동하라고 했어요."

왕이 귀환하다

한 요셉의 눈이 커졌다. 비아그라를 먹겠다니 예상치 못한 상황이다. 형님이 왜 갑자기 그것을 원했을까. 하루 종일 나무침대에 누워 천장만 바라보는 시간이 무료하고 긴긴 밤이 지겹다고 했다. 무료한 시간에 텔레비전 돌리다가 이상한 화면이 나왔을 것이다. 한 번쯤 여자나 섹스에 대한 상상을 했을 것이다. 내가 그의 처지였다면 더 했을지도 모른다. 텔레비전에 나오는 여자 때문도 아니고 형님 잘못도 아니다. 형님은 오늘 밤도 잠을 자지 못할 것이다. 예기치 못한 상황에 우리는 난처했다.

한 요셉이 내게 말했다.

"요즘 형님이 이상해! 봄이 오면 산책을 시켜야겠어요. 비아그라를 먹으면 죽을지도 몰라요."

나는 한 요셉에게 말했다.

"설마 그러겠어요?"

한 요셉은 고개를 끄덕였다.

다음 주 우리가 방문했을 때 형님은 좋은 일이 있는지 얼굴에 희색이 넘쳤다. 새로운 놀이를 시작하는 아이처럼 흥분으로 들떠 있고 의욕에 차 있었다. 그는 호주머니에서 무언가를 꺼낸다. 파르스름한 알약이다. 한 요셉이 내게 속삭였다.

"형님이 원하던 물건을 손에 넣은 것 같아요."

나는 불안했다.

어쩌면 그가 충동적으로 섹스를 할 기세라서, 두려웠을지도 모른다. 단원 중에 비아그라를 선물할 사람은 없다. 이웃집 아주머니가 선물했을까? 형님이 비아그라를 먹으면 어떻게 될까? 할 수는 있을까? 한다면 누구랑 할까? 위험하지 않을까? 짧은 시간에 숱한 생각이 스쳐갔다. 그는 비아그라를 정성스럽게 손수건에 말아서 트레이닝복 윗주머니에 깊이 간직하였다. 며칠 전 왕년에 데리고 있던 꼬붕이 다녀갔다고 했다.

다음 일요일 날 나는 형님을 찾아가지 않았다. 아침에 일어나니 온몸이 나른하고 어질어질했다. 사명감은커녕 절실하지도 않은데 의무감으로 봉사한다는 것 자체가 허세는 아닐까? 의문이 생기고 헛고생을 하는 것 같았다. 단장 정 베드로에게 몸살감기가 있어서 가지 못하겠다고 말했다. 언제까지 이래야 하는 건가. '그가 죗값을 치르고 있는 마당에.' 감기 탓도 있지만 착하지도 않은 형님이 자신의 처지도 모르고 사람 부리는 걸 당연해하는 것 같아 싫었다. 그의 얼굴을 떠올리면 머리가 지끈거려 왔다.

그 다음 주 일요일에 찾아갔을 때 형님 기분이 매우 언짢아 보였다. 그의 얼굴이 너무나 슬퍼 보였다. 고개를 푹 숙일 때마다 한숨이 새어 나오는 것 같기도 했다.

"어떤 놈이, 트레이닝복 호주머니에 넣어두었는데 확인도 안 해보고…."

형님은 목소리가 떨렸다.

말을 하면서 눈썹을 치켜세웠고 사납게 으르렁거렸다. 단장

정 베드로의 말에 따르면 한 요셉이 호주머니 확인을 안 하고 비아그라가 든 잠옷을 세탁기에 넣고 그냥 돌려버렸다고 한다. 아차! 하고 잠옷을 꺼냈을 땐 물에 녹아서 흔적 없이 사라져버린 후라고 했다. 소중하게 간직하던 비아그라를 한 번 사용해 보지 못하고 날려버렸다고. 침대 위에서 형님의 한숨소리가 다시 크게 들려온다. 돌아오는 길에 한 요셉이 내게 말했다.

"하마터면 큰일 날 뻔 했어요."

시간이 흐르자 상심해 있던 형님은 비아그라 같은 건 잊어버리고 활기를 되찾았다. 형님은 우리가 힘들었다고 생각되면 맥주파티를 열자고 했는데 그날도 그랬다. 형님이 침대 밑에서 낡은 가죽지갑을 꺼내며 내게 맥주를 사오라고 한다. 알았다고 일어서는데 억지로 만 원 지폐를 손에 쥐어 준다. 나는 마을회관 앞 슈퍼마켓으로 내려갔다.

빨리 가려고 지름길인 골목으로 들어섰다. 골목길은 가도 가도 끝이 없다. 다닥다닥 붙은 판잣집만 끝없이 이어진다. 다른 길로 가도 똑같은 모양의 장독대와 LPG 가스통만 보일 뿐 점점 슈퍼와 멀어지고 있다. 대낮임에도 길을 잘못 든 것이다. 다행히 동네사람을 만나 가게가 어디 있는지 물어서 삼거리에 있는 슈퍼에 들렀다.

맥주가 담긴 라면박스를 둘러메고 뛰어서 형님 집에 도착했을 때는 시간이 꽤 지나 있었다.

"형님, 너무 늦었구먼유."

나는 라면박스를 내려놓으며 숨을 몰아쉬었다. 형님은 수고했다는 듯 한 번 쳐다보고는 단원들을 둘러보며 빨리 앉으라는 손짓을 한다. 라면박스 안에는 맥주와 오징어, 땅콩, 비스킷과 바나나가 들어 있다. 정 베드로는 오징어를 가스레인지에서 굽고 한요셉은 거실 한쪽 벽 선반에서 유리잔을 내렸다. 모두 형님을 중심으로 방바닥에 둘러앉았다. 형님은, 냉장고 문을 열고 포도주 한 병을 꺼내라고 지시했다. 누가 선물했는지 모르지만 아껴둔 것이 분명했다.

그는 포도주를 한 잔씩 따라주면서 말했다.

"많이 들어유."

우리는 잔을 부딪치고 건배를 하며 외쳤다.

"형님을 위하여!"

시간이 흘러도 이날은 우리 모두 행복한 날 중의 하루로 기억할 것 같다. 그즈음 형님의 관심영역이 넓어졌다. 침대 위엔 항상 성경책이 놓여 있었다. 테이프를 틀면 때때로 불경소리가 들려오고 찬송가도 들려왔다. 종교에 대한 관심이 많아진 모양이었다.

겨울이 가고 봄이 왔다. 형님은 지난 겨울밤에 혼자 침대에서 떨어졌는데 아침에 발견됐다. 그 결과 몸이 급속도로 약해졌다.

일어날 수가 없어서 밤새도록 방바닥에 웅크리고 있었다. 몸이 얼어서 병원에 실려갔다온 후 그의 목에 호루라기가 걸려 있었다. 보건소에서 걸어줬다고 했다. 이거 웬 호루라기예요? 묻자 그는 자랑했다. 이거? 여길 누르기만 하면 돼.

호루라기 몸통에 붙은 버튼만 누르면 119 구조대로 신호가 간다고 했다. 겨울 내내 상심해 있던 그는 봄이 되자 생기를 되찾았다. 새로운 놀이를 시작하는 아이처럼 호기심과 흥분으로 들떴다.

어느 날, 방 한켠에 이상한 물건이 놓여 있는데 처음 보는 것이었다.

"이게 웬 거예요?"

"응, 구청에서 내게 보내왔구먼."

장애인용 전동스쿠터(전동차)였다.

"날씨가 풀리면 이제 야외로 나가봐야지."

그러면서 그는 서울 시내를 드라이브 할 생각이라고 했다.

"운전하는 방법 좀 가르쳐줘유."

"형님 혼자선 위험해유."

"그렇지 아직은 위험하겠지?"

그는 시무룩해졌다. 나는 그가 쉽게 포기하지 않으리라는 걸 안다. 고속도로를 달리겠다고 하지 않은 것만도 다행이다. 그때 문이 열리더니 누군가 들어온다. 이웃집 여자였다. 그녀는 오야붕에게 접근해 밥도 해 주고 정부에서 나오는 보상금도 관리를 해 주고 있었다. 그녀는 오야붕의 병 수발에서 해방되고 관리자로만 행세했다. 그날은 한복을 입고 머리엔 파마도 했다. 결혼 예식장에 가는 길에 들렀다고 했다.

"수고 많아요. 지나다가 잠깐 들렀어요."

여자는 안방으로 들어오더니 양손을 머리 위로 올리고 한 바퀴 빙그르 돌았다.

"어때요? 어울리지 않죠?"

"응? 잘 어울려."

형님이 흐뭇하게 바라보자 여자가 웃었는데 여름에 산에 갔다가 형님에게 들렀을 때 안방에서 흘러나오던 웃음소리와 닮아 있었다. 여자는 예식장에 다녀오겠다면서 일어섰다. 형님은 흐뭇한 표정으로 이웃집 여자가 나가는 걸 바라보았다. 이쯤에서 생을 마감한다면 그는 전설이 될 것이다.

대모산에 꽃들이 피기 시작했다. 핸드폰이 울렸다. 빨리 오라는 다급한 정 베드로 목소리가 들린다. 방문하는 날도 아닌데 형님이 급히 오라고 호출했다는 것이다. 나는 달려 나갔다. 봄이지만 아직 날씨는 쌀쌀했다. 눈이라도 내릴 것처럼 하늘이 뿌옇다. 골목 미장원을 지나 흰색 현관문을 밀었다. 이상한 냄새가 났다. 이게 무슨 냄새인가? 잠시 정신이 아찔해 지는 것 같았다. 밖으로 뛰쳐나와 숨을 크게 들이마셨다. 안에서 어떤 일이 일어난 것이

분명했다. 형님 안녕하세요? 소리쳤지만 안에서는 아무 소리도 들려오지 않는다.

그의 신발은 현관에 있었고 그는 보이지 않았다. 벽에 붙은 형광등 스위치를 올리자 형광등이 켜지고 노란색 이불 위에 앉아 있는 사람의 윤곽이 보인다. 뿔테 안경을 낀 채 배설물이 질펀한 침대 위에 백곰이 앉아 있었다. 자세히 보니 푸른색 이불이 노랗게 변해 있었다. 그는 엄숙한 표정이었다. 두 손을 무릎 위에 놓고 고개를 숙인 채 앉아 있는 모습이 너무나 의연해 보였다. 방 안은 터질듯 한 긴장감이 감돌았다.

"어! 어~이~ 어~서~ 와~요."

백곰 형님이 고개를 들면서 안경너머로 말했다.

아주 멀리서 들려오는 것 같았고 차분한 말투였다. 형님이 침대 위에서 똥오줌을 싼 채로 아랫도리를 드러내고 앉아 있다니. 깔고 앉은 이부자리와 몸은 배설물로 짓이겨졌다. 다가가자 냄새가 더 짙게 코끝을 찔러온다. 똥오줌이 질펀했다. 무언가를 해야겠는데 뭘 해야 할지 몰라 잠시 서 있었다. 잘못하다가는 우리도 오물범벅이 될 것 같다. 그 자리에 선채 양말부터 벗었다.

바지를 벗어 소파 위로 던졌다. 팬티바람으로 침대 위로 올라가자 나무침대에서 삐걱 소리가 나며 냄새가 확! 코를 찌른다. 메스껍고 현기증이 난다. 코를 막고 숨을 쉬지 않았지만 나도 모르게 구역질이 났다. 아, 하고 신음이 배어나왔다. 비위가 약한 나는 그날따라 더 심했다. 그가 입고 있던 추리닝을 벗기고 침대 한쪽으로 옮겨 놓았다. 침대 위에 있는 이불을 둘둘 말았다.

목욕물이 덥혀질 때까지 빨래부터 시작했다. 옷을 뒤집어 배설물을 털어내자 변기가 금방 찼다.

변기 레버를 눌렀으나 물이 나오지 않는다. 배설물이 그대로 남아 있다. 바가지로 물을 붓자 배설물이 물과 뒤엉겨서 밖으로 확 넘친다. 청소용 솔을 집어넣고 아래로 압력을 가한다. 물이 자꾸만 흘러넘친다. 오물이 배출구를 꽉 막아버린 것이다. 나는 변기 뚜껑을 닫고 시멘트 바닥에 쪼그려 앉았다. 청소용 솔로 형님 옷에 묻은 똥을 떨어낸다. 세탁기에 옷을 넣고 작동버턴을 눌렀다. 5분이 지나도 세탁기가 돌아가지 않는다. 뚜껑을 열어보니 빨랫감이 처음 상태 그대로 있다.

OECD국가이며 1인당 국민소득이 2만 6,500달러에 세계11위의 경제대국인 대한민국 수도 서울의 강남구에 아직도 수돗물이 나오지 않는 마을이 있다. 바로 이 동네이다. 지하수 물이 흘러나오는데, 그날은 그 지하수 물조차 나오지 않는다.

다행히 함지박에 받아둔 물이 있어 몸을 씻길 수 있을 것 같다. 아직 물은 덥혀지지 않았다. 우선 급한 대로 함지박 물을 바가지에 담아 와서 그의 머리에 퍼부었다. 고무장갑 낀 손으로 목덜미와 팔에 묻은 오물을 밀어낸다. 오물이 옆구리를 타고 흘러내린다. 정 베드로는 입을 꽉 다물고 손으로 형님 등을 문지르고 옆구리와 배에 묻은 오물을 닦아낸다. 이마에 흐른 땀을 팔꿈치로 닦아 낸다. 한 요셉과 나는 옆구리와 배에 비누칠을 하면서 숨을 쉬지 않는 채 손을 놀린다. 땀이 목덜미에서 가슴으로 흘러내린다. 팬티가 흠뻑 젖어 있다. 전쟁터 같다.

형님이 눈을 감은 채 말한다.

"미이안해유."

그의 목소리가 갈라지고 말은 불분명해져서 낮은 흐느낌처럼 들린다. 나는 고개를 들었다. 짧은 순간이지만 콧잔등으로 흐르는 눈물이 보였다. 그의 얼굴은 일그러졌고 턱은 떨리고 있었다. 더 이상 볼 수 없어 눈을 돌렸다. 어떤 순간에 포착한 행동 속에서 우리는 가끔 난데없는 진실, 혹은 급작스럽게 밀려오는 감동을 대면할 때가 있다. 큰형님이 울다니!

한때 내 우상이었던 그를 울게 해서는 안 된다. 적어도 그가 그래선 안 된다. 몸을 앞으로 꾸부리고 벽에 알몸을 의지한 채 서 있는 그가 힘들어 보인다. 다리를 엉거주춤 벌리고 엉덩이를 내밀고 서 있는 그. 그 모습을 보는 내 눈이 뿌옇게 젖어 든다. 나는 벽에 한 쪽 다리를 붙이고 두 팔을 뻗어 그의 허리를 안았다.

한 요셉이 옆에서 침묵을 깬다.

"형님, 이제 거의 다 됐습니다."

나는 그의 발을 따뜻한 물에 담그고 발바닥과 발가락 하나하나를 주물러 주었다. 옷장 안에서 새 이불과 요를 꺼내어 침대 위에 펼쳤다. 새 옷으로 갈아입혔다. 손톱을 깎고 발톱을 깎아주면서 그의 얼굴을 바라보았다. 그는 미소를 띤 채 우리를 바라보고 있었다.

두 다리로 걸어서 집에 오자마자 나는 화장실로 들어갔다. 아주 조심스럽게 샤워기를 틀었다. 굵은 물줄기가 쏴 하고 따뜻한 물이 머리에서부터 흘러내린다. 나는 손가락 사이로 빠져나가는 따뜻한 물의 감촉을 즐기면서 한참 동안 서 있었다. 행복했다. 그동안 내가 너무 편하게 살아왔구나. 일상이 감사하게 느껴진다. 불평도 사라진다. 이제 일상이 행복이라는 걸 깨닫는다. 형님을 통해서 내게 '그 분이 오셨구나!' 하고.

세상에는 우리에게 현실을 알게 해주는 곳도 있고, 또 우리를 꿈꾸게 만드는 곳도 있다. 불행을 견디는 생명에겐 미안하지만 형님이 맡은 역할이 있었던 것이다. 그 후 나는 그를 볼 수 없었다. 지병이 악화되어 요양원으로 갔다고 했고 그곳에서 수녀님들의 도움을 받다가 영면했다고 한다. 망치 형은 폭행사건으로 교도소로 갔다고 했다.

별이 뜨는 밤, 나는 베란다로 나간다. 머리를 내밀고 창밖을 내다본다. 커다란 백곰 한 마리가 북극의 빙하 위에서 하늘을 쳐다보는 모습이 떠오르고, 큰형님이 두 다리로 일어서서 두 팔을 하늘 높이 흔들면서 포효하고 있다.

(제42회 한국소설문학상 수상작)

| 작품 해설 |

인물의 성격 창조와 소설의 재미
장윤익(문학평론가·전 인천대학교 총장)

　소설은 인물을 중심으로 이루어진다. 인물의 행동과 대화를 통해 이야기가 구성되고 서사의 매력을 지닌다. 인물은 작가의 분신으로서 작가의 의도를 독자들에게 전달한다. 독자들은 소설 속의 인물을 통해 인생의 암시를 받거나 새로운 체험을 한다. 그렇다고 해서 소설 속의 인물이 작가가 마음대로 조종하는 꼭두각시가 되어서는 안 된다. 인물 창조는 소설의 질서와 규범에 따르는 필연성과 리얼리티를 지닐 때 독자들의 흥미를 끌 수 있다. 따라서 소설 속 인물의 성격 창조는 매우 중요하다.
　이정은의 「왕의 귀환」은 조폭의 오야붕과 똘마니(따까리)의 관계를 리얼하게 그린 소설이다. 이 소설은 첫 머리는 "내 이름은 찌질이다"로부터 시작해서 오야붕과 똘마니의 위상과 관계를 제시한다.

내 이름은 찌질이다. '오야붕' 따까리로 있을 때 그가 지어준 별명이다. 너처럼 마음이 심약해서 세상에 나가서 무슨 일을 하겠느냐 강하게 살라는 역설적인 뜻으로 내게 붙여준 애칭이었다.

그때부터 나는 조폭 세계에서 만석이라는 이름 대신에 찌질이로 통했다. 그는 세상 물정 모르는 나의 어수룩함을 좋아했다. 어리숙하면서도 명석한 머리를 가진 나와 자신의 힘과 뱃장이 합치면 시너지 효과를 낼 수 있음을 알았을 것이다. 내가 모자람을 묵인한 것은 무례한 사람들이 득실거리는 조폭들 세계에서 예의 바르게 행동해야 한다는 어쭙잖은 철학을 갖고 있었기 때문이다. 오야붕과 지낸 세월은 나에게도 전성기였다.

조폭 세계의 오야붕과 찌질이로 별명을 붙은 화자는 인물의 성격이 매우 대조적이다. 오야붕은 힘이 세고 배짱이 있는 기질로서 조폭의 똘마니들을 거느리는, 권위를 지닌 인물이다. 싸움판에서 승자가 선이라는 생각을 지닌 오야붕은 무례한 주먹 세계에서 자기 나름의 조직을 관리하는 방법을 터득하여 자기 자리를 유지한다. 그러한 오야붕에 비해서 그의 따까리로 있는 화자는 명석한 머리와 예의바르게 행동하는 자기 나름의 철학을 지닌 인물이다. 오야붕은 자기와 대조적인 인물인 똘마니를 가까이 하려고 한다. 이러한 점에 조폭 세계의 또 다른 면모가 드러난다.

오야붕이라는 자리는 조직만 건재하다면 기막히게 좋은 자리다. 부하들의 충성심이 있는 한 왕으로서의 자부심을 만 끽할 수 있다. 나도 언젠가 최고가 되리라는 꿈을 꾸었다. 그 러나 나는 오야붕을 따라갈 수 없었다. 최고는 머리로 하는 것이지 덩치로 하는 것은 아니라는 생각을 하면서 자신을 위 로했다. 시간이 지나면서 그의 폭력이나 불법을 대신 막기엔 역부족이고 계속 오야붕의 분신처럼 충성을 바쳐야 할 일 또 한 버거웠다. 그러나 떠나지 못했다. 건달세계에도 룰이라는 것이 있는데 명분이 없었다.

화자는 조폭의 오야붕을 왕으로 표현한다. 자신도 언젠가 최 고가 되기를 원하지만 그렇게 되기 어렵다는 것을 스스로 위로한 다. 조폭세계에는 항상 오야붕을 노리는 다툼이 있고, 세월이 지 나면서 화자는 다른 세력들로부터 오야붕의 폭력이나 불법을 막 기가 힘들다는 것을 느낀다. 그러나 명분이 없어서 그 세계를 떠 나지 못했으나, 오야붕 애인의 권유로 함께 도망치게 된다. 그 후, 부하 망치가 오야붕에게 반기를 들고 도전하여 싸움에 패한 오야붕은 심하게 부상당하고, 오야붕 자리를 망치가 차지한다. 망치는 중풍이 든 오야붕을 판잣집에 거주하도록 주선하고 화자 에게 돌보아 주도록 부탁한다.

화자는 세례를 받고 성당의 봉사단체 '레지오 마리애'에 가입 하여 그 봉사단체와 함께 오야붕의 간호와 병수발에 봉사한다.

중풍환자인 오야붕은 봉사 단장인 정 베드로, 변호사인 한 요셉과 나의 도움을 받으면서도 부하들에게 인사를 받는 군사령관 같은 모습을 보인다.

> 형님이 눈을 감은 채 말한다.
> "미이안 해유."
> 그의 목소리가 갈라지고 말은 불분명해져서 낮은 흐느낌처럼 들렸다. 짧은 순간이지만 콧잔등으로 흐르는 눈물이 보였다. 그의 얼굴은 일그러졌고 턱은 떨리고 있었다. 더 이상 볼 수 없어 눈을 돌렸다. 어떤 순간에 포착한 행동 속에서 우리는 가끔 난데없는 진실, 혹은 급작스럽게 밀려오는 감동을 대면할 때가 있다. 큰형님이 울다니.
> 한때 내 우상이었던 그를 울게 해서는 안 된다. 적어도 그가 그래선 안 된다. 몸을 앞으로 꾸부리고 벽에 알몸을 의지한 채 서 있는 그가 힘들어 보인다. 다리를 엉거주춤 벌리고 엉덩이를 내밀고 선 그. 그 모습을 보는 내 눈이 뿌옇게 젖어든다.

흐트러지지 않는 자세를 보이던 오야붕은 배설로 인해 봉사자들이 큰 곤욕을 치르는 자신의 실례를 미안해한다. 그리고 화자가 거의 본 적이 없었던 눈물을 보인다. 한때 우상이었던 그가 울게 해서는 안 된다는 생각에서 화자는 그를 끌어안는다. 조폭 세계의 의리와 인정이 인간적 진실로 떠오른다. 인간은 가장 낮은 위치에 있을 때 진실을 드러내게 된다. 그 진실은 왕의 귀환으로 부상한다. 조폭세계에도 진실이 있고 따뜻한 인간미의 교류가 살아 있다는 것을 이 소설은 보여 준다.

> 세상엔 우리에게 현실을 알게 해주는 곳도 있고, 또 우리를 꿈꾸게 하는 곳도 있다. 불행을 견디는 생명에겐 미안하지만 형님이 맡은 역할이 있었던 것이다. 그 후 나는 그를 볼 수 없었다. 지병이 악화되어 요양원으로 갔다고 했고 그곳에서 수녀님들의 도움을 받다가 영면했다고 한다. 망치 형은 폭행사건으로 교도소로 갔다고 했다.

「왕이 귀환하다」는 2017년 제42회 한국소설문학상을 수상한 작품이다. 소설이 갖추어야 할 여러 덕목을 고루 갖추고 있고, 정석대로 밀고 나가는 성실함과 진지함이 이 소설의 큰 장점이다. 조폭 세계에는 그 나름의 의리와 인정, 그리고 자기들대로의 역할이 있다. 오야붕과 똘마니의 끈끈한 관계는 우리 사회 어느 곳에도 일어날 수 있는 이야기다. 그러나 이 소설은 아이러니한 반전 구조와 함께 오야붕과 똘마니의 대조적인 성격과 행위를 통해서 소설의 흥미를 가져다준다. 발상과 구상이 매우 참신하고 이색적이어서 재미있게 읽힐 수 있는 소설이다.

| 이정은 작품세계 |

운명적 짝사랑, 소설을 향한 집념
조완석(문학평론가·공학박사·서울대총동창회 이사)

1

이정은 작가는 우리 시대의 귀중한 재능이다. 그의 존재는 그 자체로 어떤 경우에도 결코 패배하거나 주눅 들지 않는 문학의 힘을 증명했다.

이정은 작가를 처음 알게 된 것은 명동성당에서였다. 그날은 부활절이었는데 부활절 미사를 마치고 만남의 방에 들렀을 때 소설 한 권이 눈에 띄었는데 『피에타』였다. 초록색 바탕에 하얀 꽃잎이 휘날리는 표지에는 '선과 악이 혼재한 인간의 내면에 살아 숨 쉬는 신의 존재를 그린 역작!'이라고 적혀 있었다.

'피에타'는 아탈리아어로 비탄悲嘆이란 뜻으로 십자가에 못 박혀 죽은 예수의 시신을 부둥켜안고 통곡하는 성모 마리아의 심경을 대변하는 단어이다. 이 광경을 조각한 미켈란젤로의 명작 제목이기도 하다.

그날 성당 앞 의자에 앉아서 읽었는데 몇 년이 지난 지금도 성당 마당에 있는 '피에타'를 보면 주인공이 자신의 어머니가 했던 말을 떠올리는 마지막 장면이 떠오른다. "난 천국은 있다고 믿는다. 감히 바랄 수가 없을 뿐이지. 바라는 것 자체가 욕심이어서 그렇지."

이정은 작가가 2000년대 대한민국에서 가장 활발하게 창작 활동을 하는 작가 중의 한 명이란 걸 안 것은 그 후였다. 2006년 장편『태양처럼 뜨겁게』, 2008년 장편『블루 인 러브』 2010년 장편『웰컴아벨』, 2012년 장편『매혹』, 2014년 소설집『세상에 말을 걸다』, 2015년 해방 70주년 기념작 장편『그해 여름, 패러독스의 시간』, 2018년 소설집『피에타』, 2019년 장편『플러스섬 게임』, 2020년 소설집『불멸』을 잇달아 출간했다. 실로 놀라운 필력이다. 그리고 놀라운 열정이고 재능이다.

2021년엔 장편『삼월의 토끼』를 출간했다. '정은이' 사건으로 온 나라가 시끄러울 때였다. 가정주부로서 아이들의 착취와 비인간적 대우를 통해 한계를 느끼고 아동학대의 자료들을 찾아내어 아이들을 위험한 환경으로부터 보호하기 위해 작품을 썼다. 지금은 우리나라도 아이들에 대한 사회적 제도들이 과거와 비교할 수 없이 진보했지만 이러한 변화들을 이끌어내기까지 이런 인물들의 노력이 있었다는 걸 우리는 잊지 말아야겠다. 그리고 2022년 소설집『슈뢰딩거의 고양이』를 출간했다. 코로나19 바이러스로 우리 모두 혼란에 빠져있을 때였다. 이 책은 교보문고 추천도서로 선정되었다.

　문학의 출발이 열정과 소설에 대한 자의식이라는 사실을 전제로 한다면, 이정은은 치열한 작가 정신의 소유자이다. 작가는 "아이들을 다 키우고 나서 늦공부를 다시 시작했다. 새벽마다 책상 앞에 앉은 나는 고독하지만 그 새벽의 모든 순간이 참으로 행복했다"고 글을 쓰게 된 동기를 밝힌 바 있다. 그는 열정적으로 살고, 도전하고, 치열하게 살면서 자신의 길을 가고 있다. 그는 우리들의 영원한 롤 모델이다.

　이정은 작가의 소설은 어느 작품을 골라 읽어도 실망하는 일이 없다. 감탄할 준비만 하면 된다. 그 많은 소설을 읽고 난 뒤 마음속에 오래도록 여운이 남았던 것은, 줄거리나 대사보다도 결국 쓰기에 몰두하는 작가의 태도 덕분이었다. 어느 덧 여든 중반이 되었지만 작가는 어느 때보다 세상을 부지런히 바라보고, 생각하고, 글을 쓴다. 그 오래고도 성실한 노동의 흔적이 책에 고스란히 묻어난다.

　작가의 따님인 안지민 풍림철강 대표는 어머니에 대해 페이스북에 다음과 같은 말을 남겼다. 작가의 삶과 치열한 문학수업 과정의 일면을 짐작할 수 있는 대목이어서 옮겨 본다.

우리 엄마는 가난한 집안의 맏딸로 태어났다. 나의 외할머니는 만삭까지 밭에 나가서 일하다가 집에서 아기를 낳았고 또 아기를 제대로 돌보지 못해 아기를 잃었다. 그것이 1930~40년대의 현실이었다고 한다.

겨우 살아남은 엄마의 동생이 4명이었는데, 엄마는 농번기에는 학교에 가지 못하고 동생을 돌보고 집안일을 해야 했다.

엄마는 책을 좋아하고 공부를 좋아했고 또 무척 잘했다. 그렇지만 대학을 가고 싶어 한다는 것은 참으로 이기적이며 또 염치없는 일이었다.

담임선생님이 가정방문을 오셔서 외할머니 외할아버지를 뵙고 대학에 입학 등록금만 마련해 주면 나머지는 어떻게든 해결될 방법이 있을 거라고 청했지만, 착한 엄마가 스스로 포기했다.

20살에 결혼을 했고, 수줍고 꿈 많은 소녀가 상상할 수 없었던 시집살이를 열심히 했다.

공부의 꿈을 버리지 못해서 끝없이 끝없이 공부하고 읽고 쓰고 하는 시간들을 수십 년 보낸 후에야 비로소 학업에 대한 갈증이 잦아들었다고 엄마는 이야기 했다.

따님 안지민은 이화여대와 동 대학원을 졸업하고 교육계에 몸담고 미국유학을 준비하면서 결혼했다. 얼마 후 미국 유수대학으로부터 입학허가서를 받았다. 작가는 딸이 박사 학위를 취득해서 대학교수가 되기를 원했으나 따님은 현실적인 이유로(신혼 초 임신 중이었고 남편 혼자 두고 떠날 수 없었다고 한다) 포기해야만

했다. 후에 따님은 여성 CEO로서 이화여대를 빛낸 '자랑스러운 이화인'으로 선정됐다.

이정은 작가는 우리 시대의 귀중한 재능이다. 그의 존재는 그 자체로 어떤 경우에도 결코 패배하거나 주눅 들지 않는 문학의 힘을 증명한다. 1991년 등단부터 지금까지 장편소설 12편, 단편소설 100여 편을 완성해 '우리 시대의 위대한 스토리텔러', '치열한 작가 정신의 소유자'라고 불릴 만큼 성실하게 작품 활동을 하는데 문학을 향한 그의 높은 열정이 고스란히 전해진다.

이정은 작가의 소설은 한결같이 고아(高雅)한 문학적 향취를 풍기면서도 흥미진진하다. 머리에 번쩍, 깨달음을 느끼게 하고 가슴을 울리게 하며, 인간이란 과연 어떤 존재일까, 라는 근본적인 질문을 되풀이 하게 만든다.

2

소설 『우리의 피크타임』은 독자 곁의 묵묵하고 다정한 이웃으로서 세상에 내보이는 소설이다. 10개의 매듭을 가진 소설 또는 10개의 우리 이야기. 이 책에는 2022년부터 2024년까지 쓴 단편 9편과, 제42회 한국소설문학상 수상작 「왕이 귀환하다」가 들어 있다. 이정은 작가는 정상과 비정상, 억압과 자유, 주류와 비주류의 경계를 끊임없이 질문한다. 경계에 선 소설가 이정은은 고민과 질문을 빛나는 이야기로 재미있게 들려준다. 그의 묘사는 신선하여 생동감이 흐른다. 때로는 유머러스하게, 때로는 비수처럼 날카롭게, 인간 세계의 그늘진 구석을 낱낱이 들추어낸다.

책표지는 작가의 손녀인 이화여대 생명과학과/에코과학부 교수인 이윤정 교수가 그린 그림이다. 이윤정 교수는 30대에 모교인 이화여대 전임교수가 되었다. 2021년 '두뇌한국 BK21(Brain Korea) 프로젝트'로 부총리겸 교육부 장관상 수상, 2024년 세계 최고권위를 자랑하는 '뉴턴 국제펠로우쉽'을 한국여성 최초로 수상했다. 작가는 어릴 적에 대학교수가 되고픈 꿈을 가졌었는데 따님을 거쳐 손녀가 그 꿈을 이뤄준 셈이다.

이윤정 교수는 뛰어난 연구실적과 국제적인 연구를 통하여 일찍부터 '차세대 과학자'로 주목받아왔다. 영국왕립협회(The Royal Society) 과학아카데미는 한국의 이윤정 박사가 2024년 '뉴턴 국제펠로우쉽'에 선정됐다고 발표했다. '뉴턴 국제펠로우쉽' 수상은 대한민국 여성 최초로 이룬 쾌거이며, 그동안 글로벌 무대에서 성취한 뛰어난 연구 성과라 할 수 있다. '두뇌한국 BK21(Brain Korea)'은 국가경쟁력 제고를 위해 세계적 수준의 대학원 육성과 우수한 연구인력 육성을 목표로 하는 고등교육 인력 양성 사업이다.

단편 「위대한 문혁 씨」는 2025년 제14회 월간문학상 수상작으로 아버지와 아들이 바둑 두고 펼치는 이야기를 배경으로 중년남자의 내면을 그린 소설이다. 오십대 아버지는 이십대 아들을 이기려고 집착한다. 내성적이고 책을 좋아하는 딸과는 달리 아들은 다분히 밖으로 나돌기 좋아한다. 그래서 가르치기 시작한 것이 바둑이다. 우리가 주목해야 하는 것은 이야기 소재에 대한 작가의 각별한 해석과 그것을 풀어나간 뛰어난 기법이다. 주인공을 통해서 세상이 정해 놓은 레일을 뛰어 넘은 인간 존재에 대한 깊은 성찰을 보여 준다. 누구에게나 잠재하는 숭고함의 씨앗은, 삶을 통해서 증명될 때 비로소 명징한 빛을 밝힐 수 있음을 역설하는 것이다. 작가는 가치 파단은 독자들의 몫으로 남긴 채 각자의 자리에서 고군분투하는 모든 이의 삶에서 감동과 공감을 이끌어 낸다. 우리 시대를 다룬 대표적 소설이라 할 만하다.

　「당신을 기억합니다」는 '향수는 기억을 불러일으킨다"라는 문장으로 시작한다. 여자는 엘리베이터 안에서 익숙한 향수 냄새를 맡고 남편을 떠올린다. 그녀는 20살에 남편과 결혼했고 효자인 남편과 시어머니 사이에서 결혼생활은 험난한 여정이었다. 남편과의 사이가 좋아질 무렵 남편에게 췌장암이라는 진단이 내려진다. 남편을 떠나보낸 그녀는 남편이 베풀었던 사랑을 하나씩 하나씩 기억해 낸다. 여자는 아직도 남편 전화번호를 핸드폰에 간직하고 있다.

전화를 걸어보고 싶은 걸 참는다. 번호가 없다거나 다른 사람이 전화를 받는다면 남편의 존재가 사라지는 것이다. 그녀는 남편의 부재를 인정하기가 싫다. 소설 마지막 문장은 남편을 그리워하며 혼자 말하는 것으로 끝난다.

"당신을 영원히 기억해. 지긋지긋하다고 불평했지만 당신을 사랑해. 살아 있을 때처럼 당신과 다시 한 번 격렬하게 싸움을 하고 싶어!"

「소설 쓰는 인간」은 글쓰기에 대한 열망을 가진 여성이 자신의 꿈을 찾아가는 과정을 보여주는 이야기이다. 소설 쓰기를 원하는 50대 가정주부인 나는 단편소설 한 편을 완성하리라고 결심한다. 글쓰기 강좌에서 원고지 열 장 써 오기 숙제가 나오면 너는 스무 장을 써 갔다. 잘 다듬어지지 않는 문장에 갈등하며 혼자 고독하고 외로운 시간을 보낸다.

문화센터를 전전하다가 윤 선생을 만난다. 그는 인물 창조에 대해 조언한다. 그의 말을 듣고 나면 심장이 한없이 커지며 어디선가 커다란 북소리가 들리는 듯하다. 첫 부분이 애매해도 문제지만 너무 드러내도 안 되고, 결론을 미리 알면 독자로 하여금 흥미를 잃게 된다고 조언한다. 너무 큰 주제를 잡으면 안 되고 주변 이야기부터 시작하라는 충고도 받아들인다. 윤 선생 말을 듣고 나면 금방 써질 것 같지만 어디서부터 손을 대해야 할지 막막하다.

시내에서 컴퓨터 매장을 운영하는 윤 선생을 찾아간다. 빈손으로 가기는 어려워서 영국제 꽃무늬 찻잔을 들고 간다. 나는 무표정한 윤 선생의 얼굴이 불안하다. 잔뜩 칭찬을 기대하고 있는 내 시선을 묵살하고 윤 선생은 읽고 있던 원고를 테이블 위에 내려놓으며 조언한다. "왜 우는지 독자를 설득해야 해요." "작가는 희로애락을 직접으로 쓰면 안 돼요. 상황을 써야지요." "지금 상황에서 보면 이유도 없이 떠난 애인을 생각하면서 우는 것은 아무 고민도 없어 보여요." 윤 선생 말이 옳다. 윤 선생 조언을 들으면 이해되고 고개가 끄덕여진다. 하지만 그때뿐이다. 왜? 지적을 당하고 나서야 이해가 되는지 자신이 한심하다. 남들보다 한발 앞서야 함에도 늘 뒤처지는 생각에 좌절감이 몰아친다. 그럼에도 소설에 대한 욕망이 줄어들지 않는 것이 문제이다. 윤 선생에게 다녀온 후에 이를 물고 노력하려고 해도 시시한 이야기뿐 자신이 보기에도 한심하다. 지난번 윤 선생에게 보낸 원고가 미흡해서 다시 수정하고 다시 한 번 용기를 내서 원고를 우편으로 보낸다.

윤 선생과 약속 시간은 오후 4시. 윤 선생 아파트 근처에 있는 약속 장소인 피자집에 도착했을 때는 가랑비가 아니라 폭우로 변했다. 윤 선생 얼굴은 냉정하게 굳어져 있었다. 용기를 내어 들고 온 원고를 내민다. "붉은 선은 보충한 부분입니다." 윤 선생은 원고를 볼 생각도 안하고 그대로 앉아 하얀 원고지를 내밀었다. 한 단어도 수정되지 않은 원고다. 언제나 윤 선생은 원고지에 수정을 한 적이 없다. 소설 작법에 대해 이론을 말했을 뿐이다. 많이 나아졌다는 말을 듣기를 원했지만 질책이 날아온다.

윤 선생은 작가의 세계에서 잘 쓴다고 알려진 사람이다. 오죽하면 나에게 모진 말을 했을까. 윤 선생의 질책으로 나는 자신의 능력의 한계를 깨닫는다. 자신의 무능을 알아버린 자의 겪임은 슬픔이다.

집으로 돌아가는 길. 꽉 막힌 도로는 차들로 가득 찼다. 윤 선생의 얼굴에 스치던 표정이 따라온다. 자신을 위한 충고였어도 굳이 면전에서 타박을 줄 필요가 있을까. 질책을 당한 당사자의 입장을 고려하지 않은 것이 섭섭하다. '자존심을 지키라고' 한 말이 머릿속을 헤집는다. 자존심 때문에 시작한 글쓰기가 자존심을 허물고 있었다.

이제 다시는 윤 선생에게 원고를 들고 가는 일은 없을 것이다. 그녀가 더 이상 봐주기 싫다고 선언한 것이나 마찬가지였다. 일부러 냉혹하게 대한 것이란 생각도 들었다. 왜 이렇게 슬프지. 슬픔은 어디서 오는 것일까. 이제는 헛된 꿈을 버리고 현실적인 삶을 살아야 할 것 같다. 아마 신은 알 것이다. 정해진 길을 가도록 세팅된 길, 이길 수 없는 투쟁과 좌절의 순간을 어떻게 이겨내는가 아니면 굴복하는가를 알고 있을 것이다.

그녀는 세상이 자신을 비아냥거려도 그때뿐 또 시작하고 있는 자신을 발견한다. 그러면서 꺼지지 않는 열망을 다스린다. 반드시 공해가 되지 않는 글을 쓰리라. 입술을 문다. 그녀는 강력한 에너지가 고개를 들고 있음을 느낀다.

「엄마의 전성시대」는 엄마에 대한 기억과 노인문제를 다룬다. 지금 나는 엄마 돌아가실 때 나이가 되었다. 책을 읽은 독자라면 이해하겠지만 제목이 사뭇 반어적이다. 그러나 그 반어는 냉소가 아닌 공감에 바쳐진 것이다. 진솔하고 섬세한 고백적 문장인 일인칭 서사로 어머니와의 관계를 경유해 삶의 고통을 깊이 있게 응시하는 시각이 마음을 울린다.

「우리들의 피크타임」에서 주인공은 어릴 때부터 자신의 이름에 대한 불만을 갖고 있다. 내가 태어나자 아버지는 옥편을 들고 고심 끝에 딸의 이름을 수희로 정했다. 빼어날 수秀 밝을 희熙. 아버지가 계집 희姬를 쓰지 않고 밝은 희熙자로 지은 건 딸이지만 세상을 밝게 비추는 '큰 인물'이 되라고 고심 끝에 내린 결정이다. 아버지는 내 이름을 부를 때마다 자랑스러워 하지만 아버지의 큰 뜻을 모르는 나는 이름이 불리어 질 때마다 창피스러워 한다. 예쁜 이름을 가진 필명을 쓰는 작가가 되기를 원한다. 결혼하고 자녀를 다 키운 후 K대학교 사회교육원 소설창작반에 등록한다.

작가가 되는 길은 멀고 험했다. 새벽이 밝아오는 것을 보면서 서부로 달려가는 역마차를 생각하고, 알프스 산맥을 넘는 나폴레옹을 생각하고, 코끼리 떼를 몰고 알프스를 넘어가는 한니발을 생각했다. 그리고 이지윤, 내 필명을 생각했다. 마침내『세계문학』신인상에 당선되어 작가로 등단한다. 그때까지 생애에서 가장 기쁜 날은 아이들이 좋은 대학교에 합격했을 때였는데 소설가가 되고 부터는 일생에 가장 기쁜 날은 등단했던 때로 바뀌었다. 기쁨이 지나고 정신을 차리고 보니 등단은 또 다른 시작에 불과하다는 걸 깨닫는다.

어느 날 내 앞에 귀인이 나타난다. 사공 선생, 그녀는 유명한 작가이다. 그녀와 함께 있으면 예수님을 태운 당나귀처럼 자신의 신분도 함께 올라간 것 같은 느낌이다. 문학에 기여된다고 하면 어떤 수모나 대가도 치를 각오가 되어 있다. 온갖 수모? 남이 보면 수모일 수 있는 일도 너는 아무렇지도 않았다. 문단에 갓 입문한 신출내기였고 경력도 별 볼 일 없는 네가 갈 곳이 어디 있었겠는가. 그의 틀린 문장을 발견해도 교과서인 줄 알고 무고건 숭배한다.

사공 선생은 상대의 결핍이 무엇인지 알고 그것이 가져오는 권력을 잡을 줄 알고 있었다. 아무리 무례하게 굴어도 상관없는 소설에 미친 여자. 그 여자의 목줄을 단단히 잡고 있다는 자부심 그건 그의 능력이고 그 파워는 대단하다. 돌이켜보면 그의 손에 채찍을 쥐어 준 사람은 너 자신이었다. 결과적으로 그가 너를 비하시키고 경멸하는데 한몫한 것은 바로 너였다.

가을세미나를 떠나고 사공 선생 일행이 된 너는 남편을 비하하는 발언을 하는 사공 선생과 충돌한다. 나를 비하하는 건 참을 수 있지만 남편을 비하한 건 참을 수 없었다. 너는 사공 선생과 결별한다. 아! 가엾은 내 소설! 한 문장이라도 도움이 된다고 믿고 따랐으나 허사였다. 처음부터 다시 문장공부를 하고 기초를 튼튼히 하리라. 단단히 마음을 먹는다. 그 후 문장이 최고라고 자랑하는 동료의 소개로 그녀 동생에게 문장 공부하면 좋을 것 같아 새로 시작한 소설 원고를 맡긴다. 고쳐진 문장은 깔끔하고 간결했다. 그런데 군더더기를 없애서 좋긴 한데 줄기만 남았다. 낯선 글, 내 생각이나 말이 들어 있지 않은 것, 그것은 내 소설이 아니다. 그제야 무엇이 부족했던 것인지 알 것 같다. 그동안 스스로 점검하지 않고 대충대충 끝낸 내 게으름을 확인했다. 그래서 얻은 게 하나 있는데, 어느 누구도 내 문학을 가르쳐 줄 수 없다는 것이다. 빨리 손꼽히는 작가 반열에 올라서고 싶은 욕망으로 생긴 일.

그 후 내 소설의 근간을 이루게 된 것은 하늘의 뜻이라고 생각한다. 서양철학 교실에서 영화평론가를 만난다. 그가 때때로 내 원고를 읽고 문장의 어미 처리를 도와준다. 생각지도 않은 귀인을 만난 것이다. 문학에 대한 기초지식도 없이 혼자 고군분투하다가 지친 끝에 찾아온 서양철학 교실 문우들과 공부하고 대화하는 것이 즐겁다. 지금까지의 시간은 준비 기간이었다고 생각한다. 이후 출판한 책들이 언론과 방송에 주목 받기 시작하고 너는 베스트셀러 작가가 된다. 산전수전 다 겪고 시간이 지나고 노력한 끝에 찾아온 성공이다. 한때 우상이던 사공 선생을 뛰어넘었다고 생각하며 격세지감을 느낀다.

소설은 다음과 같이 끝난다. "나는 네게 말한다. 겁먹지 마라. 이지윤, 너는 어떻게 하든 해낼 거잖아!"

겸허한 마음으로 숱한 역경을 헤치고 앞으로 나아가는 주인공 모습에서 미국작가 너대니얼 호손 단편소설 「큰 바위 얼굴」을 떠올리게 되는 소설이다.

3

「나, 아직 여기 있어요」는 요양병원을 배경으로 펼쳐지는 이야기이다. 급속도로 고령사회로 가는 우리나라 현실에 세대공감을 할 수 있는 소설이다. '나'는 어느 날 갑자기 넘어져서 척추를 다쳐서 요양병원에 입원한다. 나는 그곳에서 인간의 가치에 대해 생각한다. 요양병원은 노인성 질환 등의 장기요양 및 치료를 위한 의료기관으로 다른 사람의 도움이 필요한 노약자나 노인성 질환자가 입원한다. 환자들은 다른 세계로 진입하려고 잠시 대기 중인 사람들이다. 높고 낮은 파도를 넘고 고해苦海라고 하는 바다를 건너서 이제 세상살이에 임계점을 찍고 있는 것 같다. 숨 쉬고 있지만 곧 다른 세상으로 떨어질 운명처럼 보인다.

환자와 간병인의 만남도 운명이다. 환자는 간병인을 잘 만나야 하는 것처럼 간병인도 마찬가지다. 운이 좋으면 조용한 환자를 돌보기도 하고 나쁘면 고생이다. 6인실 병실에서 혼자서 환자 2명을 돌보는 간병인은 속이 상한다고 동료에게 하소연이다. 각자 사용하는 물품을 가지고 아껴 쓰라느니 입던 기저귀에 오물을 지우고 말려 입겠다느니 잔소리가 많다고 흉을 본다. 그렇게 되면 구박덩어리다. 가족의 촌지도 없고 마지못해 자식들이 보태서 생활한다. 그야말로 빽도, 돈도, 부족하다. 그러나 비싼 1인실에서 가족의 문안을 받으며 살고 있는 환자는 간병인도 아무렇게나 대하지 못한다. 치매가 있어도 귀한 존재가 된다. 간병인도 편하고 촌지도 받으니 어떻게 무시할 수가 있겠는가. 간병인들은 대부분 돈을 벌려고 악전고투하는 사람들이라 돈에 민감하다. 삶의 한 단면을 보는 것 같다.

토요일은 마치 장터 같다. 축제의 날인 것이다. 아들딸들이 면회를 오면서 과일, 또는 먹을 것을 가지고 오면 다들 나누어 먹는다. 아들이 들고 온 음식과 딸이 갖고 온 음식은 다르다. 아들은 쉽게 빵집에서 꽈배기를 사온다. 이곳에서도 기름에 튀긴 음식은 선호하는 음식은 아니다. 딸들은 제철 과일, 음료수 그것도 비싼 것으로 사온다. 간병인들도 신이 나는지 얼굴에 웃음꽃이 핀다. 자신이 맡고 있는 환자 가족의 성의 있는 태도가 자신들인 양 의기양양하다. 아무도 찾아오지 않는 환자를 맡고 있는 간병인은 풀이 죽어 있다. 옆 침대 할머니는 아들딸들이 주일마다 음식을 사온다. 환자도 행복해서 웃고 즐긴다. 그 할머니는 자식 자랑을 하며 건방지게 군다. 아무도 찾아오지 않는 할머니는 속이 상하다. 이곳에서도 차별이 존재한다.

어떤 인간이라도 쓸모없이 세상에 나온 것은 없다고 성경은 말한다. 그렇다면 세상에서 잊히기 전에 할 일이 있을 것이다. 놓쳐버린 시간을 메꾸기에는 마음이 급해진다. 지금 이 고통의 터널을 지나고 있는 것은 우리의 시시한 이야기 속에서라도 불굴의 의지로 살아가는 인간의 가치에 대해 글을 쓰도록 신의 배려가 있었을 것이라고 생각한다.

요양병원을 퇴원한 나는 매일 이른 아침에 일어나서 컴퓨터 앞에 앉는다. 그리고 속삭인다. "아! 하느님 당신의 배려에 고개를 숙입니다." 급속도로 고령사회로 가는 우리나라 현실에 세대 공감을 할 수 있는 소설이다.

「사랑의 아우라」는 사랑이라는 것에 대한 진지한 질문과 경박한 행위를 대비하면서 인간의 양면성을 드러내고자 하는 의욕을 보여준다. 함박눈이 내리는 날 한 남자가 서울대공원 둘레길을 절뚝거리며 홀로 걷고 있다. 70대로 보이는 남자는 지팡이를 짚고 호숫가에 서서 저 멀리 하늘을 바라보는데 범접할 수 없는 아우라가 느껴진다. 무엇을 보고 있을까, 눈을 맞으러 홀로 공원 나들이를 하는 그가 경이롭게 보인다. 순간 30여 년 전 공동주택에 함께 살던 여자의 모습을 떠올린다. 건설공사 현장에서 일하는 여자 남편은 걸핏하면 집을 나가서 돌아오지 않은 날이 많다. 여자는 남편이 돌아오기를 기다렸는데 형네 집에 들르는 시동생이 그런 형수를 위로했다. 시동생은 술만 먹으면 형네 집으로 찾아온다.

어느 날 여자가 벌벌 떨면서 찾아온다. "아주머니 어떻게 하면 좋을지 모르겠어요." "새댁 왜 그래.? 정신 차려." 여자는 겁이 난다고 하고 시동생이 남자로 보인다고 한다. 자신의 힘으로는 제어할 방법이 없는 것이다. 옛날부터 야만성과 무절제한 행위를 배척했지만 이런 본능은 사라지지 않는다. 그 유혹은 내면에서 요동친다. 인간에게 본능을 준 것은 때로는 축복이기도 하지만 단추가 잘못 끼워진 경우 경멸당하거나 파멸하게 된다.

어느 날 새벽 시동생이 담배를 입에 물고 비틀거리며 대문을 나서는 게 보였는데 하염없이 하늘을 쳐다보고 있었다. 밖에는 함박눈이 내리고 있었다. 나는 호숫가를 바라보며 넋 놓고 눈 내리는 하늘을 향해 서 있는 그 남자가 여자의 시동생일지도 모른다고 생각한다. 그때의 아우라가 남아있었기 때문이다. 나는 여자가 했던 말을 떠올린다. "그가 서서히 스며들어 사랑이 되었어요."

「아버지-시지포스」는 아버지에 관한 이야기이다. 우리에게 아버지는 어떤 의미일까. 거대한 둥근 바위. 운명처럼 버티고 선 언덕. 언덕 위로 바위를 힘겹게 밀어 올린다. 정상에 올리면 다시 굴러 떨어지고, 또다시 바위를 올려야 한다. 끝없는 반복, 이는 시시포스의 형벌과 같다. 하지만 절망하지 않는다. 아버지는 가족을 위해 바위를 산 정상으로 올리는 시지포스였다.

「나만의 방」은 우리가 너무나도 익숙한 일상의 소소한 순간들을 섬세한 관찰로 펼쳐 놓는다. 나만의 방은 자신에게만 충실할 수 있는 시간과 심리 공간을 의미한다. 내 방이 없던 시절이 떠오른다. 다락방은 내가 꿈꾸어온 공간이다. 책을 마음껏 읽는 것이 내 꿈이고 소원이다. 학교 근처에 있는 도서관에서 책을 빌려 보면서 고등학교 시절을 넘겼다. 학교를 졸업하고 기다리는 것은 농사일에 찌든 부모님을 돕는 일이다. 말이 통하고 서로의 이상을 이야기하던 친구들은 서울에 있는 대학으로 떠났다. 소통의 문제와 영혼의 갈증으로 더욱 허기진 삶이 문제였다. 열악한 농촌을 벗어나는 길은 결혼하는 것뿐이라고 생각한다. 어디를 가던 이곳보다는 낫겠지? 하는 마음이었다.

지독한 시집살이가 기다리고 있다. 시댁에서 내가 거처하는 방은 시부모님이 거처하는 안방과 마루 하나를 사이에 둔 건넌방인데 겨울이면 풀을 먹여 다린 이불깃 스치는 소리가 안방까지 들린다. 신혼부부가 하는 이야기가 안방에 들리지 않게 하려면 귓속말로 하거나 묵언으로 행동해야 한다. 은밀해야 하는 시간, 그 시간이 노출된다는 것은 폭력적이다. 우리에게 정말 필요한 게 나만의 방이 아닐까.

"당신들은 절대로 여기 있는 나를 찾아내지 못할 거야." 소설 마지막 말은 타인의 시선과 관계, 간섭에 시달리며 '나만의 방'을 갈구하는 현대인의 실존적 절규로 다가온다.

단편 「왕이 귀환하다」는 조폭 두목 오대붕의 쇠락한 말년末年을 사실감 있게 묘사한 수작手作이다. 발차기가 특기인 그는 주먹 세계를 평정하고 전성기를 보냈으나 '망치'의 반란으로 반신불수가 되어 오야붕 자리에서 쫓겨난다. 망치는 그나마 그를 배려하여 서울 강남구 구룡마을의 판잣집 하나를 마련해 준다. 이 마을이 개발되면 판잣집은 고액의 아파트로 변신할 참이다. 왕년에 오야붕의 '따까리'인 '찌질이'라는 사내가 십수 년 만에 만난 오대붕은 비대한 노인일 뿐이다. 오대붕은 천주교 레지오 마리아 봉사단원의 도움으로 목욕 서비스를 받는다. 찌질이의 시선으로 바라본 오대붕의 모습에서 삶의 성쇠盛衰가 극명하게 드러난다.

이 작품은 제42회 한국소설문학상을 수상했다. 한국소설 심사위원회는 "인간 내면의 선악의 문제를 촘촘한 언어로 직조하며 밀도감 있게 전개하고, 탁월한 인물 묘사와 상황 설정으로 긴장감을 유지하는 구성이 탁월하여 소설·문학 발전에 기여했다"고 선정 이유를 발표했다.

남들의 시선과 인정에 얽매어 사느라 정작 자기 자신에게는 친절하지 못한 사람들이 많다. 세상이 아무리 폭풍 같아도 단단히 자기중심을 잡고 바로 설 수 있다면 나의 행동을 남들이 뭐라고 부르든 묵묵히 내가 가려는 길을 걸어간다면 누구에게도 상처받지 않고 결국 모두를 이길 수 있다.

언제나 운명과 대면하는 인간의 자리에서 글을 써온 이정은 작가. 『우리의 피크타임』에서는 그가 지금까지 소설을 통하여 이루고자하는 것이 무엇이었는지 확인할 수 있다. 인간 개개인의 역사에서 일상은 결코 사소한 일이 아님을 이정은 작가의 작품은 먹먹할 정도로 그려내 보이고 있다. 작가는 세속과 일상을 유심히 관찰한 끝에 특유의 강직한 문장으로 연약한 존재들의 인생사를 펼쳐낸다.

그 무엇보다 이정은 자신의 견문과 취재로부터 출발했을 이 작품들은 작가의 일상이 소설의 바탕이 되고, 소설쓰기가 곧 작가의 일상이 되는 모습을 보여주며 문학 하는 행위 자체에 대한 감동을 불러일으킨다. 과거의 상처를 똑바로 들여다보며, 특유의 다정한 시선으로 우리가 살아온 모든 시간에 대한 의미를 찾아낸다. 그의 소설은 보편적 삶과 내밀한 인간성의 폐부를 꿰뚫는 깊은 통찰력으로 독자들을 흡입하는 힘을 지니고 있다.

이정은 작가의 애정 어린 문장을 통과하면 우리의 사랑스럽지 않은 모습마저도 살아가려는 의지의 표현이 된다. 우리가 듣고 싶었던 진정한 위로를 소설로 전해 공감하게 하는 일을 작가는 꿋꿋이 수행해 나간다. 이정은이 동시대 독자들에게 소중한 작가가 된 것은 그래서일 것이다.

| 책을 내면서 |
꿈꾸는 자의 세계는 얼마나 확장될 수 있는가

내 안에 희망이 있음을 기억하며 문학작품의 집필 시기를 4계절로 구분하면 초년부터 말년까지 나이에 따라 소재도 변한다는 것을 실감한다.

첫 번째 내 소설의 소재는 낭만의 세계였다. 사춘기 소녀처럼 미지의 세계를 꿈꾸는 내 소설의 시작은 그렇게 시작했다. 내 마음에 맞는 소설 한 편이 내가 원하는 일이다. 시작은 갈증을 해결해 보려는데 어떤 것이 내 갈증을 해결해 줄까? 내 인생의 시작은 소설과 함께 봄에서 부터였다.

봄.
끝없는 열정이 가슴속에서 서로 빨리 나가려고 싸우고 있다. 그렇게 내 소설은 열정으로 다가와서 나를 불태웠다. 그러나 머릿속에 생각, 상상도 짙푸른 나뭇잎에 불과했다. 연애 한 번 못해보고 결혼했다고 억울해하면서 그동안 생각했던 사랑의 실체를 만들어 보고 싶었다. '자! 이것이 사랑이야' 외쳐보고 말리라! 사랑에 관한 연애소설을 쓸 참이다. 그러나 잎은 무성한데 사랑이라는 실체는 손에 잡히지 않는다.

여름.
열정의 계절. 여름이 되어 꽃을 피우는 나무도 있고, 아직은 더 기다려야 열매가 손에 잡힐 듯 감각을 창조해 낼 수 있겠다. 내 소설은 여기저기 진실한 사랑의 꽃을 찾아다니고 있었다. 그러나 이것인가? 하면 손에 잡히지 않고 늘 빈손이었다. 사랑을 마음대로 표현할 수 있는 공간이 주어졌는데도 빈손이었다. 자유가 있다고 사랑을 잡을 수 있는 것은 아니었다.

가을.
그동안 작품을 쓴 시간을 계산하면 결실로 다가와야 한다. 많은 시간을 허비해 버린 것이다. 그동안 미흡하더라도 열심히 작은 열매들을 맺었다고 생각했다. 하지만 결정적인 작품도 내지 못하고 그렇게 저물어간다. 자질구레한 열매들을 만들어냈지만 내가 만족할 만한 작품은 없었다. 허송세월로 시간만 낭비하고 결실의 계절을 보내버렸다.

겨울.
이젠 삶을 정리할 일만 남았다. 노년에 이르러 세상사가 무심하고 공수래공수거空手來空手去가 된다는 것을 알아챘다. 불만족스럽지만 결실을 내보이게 되었다. 만족하든 아니든 간에 세상은 따뜻한 곳이라고 말하리라. 내 동면의 시간이 다가온다. 이젠 따뜻한 인간애를 그려보려 한다. 그렇게 나는 동토의 계절을 넘길 생각이다.

2025년 10월
논현동 서재에서
이 정 은

| 이정은 연보 |

1991년   단편「부화기」『월간문학』신인상 수상
1994년   중단편집『시선』삶과꿈 간행
1997년   장편『꿈꾸는 여자』삶과꿈 간행
1998년   중단편집『불멸의 노래』남양문화 간행
2000년   장편『너의 이름을 쓴다』남양문화 간행, 중앙대 예술대학원 문학창작과정 졸업

2002년   장편『신화는 계속된다』한국문학도서관 간행
2004년   장편『태양처럼 뜨겁게』집필, 한국문인협회 문인권익옹호위원 선임
2005년   중단편집『하얀여름』청어 간행
2006년   장편『태양처럼 뜨겁게』청어 간행
2007년   경기도문학상 본상 수상
2008년   장편『블루 인 러브』청어 간행
2009년   중단편집『세 번째 기회』광진출판 간행, 제11회 한국문학비평가협회상 수상
2010년   장편『웰컴아벨』계간문예 간행

2011년   제7회 만우박영준문학상 수상, 『한·중정예작가초대소설집』(공저) 오늘의문학사 간행
2012년   『한국문제소설선집』(공저) 채운재 간행, 「무인도」발표,

	제1회 아시아황금사자문학상 우수상 수상, 장편 『매혹』 들소리신문 간행, 제12회 들소리문학상 수상
2013년	「다마고치」, 「필드에 서다」 발표
2014년	중단편집 『세상에 말을 걸다』 청어 간행
2015년	장편 『그해여름, 패러독스의 시간』 나남 간행
2016년	「왕이 귀환하다」, 「칠공주파」 발표, 한국소설가협회 이사 선임, 「생태관찰」 발표
2017년	제42회 한국소설문학상 수상, 「피에타」 집필
2018년	「뷰티풀마인드」, 「지꾸이야기」, 「새, 날다」 발표 중단편집 『피에타』 나남 간행, 한국문화예술위원회(아르코) 추천도서 한국소설가협회 부이사장 선임
2019년	장편 『플러스섬 게임』 문학사상 간행
2020년	중단편집 『불멸-예술가의 초상』 도화 간행, 한국소설가협회 최고위원 선임
2021년	장편 『삼월의 토끼』 청어 간행, 제2회 학촌이범선문학상 수상, 「시간여행자」, 「공정하지 않은 사회」 발표
2022년	「문지방을 밟다」, 「사람, 그 너머 소설」 발표 중단편집 『슈뢰딩거의 고양이』 나남 간행
2024년	「위대한 문혁 씨」, 「엄마의 전성시대」 발표
2025년	제14회 월간문학상 수상 중단편집 『우리의 피크타임』 도화 간행